ROMANCE & LETRAS

TE ENCONTRÉ EN EL OLVIDO

© Hilda Rojas Correa, 2016

Diseño de Portada: Pamela Díaz Rivera
Imagen de Portada: Istock / Pixabay
Corrección: Pamela Díaz Rivera

Primera Edición Noviembre 2016
©Editorial Pamela Díaz Rivera E.I.R.L
San José de la Estrella 0610, La Granja
Santiago, Chile

ISBN: 978-956-9752-10-0
DDI N° 265.514

Te encontré en el OLVIDO

Hilda Rojas Correa

«El destino es el que baraja las cartas, pero nosotros somos los que jugamos.»

William Shakespeare

Capítulo 1

David miró la hora en su teléfono móvil, eran casi las doce de la noche, sintió un deseo irrefrenable de escuchar su voz, y solo la llamó.

Tuuuuuuuuuu… tuuuuuuuuu… tuuuuuuuuu…

«No contesta… tal vez Ingrid ya está dormida», pensó él, al ver que llevaba varios tonos y ninguna respuesta.

«El usuario al que llama no contesta»…

—¡Qué mala suerte! —masculló. Con algo de brusquedad apretó el aparato y por accidente volvió a marcar—. ¡Mierda, la voy a despertar!

Iba a cancelar el llamado pero escuchó la voz de ella que saludaba desde el otro lado de la línea, el pulso de David se comenzó a acelerar contento y emocionado.

—Hola, amor, ¿cómo estás? —saludó un poco nervioso, pero con una sonrisa en los labios.

—Bien, mi chanchito, ya me iba a acostar. —Bostezó ella sonoramente—. ¿Todo bien?

—Sí… —Suspiró profundamente—, solo… es que te echo mucho de menos. Quería escucharte.

—¡Ay, chanchito!, pero si nos vimos ayer. No puedes ser tan mamón. —Ingrid en el instante en que soltó esa oración se dio cuenta de que estaba metiendo la pata hasta el fondo—. Dime eso cuando hayan pasado más de tres días. Aún te siento entre mis piernas —explicó y dio una risita coqueta para enmendar su error.

David sintió una punzada de vergüenza, se quedó con la sensación inicial de la crítica sin importar lo que ella dijo después. Ingrid tenía una increíble facilidad de hacerle sentir de esa manera. «Pero no lo hace a propósito, solo es un poco fría», justificaba él para no darle más vueltas al asunto. Ya no importaba, ni siquiera tomó en cuenta el comentario erótico de ella. Ahora ya no ansiaba tanto oír la voz de Ingrid.

Ambos quedaron en silencio por un par de segundos que se volvieron dos siglos. David iba a romper el incómodo hielo pero no hallaba qué decir…

—¡*Delivery*! —Fue el llamado desde el interior de local que lo trajo de vuelta a la realidad. Él se sintió un poco aliviado, tenía la excusa perfecta para huir de lo que sentía.

—Me llaman para un reparto… me debo ir, Ingrid. Te amo. Descansa —se despidió apresurado.

—Yo también, cuídate. ¡Chauuuu!

Fin del llamado.

Era la medianoche de un viernes en Santiago, la hora punta para las entregas de pizzas a domicilio en la ciudad. David es repartidor de noche, *motoboy* de entrega de correspondencia rápida la mitad del día y estudiante de ingeniería en construcción lo que restaba de la jornada. En resumidas cuentas, sus días son largos, extenuantes y llenos de actividad. ¡Ah! y también agreguémosle que intenta por todos los medios mantener una relación amorosa con Ingrid, a la cual con suerte ve un par de veces a la semana. Se podría decir que se llevan bastante bien, pero a David le gustaría estar más tiempo con ella, sentía que no era suficiente lo que le entregaba a la mujer que amaba, pero ella en realidad era de carácter práctico y no se hacía problemas por la falta de tiempo, trabajaba a jornada completa como asistente gerencia de una importante inmobiliaria, así que sus horarios para compartir con David también eran reducidos.

—Son dos pizzas, una hawaiana, y la otra, mmm…. Está borroso aquí… ¡Ajá! doble queso y pepperoni. Colón 455, departamento 505, La Cisterna. —David memorizaba la información que leía del recibo para hacerse la imagen mental del mapa del sector. Conocía cada recoveco de la zona de reparto de la pizzería como si se tratara de la palma de su mano, llegar ahí sería pan comido.

Se montó en su motocicleta, «La Marilyn», ella era su mayor tesoro, y a la vez su más fiel herramienta de trabajo. Era económica, no le fallaba nunca y básicamente vivía gran parte del día montado sobre ella.

Encendió el motor, el potente rugido lo envolvió y emprendió su carrera contra el reloj, debía llegar a su destino en diez minutos. Zigzagueaba a toda velocidad, cruzando los semáforos casi en rojo, corría veloz entre los automóviles, microbuses y una que otra bicicleta, dejando tras de sí una estela de bocinazos e improperios de parte de los choferes.

No tenía alternativa, si no era osado, pagaba la multa por entregar tarde el pedido. «Si llega un minuto tarde, la pizza es gratis», versaba el slogan de publicidad.

—Maldita sea la gente de marketing, se nota que en su puta vida han hecho una pizza y mucho menos la han entregado en menos de veinticinco minutos… Idiotas. —Ese era su eterno rosario cada vez que lo mandaban a repartir al filo de la hora límite, y desde que bajaron el tiempo de entrega, era peor la cosa.

Le quedaban solo cinco minutos cuando llegó al edificio donde debía hacer la entrega. Según su experiencia, si el departamento no estaba más allá del quinto piso, subía la escalera porque el ascensor era un soberano desperdicio de preciosos minutos.

—Buenas noches, vengo a hacer una entrega al departamento 505 —anunció David al conserje del edificio.

—Deme un segundito, joven. —El conserje, tomó un auricular y tecleó el número del departamento a una vertiginosa velocidad digna de un caracol con muletas—. Aló, hay un joven que viene a entregar… —Puso la mano sobre el auricular—. ¿Qué es lo que trae? —susurró.

David no podía creerlo, ¿el viejo pensaba que tenía toda la noche, acaso? Inspiró profundo para no perder el control y no ahorcar al pobre tipo.

—Pizzas, vengo a entregar pizzas. —Y apuntó las evidentes cajas cuadradas de donde salía el olor de esas exquisitas masas con queso mozzarella y llenas de colesterol.

—Viene a dejar unas pizzas… ok. —El conserje miró a David y cortó—. Suba, joven. Quinto piso.

—¡Gracias!...

David corrió por las escaleras, subiendo los peldaños de dos en dos con su preciada y aromática carga, y solo le quedaban tres minutos. El corazón empezó a bombear con más rapidez, y ya a la altura del cuarto piso, el cuerpo le estaba empezando a pasar la cuenta y se encontraba resoplando, pero aún tenía fuerzas… Solo un poco más.

¡Ding dong!

—Al fin llegó la pizza. Yo voy a abrir la puerta, tú pareces puta deprimida con todo el rímel corrido y vas a espantar al pobre repartidor —dijo Marcelo a su amiga que ya tenía hipo de tanto llorar y lo fulminaba con los rayos láser imaginarios que salían por sus ojos—... No me mires con esa cara, es la verdad, pareces mapache.

Marcelo abrió la puerta y se encontró con un joven repartidor muy atractivo y jadeante, y por su homosexual cerebro se le atravesó inmediatamente una perturbadora escena lasciva. Sonrió y el chico de las pizzas solo esbozó una tímida y tensa sonrisa.

«¡Qué mala onda! Es hétero hasta las re patas», maldijo Marcelo mentalmente. Cualquiera que lo viera nunca pensaría que Marcelo Riquelme es *gay* hasta la médula, de hecho, ni siquiera habla como suelen caricaturizar a los de su preferencia. Es un hombre común y corriente... que le gustan los hombres comunes y corrientes.

—Buenas noches, traigo el pedido de... —Leyó la comanda—. Ainelen Lemunao.

—Acá es —contestó Marcelo, con un tono de voz neutral.

—Son dos pizzas, una hawaiana y la otra es doble queso pepperoni.

—¿Y el helado? —interrogó con preocupación al notar que el repartidor solo mencionaba las cajas de pizza.

—¿Cuál helado? —preguntó de vuelta totalmente desconcertado.

—Deberías haber traído un helado de chocolate... —explicó— ¡Ahhhh, tenemos un problema! ¡Uno enorme! —afirmó pasándose la mano por la frente.

—Esto es todo lo que me entregaron —excusó un poco nervioso—, y en el recibo no dice nada más. Debieron tomar mal tu pedido, lo siento —justificó el joven de las pizzas.

—¿Cómo te llamas? —interpeló cambiando de tema bruscamente.

—David... Velasco... —respondió vacilante. Mierda, cada vez que le preguntaban el nombre era para plantar un reclamo del porte de Siberia, y después iba a tener que comerse la tremenda *penqueada* por parte de su jefe, se lo iban a regañar de lo lindo.

Marcelo salió del umbral de la puerta y la juntó. Miró fijo y serio a David, se veía a todas luces que era un buen *cabro*.

—Mira, David. Estoy acá con un tremendo problema, mi amiga, la señorita Ainelen acaba de tener un... digamos un problemilla, y necesitamos urgentemente ese helado de chocolate. Las pizzas son para mí. Pero ese helado es mi salvación. Ella está a punto de colapsar, si la lleno de azúcar se calmará, se dormirá y yo podré irme a mi casa a una hora decente. Necesito ese helado… a-ho-ra —argumentó con un tono suplicante— ¿Puedes traerlo? Te doy el dinero por adelantado, pero es imprescindible que sea rápido.

—¿Qué? Oiga… —David se rascó la cabeza, era el momento raro del mes, con el cliente raro del mes, todo junto en un solo reparto—. Va a ser complicado, los helados se acabaron, entregué el último en el pedido anterior.

—No puede ser. ¡Es terrible!, mira, ven. —Marcelo abrió un poco la puerta y en silencio le indicó a David que mirara. En el interior había una mujer joven llorando como María Magdalena. «Es un cuadro deprimente, pobre niña», pensó David compasivo—. Si no tenemos ese helado estoy fregado —continuó Marcelo susurrando—. Soy un hombre muerto de desesperación, por favor, anda a una estación de servicio y cómprame uno, de chocolate, con almendras si puedes —precisó las características del helado perfecto para su amiga—. Te lo suplico, no puedo dejarla sola. Me parte el alma verla así —dramatizó para apelar al buen corazón de David—. Te daré una jugosa propina —ofreció sin asco, agotando todos sus recursos para convencer al joven.

David no podía dejar de mirar a la mujer que lloraba, estaba como hipnotizado. Había algo en ella que no lograba identificar y que le obligaba a seguir observándola fijamente. Dentro de su padecimiento ella emanaba una energía que él era capaz de percibir como si se tratara de una fuerza de la naturaleza. David estuvo sumido en un extraño trance hasta que ella se dio cuenta de que él la estaba espiando.

—¿Y tú qué miras?, ¿que no has visto nunca a una mujer llorar? —increpó molesta y dolida, Ainelen tenía mucha pena, rabia y dolor, e injustamente se estaba desquitando con el repartidor curioso, y básicamente, con cualquier ser humano portador del cromosoma XY—. ¿Por qué no te vas a mirar a tu abuela?

—Basta, Ainelen… —reprendió firme Marcelo como si fuera su papá—. David me traerá el helado —aseguró sin haber esperado la respuesta del confundido repartidor—, se acabaron en la pizzería y él va a ir a buscar uno en otro lado. Deberías agradecerle por ser un hombre tan bondadoso.

—Sí, claro —replicó sarcástica sorbiéndose los mocos—. Todos los hombres son unos cerdos y tienen toda su bondad conectada con su pene. Incluido tú, traidor. —Y volvió a explotar en un llanto desgarrador.

—Sálvame de esta, por favor —rogó Marcelo con real angustia y sacó un billete de veinte mil pesos—. En cualquier momento ella me corta las pelotas, y realmente apreciaría que no lo hiciera, todavía las uso.

—Ya, bueno. Hay una Copec cerca... —David aceptó el billete y lo guardó en el bolsillo trasero de su pantalón. Le entregó las cajas de pizza a Marcelo, cerrando de esta manera el trato y comenzó a caminar en dirección a las escaleras—. ¿Chocolate era el sabor, cierto? —preguntó para no olvidar—... ¿y si no hay de...?

—Del que sea, menos de piña... Gracias, viejo... me has salvado el culo. Nos vemos más rato

—Nos vemos...

Marcelo cerró la puerta, miró a Ainelen, y luego hacia el cielo suplicando por respuestas, su mejor amiga nunca aprendía, siempre se involucraba con la *crème de la crème* de los imbéciles y terminaba llorando. ¿Cuándo iba a ser el día que conociera a un buen hombre que no le fuera infiel, o que no fuera frío e indiferente, o que no fuera vago... o cafiche... o que no fuera casado... o que no fuera *gay*? De hecho, hace tres años él mismo le rompió el corazón, ella lo amaba en secreto y un día le confesó sus sentimientos. Todavía se le apretaban las tripas a Marcelo al recordar la cara de decepción de Ainelen cuando le dijo que era más *gay* que Freddy Mercury y Elton John juntos.

—Ya, *guachita*. El hombre de las pizzas va a traer el helado. ¿Te fijaste que estaba más bueno que el *créme brûlée*?

Ainelen lo miró con cara de odio, no era momento para fijarse en hombres... Marcelo nunca iba a cambiar, siempre le buscaba un «tipo bueno que la mereciera», y ella nunca tomaba en cuenta sus «candidatos».

—No, no me fijé —dijo sonándose la nariz ruidosamente con un pañuelo desechable—. Ese tipo era un sapo, un mirón, un meteche y más encima estúpido porque no trajo el helado.

—Ya te salió la vena mapuche, Ainelen. Por si no me tomaste atención, los helados se habían acabado y enviaron las pizzas sin tu tesoro. David, así se llama por si te interesa, va a ir a una Copec y lo va a traer.

—Uy sí, él es tan buen samaritano —ironizó—, a lo mejor le gustas y lo hizo para caerte bien y ganar puntos.

—Estoy completamente seguro de que le gustan las mujeres, tanto como a ti te gusta el helado. A los heterosexuales los huelo a treinta kilómetros de distancia. —Marcelo sonrió con ternura—. Ya, arriba ese ánimo… ¿Quieres un pedazo de masa llena de grasa y colesterol? —ofreció él y ella asintió con la cabeza. Marcelo abrió la caja de la pizza doble queso pepperoni, sacó dos trozos, y le entregó uno a su amiga que de inmediato empezó a comer extasiada, estaba hambrienta—. Así me gusta, que comas mucho antes de la dieta del despecho.

Ainelen sonrió por primera vez desde que el mundo se le hizo trizas esa tarde, ¿qué sería de su vida sin Marcelo, su único y mejor amigo? Probablemente sería mucho más desastrosa y miserable.

El repartidor esa noche no volvió.

Capítulo 2

David salió del edificio sonriendo divertido. La situación que acababa de vivir tenía una puntuación de nueve en su «rarómetro» —y la escala era del uno al diez—. Se colocó el casco negro, se montó en «La Marilyn» y partió a una velocidad prudente a la estación de servicio que estaba, según sus cálculos, a unos cinco minutos.

Recordó a la joven que estaba llorando al interior del departamento, se veía tan vulnerable y a la vez tan fiera, una extraña combinación. La cólera que ella escupía por sus ojos era escalofriante. «¿Qué le habrá pasado?», se preguntó, «probablemente fue un hombre, a lo mejor es de esas *minas* que se creen princesas. Quizás qué clase de loca es», especuló para desechar la sensación que tenía cuando se quedó pegado viéndola cómo lloraba.

Las calles en ese sector residencial estaban vacías, y el olor a tierra mojada por la lluvia del día anterior rezumaba en todas partes. Era un barrio viejo, así que a pesar de ser viernes todo estaba en silencio, que cada cierto rato era interrumpido por los ladridos de los perros callejeros.

Al llegar a una intersección, el semáforo justo cambió a rojo y David se detuvo al lado de un automóvil que le llamó bastante la atención porque era un modelo de lujo y saltaban a la vista las líneas deportivas y elegantes. Las ventanillas estaban cerradas, pero perfectamente pudo ver en su interior que el conductor lo estaba pasando de las mil maravillas esperando la luz verde. En su regazo tenía a una rubia haciéndole, al parecer, la mejor felación del planeta.

David se quedó ensimismado con la escena, no podía despegar los ojos en aquella dorada cabellera que era acariciada, y que bajaba y subía a un ritmo enloquecedor. De reojo vio que la luz había cambiado a verde, pero ni él, ni el tipo del auto siguieron con su camino. No había nadie más que ellos en ese instante, la calle estaba fría, húmeda y desierta.

Todo era tan decadente, una mujer entregando sexo oral a su hombre dentro de la privacidad del auto, y un anónimo voyerista absorbiendo el placer que ellos transmitían.

El rostro del tipo se contrajo en éxtasis y embestía frenéticamente la boca de la mujer hasta quedar tenso e inmóvil. David lo sabía, era evidente que el show había terminado. Lo que no sabía era que en ese preciso momento su vida iba a cambiar para siempre. Aquella mujer rubia al acabar su lúbrico trabajo y levantar su cabeza le reveló un rostro muy familiar.

Ingrid.

Con una sonrisa felina y satisfecha, limpiándose la comisura de sus labios con el dorso de su mano...

Ingrid.

La que siempre se lo negaba porque le daba asco.

Ingrid...

La misma que hace un rato le había dicho que también lo amaba.

Ingrid... Al parecer, todo era una gran mentira.

A David se le detuvo el corazón por un segundo y un escalofrío le recorrió toda la columna vertebral. No podía creer lo que estaba presenciando, ¡era imposible! Ella no... Se aferró al manillar con fuerza y sentía cómo los músculos de sus brazos se desgarraban por la tensión, ese era su último y estéril intento para convencerse de que todo era una pesadilla.

Pero no lo era, la pesadilla era la cruel realidad.

En el centro de su pecho, el frío se coló intruso, derrumbando de golpe todo lo que él creía que era cierto y seguro. David se sintió terriblemente vacío, pero rápidamente ese vacío fue llenado por la furia que no era capaz de controlar. Ellos, inmersos en la felicidad post orgásmica, ignoraban por completo que él había presenciado todo el espectáculo carnal. La respiración de David estaba repleta de ira y hacía que sus fosas nasales se dilataran, y que su pecho se hinchara de sentimientos que bordeaban la locura. Desesperado, se quitó el casco, necesitaba aire, ¡quería respirar!, ¡qué horrendo era todo!, él la amaba, ¡la amaba con el alma, por la mierda!

La pareja melosa se besaba con pasión entrelazando sus lenguas después aquel encuentro público y furtivo, totalmente ajenos a su único espectador que presenciaba impotente el indolente arrumaco sexual.

«Esto no se puede quedar así...», pensó él, y fue lo último que razonó. Miró todo a su alrededor, se bajó de la motocicleta y caminó determinado hacia el automóvil. Levantó su brazo y dejó caer con violencia el casco que tenía en su mano derecha, haciendo explotar el vidrio de la ventanilla en millones de esquirlas, dejando a la pareja aterrada en el interior.

Ingrid al ver al atacante quedó estupefacta, ¿por qué estaba David ahí? La culpa, la mentira y la vergüenza se aglutinaron en su alma, y se reflejaron en su cara. Amaba a ese hombre que estaba parado mirándola con odio, tristeza y decepción, pero también deseaba la posición, el dinero y el poder del hombre que estaba en ese instante con ella temblando de miedo.

—No intentes explicar nada, Ingrid. ¡Esto se acabó aquí y ahora! —declaró David a viva voz, temblando. Era un esfuerzo supremo contenerse y no matarlos a ambos—. No te quiero ver más en mi vida. ¡Estás muerta para mí!

—Vámonos, José Patricio —Ingrid susurró nerviosa a su acompañante—. ¡¡¡Vámonos por la misma mierda!!! —chilló presa de la cobardía.

El hombre como acto reflejo obedeció y aceleró el bólido, cruzando desesperado y temerario la intersección con luz roja perdiéndose en la oscuridad, dejando un reguero de frenazos y bocinazos de los autos que transitaban en sentido contrario.

David se quedó solo en medio de la calle con la vista perdida, sin saber qué hacer con ese corazón roto que estaba desangrándose de dolor. ¿Cómo iba a olvidar semejante escena?, estaba condenado a recordar el resto de su vida a Ingrid chupándosela a su jefe, traicionando bestialmente todo lo que tenían, todo el amor que sentía por ella, todos los esfuerzos que él hacía todos los días. Estudiaba para poder tener en el futuro un buen trabajo y no partirse el lomo como lo hacía hasta ahora, trabajando en dos lugares para poder juntar dinero para comprar una casa. Era una sorpresa, porque le iba a pedir matrimonio y tener una boda por todo lo alto… En algún momento lo pretendía hacer, cuando se sintiera preparado y seguro. Pero ya no.

—Se acuesta con su jefe… —murmuró mientras una lágrima impertinente rodaba por su mejilla, y la secó dolido con los dedos temblorosos antes de que siguiera quemándole la piel—. ¡Eres una perra, Ingrid! ¡Te odio, *conchetumadre*!... ¡¡¡Te odio!!!... —vociferó desgarrando sus cuerdas vocales, vomitando todo su rencor, intentando vaciar ese amor que ya no era correspondido. Quería eliminarlo, extirparlo desde el fondo de su ser—… Te odio… Te amaba, Ingrid… —susurró acongojado—… ¿Por qué me hiciste esto?, ¿qué hice mal?... ¿qué hice mal?...

Se sintió mareado y adolorido, se sentó con dificultad en la cuneta, el nudo en la garganta le dificultaba respirar. Estaba derrotado, cansado, perdido y con el alma hecha jirones. Se permitió llorar sin consuelo como si fuera un niño desamparado. Gimió de dolor, porque su corazón nunca había sufrido de esa manera tan indescriptible. Nunca, en sus veintinueve años de vida había probado el amargo trago de la traición.

Lloró, lloró largamente hasta que ya no le quedaban lágrimas para derramar, sus ojos y su corazón estaban secos. El dolor no se iba, no disminuía… Eso iba a tomar mucho, mucho tiempo. Siguió sentado con la vista perdida, intentado convencerse de que tenía motivos para seguir respirando.

—¡Saca tu moto del medio de la calle, *ahueonao*! —gritó un conductor molesto mientras hacía una maniobra para evitar chocar la barrera en que se había transformado la motocicleta. Estaba estacionada en la mitad de la calzada y le impedía a cualquiera transitar con normalidad.

David enojado levantó su dedo del medio con cara de pocos amigos y se irguió de mala gana para quitar a «La Marilyn» del camino. El mundo se había detenido solo para él, para todos los demás seguía girando. No sabía cuánto rato había pasado y no estaba de humor para continuar trabajando esa noche, ni todo lo que restaba de vida. En ese instante solo deseaba morir.

Su teléfono móvil sonó rompiendo el silencio del lugar, era su jefe. Cerró los ojos fuertemente, e inspiró profundo para poder contestar con naturalidad.

—¿David?, ¿todo bien? —preguntó su jefe, desde el otro lado de la línea telefónica—. ¡Llevas más de una hora con esa entrega, hombre!

—Sí, bueno, no. Se me echó a perder la moto —mintió mientras se pegaba el móvil a su oreja afirmándolo con el hombro, y así poder tomar el manillar de la motocicleta con ambas manos.

—Mierda… ¿alcanzaste a dejar el pedido? —preguntó interesado.

—Sí… —En ese instante David recordó el favor que le estaba haciendo al tipo del departamento. «¡Mierda, lo olvide!», masculló mentalmente—. ¿Por qué me mandaron con el pedido incompleto? Acaso no saben que soy yo el que se tiene que mamar el mal rato con los clientes —recriminó enojado, desquitándose con su jefe.

—Porque los clientes están tan cagados de hambre que de igual forma aceptarán que no les lleven todo —contestó su jefe sin ningún rastro de culpa.

—Tengo para rato con este problema. —David insistió con su mentira—. Voy a ver como vuelvo a casa, mi turno ha terminado por hoy, lo siento.

—No queda de otra, supongo —aceptó resignado—. Mañana me cuentas qué tal lo de la moto para saber si llamo al Checho para que te reemplace.

—No te preocupes, yo te comento apenas tenga novedades en el taller mecánico. Nos hablamos.

—Si no hay más alternativa… Cuídate, chao.

David miró la hora, era la una de la madrugada. Se puso el casco y subió a la motocicleta para ir en busca del maldito helado. No le gustaba dejar las cosas a medias, y bueno, esa mujer tampoco lo estaba pasando bien… igual que él… En una de esas podrían compartir el helado de la desdicha, fantaseó, porque de pronto se sentía terriblemente solo…

Si lo pensaba mejor, él también necesitaba algo dulce y una sonrisa amarga surcó su rostro. ¡Qué irónico! si no fuera por eso, no se habría salido de su ruta y no hubiera encontrado a…

Un bocinazo largo y atronador lo sacó de sus cavilaciones. Un golpe potente y violento lo expulsó diez metros hacia adelante, y lo último que sintió fue el azote de su cabeza contra el pavimento sumiéndolo en la más absoluta oscuridad.

Parecía que aquello que tan fervorosamente había deseado desde lo más profundo de su dolor, se había hecho realidad inesperadamente, tal vez iba a morir...

Capítulo 3

A las nueve de la mañana, Ainelen entró en una de las habitaciones de la Unidad de Cuidados Intensivos para atender al paciente de la habitación 303. Los últimos días se había dedicado a trabajar como china para poder mantener su mente ocupada y olvidar. Todavía era reciente el dolor de descubrir que su flamante prometido ya estaba casado, y que ella había sido la amante, la vil y sucia «patas negras», sin saberlo.

—¡Explícame qué significa este certificado de matrimonio, Tomás! ¡¡¡Apenas llevas un año de casado, infeliz mentiroso!!!

—Es solo por las apariencias, no nos llevamos bien, dormimos en habitaciones separadas.

—¿Y ahora me vas a decir que te vas a divorciar? ¿¡¡Crees que nací ayer, desgraciado mal parido!!?

—Te lo iba a contar…

Ainelen sacudió de su mente los malos recuerdos y se concentró su labor, tenía que dejar de sentir esa tristeza y decepción. Cerró los ojos y luego los abrió para enfocarse. Según le instruyó la jefa de enfermería, debía asear al joven que llevaba dos días en coma. El historial decía que se había golpeado en la cabeza en un accidente de motocicleta, y aunque afortunadamente tenía puesto el casco al momento del impacto, no fue suficiente protección. A pesar de ello, el hombre estaba de una pieza, en la ficha médica se especificaba que tenía una lesión en su cerebro pero no era tan grave, el resto de sus exámenes estaban prácticamente normales. Era como si él no quisiera despertar. Un roble dormido.

—Buenos días… mmmm… —Leyó en la ficha el nombre del paciente, interrumpiendo el invariable sonido de los monitores que medían sus signos vitales—, David. Hoy te toca aseo, espero que no te moleste que una mujer vea tus partes, pero es necesario. Estés dormido o no, tienes que mantener tu higiene personal, o si no las cosas se ponen realmente feas —recitó ella su discurso con naturalidad, que en este caso daba lo mismo, pues el hombre estaba inconsciente. Sin embargo, ella prefería decir lo que iba a hacer… por si las moscas.

Ainelen tenía todo preparado para «bañar» a su paciente; agua tibia, jabón, toallas, algodones. A ella no le gustaba mucho la parte del aseo, porque, bueno, era una verdadera ruleta rusa lo que se encontraba bajo las batas.

Miró al joven mientras se ponía los guantes quirúrgicos, su cara le recordaba a alguien pero no sabía de dónde. Se encogió de hombros, seguramente no era nadie importante, y procedió a quitar la manta que lo cubría, para luego desatar las amarras de la precaria bata que vestía el cuerpo del hombre.

Remojó una toalla de algodón y la estrujó quitando el exceso de agua, y empezó a limpiar el rostro con suavidad. Los movimientos que Ainelen ejecutaba a la perfección eran mecánicos, metódicos e impersonales. Luego secó la humedad con otra toalla, la joven mujer sonrió al ver que unas pelusillas se le enredaron en la barba que estaba a medio crecer y con dificultad se las quitó una a una…

Bruscamente sus movimientos se detuvieron… De los ojos del paciente emergían lágrimas sin razón aparente. Era normal que las personas en coma lloraran como acto reflejo, pero Ainelen sintió una profunda compasión por David, en él esas lágrimas se percibían de manera diferente, como si ella pudiera sentir el dolor por el cual atravesaba su paciente. No era físico era del alma. Para ella era terrible ver a un hombre llorar, y peor aún, un hombre que dentro de su inconsciencia lloraba sin poder ser consolado.

El ceño de él se contrajo levemente, y más lágrimas surgieron, Ainelen secó sus ojos con suavidad, era triste ser el testigo mudo de su sufrimiento. «¿En qué recuerdo triste estará vagando su mente?», se preguntó ella llena de lamento.

—Tranquilo, David. Todo va a pasar… Tienes que recuperarte —animó Ainelen acariciando la negra y suave cabellera de él, sintió un nudo en su garganta, estaba tan sensible por todo lo que ella misma estaba viviendo, y proyectó todas sus emociones en el paciente—. Eres un hombre joven, fuerte y buen mozo. Seguro que te llueven las mujeres, hasta yo te pediría una cita descaradamente —bromeó para alivianar el ambiente—. Debes luchar, la vida siempre te da segundas oportunidades. Solo tienes que aprovecharlas cuando se te presentan —aseguró con un hilo de voz y sonrió parpadeando rápidamente para ahuyentar las lágrimas que amenazaban con salir—. No te dejes vencer, ya va a pasar la tristeza… Permiso, voy a seguir poniéndote guapo para tus visitas.

Y continuó con el aseo, bajó la bata hasta la altura del ombligo, y limpió el ancho y musculado torso con jabón. Tenía unos moretones en el pectoral derecho, y al dirigir sus ojos al izquierdo, notó que estaba decorado en con un tatuaje muy realista de la Catrina, y suspiró. David no solo era atractivo, sino que también tenía buen cuerpo. «Ni siquiera debería pensar que tiene buen cuerpo, ¡no es ético, Ainelen!», se regañó mentalmente, «seré profesional y todo lo que quieran, ¡pero tengo ojos por todos los Pillanes!, y este hombre es un bombón», se justificó.

Una cosa era estar llevando a cuestas una desilusión amorosa, y otra cosa era ser ciega, y ella no lo era.

Rápidamente prosiguió con la tortura visual, porque poco a poco su actitud neutral se iba haciendo humo. Limpió y secó los brazos fuertes y firmes, las axilas, las piernas duras como si hubieran sido cinceladas, y por último, debía asear la entrepierna, y para ello, había que quitar el pañal…

Ainelen inspiró profundo, y miró de reojo a David con una punzada de culpabilidad…

—Lo siento, amigo, pero tengo que sacar esto para limpiarte —se excusó—. No seas tímido, veo fruteras todos los días, un plátano y dos kiwis no son nada del otro mundo —aseveró mientras tiraba las cintas adhesivas y abría el pañal—. ¡Por Antú! —exclamó con pudor y tragó saliva—. ¡Amigo, si esta cosa está así dormida, no quiero ni saber cómo es cuando está despierta! —halagó de un modo muy particular—. Sí que te deben llover las mujeres, David. Sí, señor.

En treinta segundos y haciendo acopio de toda su fuerza de voluntad y del poco profesionalismo que le quedaba, Ainelen hizo lo suyo, limpió con algodones húmedos cada recoveco de esa parte específica de la anatomía de David, secó la piel y le puso un pañal nuevo, le cambió la bata y lo volvió a cubrir con la manta.

—Listo, limpio y fresquito para tus visitas. Ha sido un enorme gusto atenderte, espero que despiertes pronto. —Ella sonrió, por un momento, David le hizo olvidar su propia tragedia y le hizo pasar un rato atípico en su trabajo—. Nos vemos mañana —se despidió arreglándole un poco el cabello.

Ainelen recogió todos los implementos de aseo y abandonó la habitación dejando una estela aromática de su perfume floral.

«*Jazmines…*»

El sonido de las máquinas se perturbó por un instante...
pero nadie lo notó.

—Hola, David —saludó Ingrid, con los ojos llorosos y enrojecidos—. Vine a ver como estabas... ya sé que no querías verme
nunca más, pero... Tenemos que conversar algún día. —Sollozó
mientras se retorcía las manos, nerviosa, preguntándose si él la escuchaba—. Yo... yo todavía te amo. Lo siento mucho, no quería que
las cosas terminaran de este modo, pero tenía mis razones. —Ella
se levantó de la silla que estaba al lado de la cama de David y acarició su mano—. Entiende que lo nuestro no iba para ninguna parte,
queremos cosas diferentes para nuestras vidas. —Ingrid intentaba
justificarse de algún modo, pero externalizar sus motivos le daba
la sensación de que en realidad solo empeoraba las cosas—... Otro
día volveré, adiós.

Ingrid salió de la habitación muerta de vergüenza y culpa,
ni siquiera fue capaz de mirar atrás.

Para David todo continuó igual.

—Raimundo, cuida a nuestro hijo desde el cielo, por favor,
haz que despierte... No soportaría verlo partir también... —oraba
la mamá de David a su difunto esposo, la desdichada mujer apenas podía hilar dos palabras sin llorar. Pasaba las tardes enteras
con su hijo, hablándole, rogándole que despertara.

—Señora... disculpe... el horario de visitas terminó —avisó Ainelen con suavidad tocándole el hombro con calidez—. Lo
siento mucho, pero debe retirarse.

—Mañana volveré, hijo —prometió la mujer de avanzada
edad depositándole un beso en la frente—. ¿Me avisarán si despierta? —preguntó esperanzada.

—Por supuesto, ya tenemos sus datos registrados en la ficha
de David, no se preocupe, la llamaremos si tenemos novedades.

—Gracias, señorita enfermera. Cuide a mi niño.

—Pierda cuidado —aseguró Ainelen sonriendo con amabilidad a la señora. No quiso corregir a la triste mujer diciéndole
que no era una enfermera propiamente tal, sino solo una técnico

en enfermería... Bueno, daba lo mismo en realidad, la gente ni se esforzaba por diferenciarlas.

—Adiós, señorita, y gracias de nuevo.

La mujer se retiró dejando a Ainelen a solas con David. Ella lo miró, el hombre le seguía provocando una sensación de que lo conocía, pero todavía no podía recordar de dónde. Era el cuarto día que él se encontraba en estado de coma y no tenía ningún tipo de evolución, ella lo visitaba todos los días, en parte porque era su trabajo y por otra... ni ella misma lo entendía.

—Hola, David... ¿te acuerdas de mí? —Ainelen comenzó a cambiar el suero y a chequear los monitores—. Ya lo creo que sí, fue traumático para ambos el baño que te di el día que te conocí. —Sonrió. «...Y el segundo, que te di esta mañana fue peor, eres un suplicio durmiente», pensó—. Te dejé bien guapo, me contaron que te han venido a visitar varias personas. Todos quieren que te recuperes.

La joven, terminó con su rutina y miró cómo David dormía en su inquietante letargo. Ese hombre, a diferencia de los incontables pacientes que había tenido a lo largo de su carrera, le transmitía una sensación extraña de bondad y algo más que le atraía como la fuerza de gravedad. Era irónico, ella era la única que hablaba pero él ya le caía bien.

—Me estoy volviendo loca... David, despierta por favor, y evita que siga hablando sola. Ojalá que cuando lo hagas seas simpático y no un ogro malhumorado. —Inspiró profundamente—... Estoy harta de que los hombres que se cruzan en mi vida me decepcionen. Soy un imán de tipos buenos para nada... —Sonrió irónica—. Ni siquiera sé por qué te estoy contando estas cosas. —Ainelen estaba un poco fatigada física y emocionalmente, se sentó en la silla que estaba al lado de la cama de David, y se quedó mirando la nada—. Bueno, si lo sé, porque tú no me retas como Marcelo, él me dice que soy demasiado inocente y crédula con las personas, sobre todos si son hombres... —Miró a David como si él le estuviera respondiendo—. Sí lo sé, tiene razón, pero siempre a las personas les doy el beneficio de la duda, nunca pienso en lo peor de los demás sino en lo bueno que tienen en el corazón... Ahora que se aprovechen de ello es otra cosa... —Se encogió de hombros y se quedó pensativa unos instantes, tal vez ella era el problema—. Ya, señor, debo seguir con mi ronda. Despierta pronto, tu mamá está sufriendo mucho. No seas malo con ella, se nota que te adora. —Ainelen suspiró mientras se levantaba de la silla, y sin pensar le depositó un beso en la frente a su paciente—. Nos vemos, David. Mañana no vengo porque tengo día libre… —avisó y luego se fue a anotar un par de datos en la ficha médica.

Ainelen salió de la habitación en silencio dándole una última mirada a David y apagó la luz.

Los monitores volvieron a perturbarse por unos cuantos segundos.

«Ese aroma… me gusta».

David abrió los ojos, parpadeó unos instantes, todo estaba oscuro y luego volvió a dormir.

Capítulo 4

«Len, contéstame el teléfono. Tenemos que hablar».

—No te contestaré, hijo de puta. No hay nada de qué hablar —rezongó ella al mirar el mensaje de *WhatsApp* —… Y mi nombre es Ainelen. ¡Idiota!

La joven lanzó a la cama su móvil que rebotó sobre un cojín. Le ponía mal genio todo lo que viniera de Tomás, su ahora ex prometido.

—Embustero infeliz, púdrete en el infierno. ¡Te odio!... ¡¡¡Te odiooooooo, *conchetumadreeeeee*!!! —gritó rompiendo a llorar—. Yo te amaba, y tú me mentiste… me mentiste en todo.

Apesadumbrada y sollozando, se sentó en su cama mirando todo a su alrededor. En cada rincón estaba el recuerdo de él, momentos felices para ella, llenos del amor que se profesaban y que se demostraban cada vez que estaban juntos y hacían el amor. Ahora esos recuerdos estaban manchados con la cruda verdad que ahora conocía. Ella era menos que nada, la segunda opción para Tomás.

Con el transcurrir de los días su corazón y su mente se iban quitando el velo que le impedía darse cuenta del tipo de persona que era él, un hombre frío que solo la buscaba cuando él quería, que era distante y que solo manifestaba el supuesto amor que sentía por ella con el sexo.

Ya no quería estar ahí, pero no tenía escapatoria. El departamento lo había comprado solo hacía un par de meses y no podía mudarse de residencia como quien se cambiaba de calzones. Pero podía empezar a cambiar algunas cosas, como por ejemplo comprar sábanas nuevas y quemar las que tenía en su cama como si fuera un ritual de exorcismo. Sí, eso haría, así por lo menos podría dormir tranquila.

Amargo, amargo, todo era amargo en la vida amorosa de Ainelen.

—Quiero algo dulce, necesito un helado… ahora. —En ese segundo tuvo un destello de terrible lucidez, ella lo recordó, como si fuera una película, rememoró cada episodio de esa noche, todo de golpe y ahogó un grito—. Es él… —susurró con la voz temblorosa—. Es imposible… no, no, no, no, no… —Pensó en su amigo, él podía confirmar su horrible descubrimiento—. Marcelo, él lo vio más de cerca… tengo que hablarle. —Ainelen tomó el celular y frenéticamente marcó su número—. Contesta, contesta, contesta, contesta…

—Aló, ¿Ainelen? —saludó su amigo desde el otro lado de la línea.

—Marcelo… ¿Cómo se llamaba el tipo que no llegó nunca con el helado? —preguntó sin siquiera saludar.

—¿Ese pequeño ladronzuelo de propinas?, David si no mal recuerdo.

—¡Ay no puede ser!… —exclamó llevándose la mano a la frente que empezaba a sudar de la preocupación—, ¿te acuerdas de cómo era físicamente?

—Ainelen Lemunao, no me digas que ahora estás interesada en delincuentes, eres incorregible —bromeó socarrón.

—Estoy hablando en serio, Marcelo Riquelme, es de vida o muerte, ¡contesta!

—Mmmm, el tipo estaba muy bueno… alto, moreno, mandíbula cuadrada, facciones masculinas y atractivas. Tenía ojos verdes… Mmmm… sí, creo que eran verdes… Mmmm buenas piernas, la espalda ancha y bonita sonrisa. Estaba como quería, y para mi desgracia, era heterosexual y no te quitaba la vista de encima.

Ainelen miró el celular con cara de «¿de verdad viste todo eso en treinta segundos?».

—Hablé con él mucho más rato de lo que crees —se excusó como si estuviera adivinando los pensamientos de su amiga—, tú solo le echaste los perros encima y te la pasaste dándole tarascones a ese pobre tipo. Yo creo que por eso no volvió… ¿A qué se debe este súbito interés?, ¿te trajo el helado con un absurdo retraso?

—No… creo que sé porque no llegó con el encargo… —dijo con sentimientos encontrados, ¡qué chico era el mundo! Ainelen se quedó callada, un poderoso sentimiento de culpa comenzó a invadir su corazón.

—*Guachita*, me estás asustando, dime por qué lo sabes.

—David está en coma desde hace cinco días, es un paciente en la UCI donde yo trabajo… —reveló y nuevamente comenzó a sollozar, pero no era por ella y su corazón roto. Era por aquel joven que dormía profundamente—. Está ahí por mi culpa, Marcelo. David está en coma porque tuvo un accidente en moto esa noche…

—¿Estás segura, Ainelen?, ¿no lo estarás confundiendo?

—No lo estoy confundiendo... Bueno, estoy casi segura. Tu descripción coincide a la perfección. Lo único que no sabía sobre él era el color de sus ojos.

—No lo puedo creer… si quieres mañana voy y te lo confirmo, puede ser un alcance de nombre… ya sabes que hay miles de hombres en Santiago con la descripción que te di —propuso para aliviar el estado de ánimo de Ainelen.

—Sería de gran ayuda, no puedo más con el sentimiento de culpa, Marcelo. Si no fuera por ese estúpido helado, él no estaría en el hospital… triste… sufriendo… no quiere despertar. —Nuevamente Ainelen rompió en llanto, no sabía de dónde le salían tantas lágrimas juntas, brotaban y brotaban sin cesar.

—Tranquila, *guachita*… ya, cálmate… No fue culpa tuya, son cosas que pasan. No sabemos que le sucedió realmente. —Marcelo estaba preocupado por su amiga, no sabía cómo contenerla, esta vez a Ainelen le llovía sobre mojado—. Cuando salga del trabajo pasaré a tu casa.

—No, no te preocupes. Voy a estar bien…

—No te estoy preguntando —interrumpió—, te estoy avisando, porque lo haré. Necesitas muchos abrazos, mocosa.

—Más que nada en el mundo, hétero encubierto —reconoció, su amigo era el mejor.

—Nos vemos, más rato… Tómate una agüita de melisa para los nervios —recomendó para que ella hiciera algo, aunque fuera inútil y la distrajera un poco.

—Eso haré… y no traigas helado… como que ya no quiero comer más. Nos vemos más rato.

Ainelen estaba casi cien porciento segura de que el repartidor de pizzas y David eran la misma persona, y el sentimiento de que ella era la responsable de todo la estaba matando.

Se recostó en la cama, se sentía agotada física y mentalmente. Estaba tan sobrepasada por tantas emociones que no sabía que sentimiento era más fuerte, culpa, tristeza, compasión, amargura, dolor, rabia, decepción… Todo se le mezclaba en su corazón, solo quería descansar y no pensar en nada ni en nadie. Ni siquiera en ella misma… Flotar y no saber de nada más.

Estar como David, dormida en una profunda oscuridad. Ainelen cerró sus ojos, no quería más guerra...

«Len, todo tiene una explicación».

Nuevamente Tomás insistía... Ella, dormía.

—Len, despierta —susurró una voz masculina a lo lejos—. Tenemos que hablar.

Ainelen se despertó sobresaltada, una silueta oscura la acechaba... Era Tomás, que estaba de pie al lado de su cama como una sombra espeluznante. En ese instante, ella se percató de que no le había quitado las llaves de su departamento cuando terminó su relación con él. Grave error.

—¿Qué haces aquí? —inquirió molesta y nerviosa mientras se incorporaba. La mirada de él la perturbaba y le encendió todas las alarmas.

—Tenemos que hablar —insistió explorándola con la mirada, esa técnica siempre le daba buenos resultados. Para él, era fácil seducirla, y esta vez no sería diferente. Ahora que ella sabía la verdad ya todo daba lo mismo, Ainelen volvería a él porque lo amaba y tanto era su amor, que aceptaría todo, incluso ser la amante.

—No hay nada de qué hablar, Tomás —replicó lacónica y se levantó firme—. Devuélveme mis llaves y vete —exigió altanera, extendiendo su palma para recibirlas.

—No lo haré... Perdóname, Len... Ella... solo es por conveniencia, tenemos vidas separadas —comenzó a justificar fingiendo arrepentimiento—. Es para ocultar que es lesbiana y su familia no se entere... Estar emparentado con ellos me da oportunidades para hacer negocios y...

—¡¡¡Me importa un reverendo comino si ella es lesbiana o no!!! —explotó Ainelen furiosa—. Nunca, escúchame bien, nunca seré la amante de nadie. No perdono las mentiras, las odio, y no las aceptaré de ti, ni de nadie. Me usaste, maricón insensible, ¡me usaste! ¿Qué creías, que con esa explicación de mierda iba lanzarme sobre ti, perdonándote todo? Yo no me como las migajas de nadie y menos las tuyas —declaró convencida, para ella había sido suficiente con haber sido la hija escondida del patrón, toda su vida fue la bastarda, la *guacha*, la de padre ausente, que ni siquiera merecía llevar su ostentoso apellido. No, no iba a repetir eso para su propia existencia, por ningún motivo y menos por un hombre.

—Pero, preciosa... Podemos seguir juntos, ¿qué no lo entiendes? —Se acercó bruscamente a ella y la abrazó fuerte—. Seremos felices, ya no hay más mentiras, los papeles no importan, te lo daré todo... Te amo, solo te quiero a ti, a nadie más, eso es lo único que te debe importar, solo nosotros. —El hombre empezó a usar toda su artillería pesada emocional. Ella se estaba haciendo la difícil, pero ya la doblegaría, no la iba a perder así como así. Ainelen le pertenecía solo a él.

—¡Suéltame, Tomás! —Ainelen sintió el hálito alcohólico de él y le causó repulsión. El miedo le recorrió la espina dorsal y comenzó a forcejear para zafarse de su agarre—. ¡Suéltame, me duele, animal! ¡Me das asco! —gritó retorciéndose desesperada—. ¡Suéltame!

—¡Suéltala, hijo de puta! —ordenó Marcelo irrumpiendo en el lugar con su vozarrón.

Ainelen aprovechando que Tomás se distrajo, y con una sangre fría de la que ella misma se asombró, le dio con todas sus fuerzas un rodillazo en la entrepierna, que le dejó los testículos como corbata, sumiéndolo en un infinito y agudo dolor que le hizo caer y lo obligó a ovillarse para mitigar la intensidad de su sufrimiento.

Marcelo furibundo lo arrastró fuera del departamento de su amiga como si fuera un saco de papas, insultándolo sin ningún rastro de educación, diciéndole de hasta lo que se iba a morir.

—Si sigues molestando a mi amiga te desollaré vivo, maldito infeliz —amenazó—. Dame las llaves —exigió—. Dámelas o llamo a carabineros... Elige.

A Tomás no le convenía para nada tener un escándalo, debía pensar primero en su reputación y en la de su «esposa». Con dificultad se puso de pie, y se arregló la ropa mirando con cara de odio a Marcelo, sacó las llaves de su bolsillo y se las lanzó de mala gana.

—Vuelve a aparecer por aquí y te denunciaré por violencia, ¿me escuchaste?

Tomás ignoró a Marcelo, se dio media vuelta y caminó tambaleante hacia el ascensor. Estaba cansado, maldijo a Ainelen y se prometió que ella volvería rogando por él, y cuando eso sucediera, se las haría pagar caro. Muy caro.

Marcelo se quedó en la puerta como un imponente guardián hasta que se aseguró que ese malnacido abandonaba el lugar por un buen tiempo. «Nunca se sabe con estos locos de mierda», pensó él.

—Mañana cambiaremos la chapa de la puerta —sentenció Marcelo mirando a su amiga, que estaba iracunda. En sus ojos ya no había ese dolor por la persona amada, ese precioso sentimiento humano había sido reemplazado por furia y odio.

—No sé cómo me pude enamorar de él, es un imbécil —dijo más para sí misma que para su amigo—. Tomás está irreconocible. Me hizo sentir como si yo fuera… de su propiedad, como si fuera un mueble… Estaba como loco.

—Ainelen… ¿Quieres poner una denuncia? —ofreció—. Esto no puede quedarse así.

—¿De qué sirve, Marce? —Suspiró—. Tengo que llegar media muerta a un hospital para que me tomen en cuenta para una denuncia por violencia. Solo cambiaré la chapa y pediré en conserjería que no lo dejen entrar.

—¿Estás segura?

—Por supuesto, mi rodilla funcionó muy bien hoy. —Ainelen intentó bromear, pero fue en vano, pues a Marcelo no le hacía ninguna gracia la decisión de su amiga—. Tú sabes bien que será inútil una demanda si no tengo ningún moretón… —insistió en su argumento—. Sería una pérdida de tiempo.

—No me gustó para nada lo que vi hoy, Ainelen. Ese imbécil está chiflado. ¿Mañana a qué hora entras a trabajar?

—Mañana empiezo temprano, a las ocho, el maravilloso turno de las veinticuatro horas de amor —respondió ironizando.

—Me quedaré esta noche por si acaso. Mañana en la mañana voy a ver lo de la chapa… y luego pasaré por tu trabajo para reconocer a nuestro amigo, el comatoso.

Ainelen asintió y esbozó una sonrisa, Marcelo la abrazó, su amiga necesitaba uno de esos abrazos de oso que a él se le daban tan bien.

—Gracias, Marce… Gracias por estar a mi lado.

—De nada, *guachita*, lo hago porque que te quiero mucho. Voy a llamar a Carlos para cancelar la ida al cine.

—¡No, no hagas eso, Marce! —exclamó horrorizada—. No puedes dejar a ese proyecto de novio de lado. Se te va a escapar.

—No, querida. Cualquier persona que ose estar en mi vida debe aceptar que solo tengo una amiga en este mundo, y que me debo a ella. Fuiste la única que me apoyó en mi hora más oscura, sin pedir nada a cambio —declaró serio y besó la cabeza de ella—. No sería un buen amigo si te dejara botada por unos ojos bonitos y un culo de infarto.

—Eres terrible, Marcelo. —Rio Ainelen—… eres terrible…

Esa noche, Ainelen, por primera vez en cinco días no derramó lágrimas por Tomás o por su mala suerte en el amor. En vez de eso, se quedó dormida rogando incesantemente a sus antepasados que despertaran a David, él no merecía estar así por culpa de ella.

Él tenía que recuperar su vida y vivir.

Capítulo 5

—Es él —afirmó Marcelo perplejo, confirmando las sospechas de Ainelen. Ambos miraban a David fijamente a los pies de su cama—. Mierda…

—¡Lo sabía! —exclamó sin levantar mucho la voz para no perturbar la quietud del lugar—. Es mi culpa, te lo dije, está así porque lo mandamos a buscar ese helado de mierda.

—Deja de decir eso, mujer. No es tu culpa —reprendió su amigo, cuando a Ainelen se le metía algo entre ceja y ceja, no había forma de hacerla claudicar—. Si quieres puedo averiguar qué sucedió esa noche según el parte policial —ofreció Marcelo para tranquilizar la conciencia de su amiga. Para un fiscal como él, obtener ese tipo de información era pan comido—, creo que de esa manera no te sentirás tan miserable. Tú y tu gusto por la autoflagelación emocional, eres insufrible.

—Muchas gracias, Marce… solo quiero saber cómo fueron las cosas.

—En cuanto tenga algo te aviso. —Marcelo, besó la frente de su amiga—. Me tengo que ir, *guachita*. Vete derechito a dormir a tu casa cuando termines tus veinticuatro horas de amor, ¿vale? —bromeó—. Si no me haces caso parecerás *zombie*, por no descansar como es debido.

Ainelen esbozó una sonrisa a modo de despedida, Marcelo hizo un gesto con su mano derecha y se fue. Ella volvió su mirada a David, su barba había crecido un poco más, se acercó a él y le arregló un poco el cabello con suavidad y ternura.

—Perdóname, David —rogó acariciando la mejilla de él sin importarle que la barba le pinchaba los dedos—. Por todo, esa noche no merecías que te tratara tan mal, soy lo peor, estaba muy enojada y triste… Si no fuera por…

—Si no fuera, ¿qué? —intervino la voz de una mujer—. Continúa, no seas tímida, quiero saber la historia completa —exigió con sarcasmo y desdén.

Ainelen se dio media vuelta y vio a una rubia que echaba chispas por los ojos, la miraba de pies a cabeza con desprecio. Cómo odiaba que la miraran de esa forma.

—Nada... es algo entre él y yo... —respondió un poco nerviosa—. Es privado, no es de su incumbencia, señorita.

—¿Ah sí? ¿Quién te dejó entrar? Solo la familia puede ver a David —informó la mujer de manera altanera.

—Si me disculpa, señorita, me tengo que ir ahora... —Ainelen optó por la evasión e intentó escapar saliendo rauda, pero la otra mujer fue más rápida y la tomó por el brazo con brusquedad.

—Aléjate de David, india de mierda, yo soy su mujer. No sé de dónde lo conoces, ni me interesa, pero te advierto, si te veo una vez más cerca de él te voy a...

—Tú no harás nada, Ingrid—interrumpió la madre de David que había entrado sin ser escuchada—. Y no eres la mujer de mi hijo, no todavía y tú sabes por qué —espetó—. Deja en paz a la señorita enfermera.

La novia y la madre de David mantuvieron el contacto visual en una lucha silenciosa de voluntades, finalmente Ingrid soltó el brazo de Ainelen quien estaba furiosa por haber sido llamada «india». Ella no era india, era mapuche, descendiente de valientes guerreros de Arauco. Detestaba a la gente que miraba en menos a los de su raza. A pesar de que ella era mestiza, se sentía orgullosa de sus raíces y de los rasgos físicos que caracterizaban a su pueblo. «Qué mal gusto tiene David para elegir mujeres», pensó Ainelen molesta, «huinca[1] peliteñida repelente, ya me cae gorda».

—Volveré otro día... el aire es irrespirable acá —expresó Ingrid de manera soberbia y desdeñosa, y salió iracunda de la habitación haciendo resonar sus tacones.

Ainelen y la madre de David, ignoraron ese ridículo arranque infantil y prefirieron mirar compasivas a David quien dormía apaciblemente. Sus pensamientos coincidían en ese momento, esa mujer era infumable.

—Disculpe, señora... tengo que seguir con la ronda. Perdón por el mal rato.

—¿Por qué estabas acá? Hace un momento pasó la otra enfermera a chequear a mi hijo, así que supongo que esta no es una visita profesional —especuló la madre de David.

---

1 *Huinca: nombre que dan los mapuches a toda persona que no pertenece a su pueblo, sobre todo si es enemigo.*

—Es un poco complicado de explicar, señora. A David lo conocía de antes… —Ainelen solo quería que la tierra la tragara y la escupiera en el cráter del volcán Llaima, pero no tenía más alternativa. Inspiró y la miró a los ojos—… Lo conocí la misma noche que su hijo tuvo el accidente… Él entregó unas pizzas en mi departamento y le faltó parte del pedido… y… y… —Ella no hallaba cómo seguir contando la historia sin sentir que la culpa le ataba un nudo en la garganta, le estaba costando mucho hablar.

—Y… ¿qué más?

—Era un helado —continuó—, mi amigo le pidió que fuera a buscar un helado como favor porque yo estaba pasando un muy mal momento… y David aceptó hacerlo… pero nunca más volvió. —Ainelen estaba cansada de llorar por todo, intentaba controlar esas lágrimas rebeldes que luchaban por caer—. Fue mi culpa, si no hubiera sido porque le pedimos ese estúpido helado, él no estaría aquí y…

La madre de David abrazó a esa joven que rompió en un llanto silencioso, intentando aplacar su pena.

—Ya, mi niña, no pasa nada —consoló la mujer—. No fue tu culpa. David… bueno, es un buen muchacho, y solo tuvo mala suerte. No te preocupes, tengo mucha fe de que mi niño despertará. Cuando lo haga, ahí recién sabremos qué sucedió realmente, no te eches a morir, mi niña… —Acarició la espalda de la joven para que se tranquilizara—. Gracias por cuidar de mi hijo, de corazón te lo agradezco.

Ainelen asintió en silencio y se limpió las lágrimas con el dorso de su mano, sonrió con debilidad a aquella mujer, que si bien era bastante mayor, seguía irradiando una fuerza espiritual y mental envidiable.

—Me tengo que ir, señora…

—Ana, mi nombre es Ana —indicó la madre de David.

—Ana… debo irme, hoy tengo turno de noche… Usted será la primera en saber si David despierta —prometió solemne.

—No lo dudo, señorita…

—Ainelen, Ainelen Lemunao…

—Ainelen, bonito y extraño nombre —observó Ana—. No lo había escuchado nunca.

—Significa amor en mapudungun. —Y se encogió de hombros—. Mi mamá siempre me decía que era el fruto de su amor… —La muchacha dejó la oración en el aire, mejor se iba, estaba hablando demasiado y de cosas que prefería mantener guardadas en el baúl de los recuerdos—. Me tengo que ir, nos vemos, Ana… Nos vemos más rato, David. —Se despidió de él, tomándole la mano y dándole un apretoncito.

Ainelen dejó a madre e hijo a solas, su corazón ahora se sentía un poco más liviano, tal vez la señora Ana tenía razón y solo fue mala suerte… Una muy, muy mala suerte

La mamá de David se quedó a solas con su hijo. No esperaba ver a Ingrid, ¡qué descaro de esa desgraciada! A Ana nunca le gustó esa mujer, y la cosa fue peor cuando la descubrió entrando a un hotel de la mano de otro hombre en actitudes muy lejanas a algún encuentro profesional o de amistad. Lógicamente cuando le contó a su hijo, éste defendió a su novia, diciendo que ese día había una conferencia en ese lugar, se peleó con ella y no le hablaba desde hacía ya seis meses. La señora Ana averiguó si hubo la mentada conferencia, y no, en ese hotel no tuvieron ninguna durante ese mes, lo que confirmó su teoría, esa infeliz le era infiel a David con todas sus letras.

—Ay, hijo. —Suspiró mientras se sentaba pesadamente en la silla—. Perdóname, siempre he hecho las cosas por tu bien… Esa mujer no te merece… solo deseo que pronto te des cuenta de que ella no es para ti… —Parpadeó para espantar sus emociones negativas e inspiró profundo—. Mejor cambiemos de tema, te traje un reproductor de MP3 para que escuchemos tu música. Busqué entre tus cosas y lo encontré, pensé que sería bueno para ti. —La señora Ana apretó el botón de encendido pero la música no se reprodujo—. ¡Bah!, estas cosas me superan a veces… ¿qué tecla será?… —Comenzó a apretar todos los botones y de pronto le atinó al correcto… Guitarras sonaron, una melodía triste rompió el silencio…

Sería tan fácil siendo lluvia, sólo un roce y tendría que caer.
Sería tan fácil siendo monte, en mi pecho te abrazaría con mi piel.
Siempre he estado vivo, al menos cuando he logrado llegar.
A ver el sabor, que dejó el temor, de tener que olvidar.
Al regresar verás mi carnaval.

Sería tan fácil fingir, que te volveré a ver, que te volveré a ver.
Sería tan fácil vivir, con la mirada hacia dentro, con los ojos adentro.
Siempre he estado vivo, al menos cuando he logrado llegar.
A ver el sabor, que dejó el temor, de tener que olvidar.
Al regresar verás mi carnaval.

Ana sabía que era el grupo Lucybell interpretando la canción «Carnaval», a David le encantaba ese grupo, por lo menos cuando era un poco más joven, tarareaba siempre sus melodías y asistía a sus conciertos. Ana no le prestó mucha atención a la música, solo miraba con adoración a su único hijo. Ella estaba haciendo lo que su corazón le dictaba, deseaba con toda su alma verlo regresar, ser el mismo de siempre. Con añoranza recordó el milagro que había sido tenerlo cuando ya no tenía esperanzas de concebir, y ahora, con cada día que pasaba, más se alejaba la posibilidad de volver a ver su sonrisa, oír su voz. Su niño dormía y estaba en un lugar que le era imposible acompañarlo y eso la estaba matando en vida.

Así estuvo Ana durante todo el tiempo que le permitían estar a su lado, recordándole anécdotas, hablándole de su padre, acariciando su rostro, buscando un indicio, un gesto que le dijera «estoy aquí, ya volví».

Ainelen comenzó su ronda habitual para chequear a los pacientes, tomar la presión, la temperatura, cambiar jarras de agua, verificar si estaban con dolor o si estaban cómodos. Dejó para el final la habitación 303, necesitaba armarse de valor. Ahora que sabía a ciencia cierta quién era el joven que dormía, le invadía la inquietud…

Abrió la puerta con sigilo, todo estaba en penumbras. Encendió la luz… Ahí estaba él, tranquilo, sereno… durmiendo.

—Hola, David, ¿cómo estás esta noche?... —Ainelen saludó y empezó a revisar la vía, el suero, los monitores y de pronto le llamó la atención el reproductor de MP3 que estaba sobre la mesa de noche—. ¿Te trajeron música?, eso es súper bueno para ayudarte a despertar… ¿qué tienes acá?... —Apretó el botón de *play* y volvió a sonar la música desde el principio de la lista de reproducción—. ¿Lucybell? Mira que coincidencia, a mí me encanta ese grupo… pero esta canción es muy triste, habla de la muerte, me hace recordar a mi mamá y me hace llorar, y he llorado demasiado últimamente… Mejor pongamos otra… —Buscó en la lista y seleccionó otra—, esta me gusta más «Milagro»… Puede que salte al cielo. —Empezó a cantar bajito—… Seguro de ir al infierno, perder no impide apostar... tienes que ser un milagro... —Dejó de cantar, arregló el cabello del joven, y sonrió—. Despierta, David... despierta —susurró mientras seguía sonando la canción—... Tienes que ser un milagro. —Volvió a cantar, ella tenía una bonita voz, cálida y femenina—. En dónde estés, cuando quiera abrazarte, y cómo estés ya estoy ahí, el sol entre tus labios... —Acarició la boca de él, apenas con un toque—. Soy el sol... —Ainelen cerró los ojos, estaba disfrutando la canción.

«*Despierta, David... despierta...*

Ese aroma de nuevo, ¿quién es?... ¡Espera, no te vayas!».

Ainelen abrió sus ojos asustada, una mano enorme le sujetaba firmemente la muñeca y unos ojos de un verde intenso la miraban fijo, haciendo que ella se reflejara en sus pupilas.

—¿Qui... én... eres?

Capítulo 6

«¿Quién es ella?», se preguntó David, «¿qué pasó?, ¿dónde estoy?», fueron las siguientes preguntas que se formuló al instante. Sentía el cuerpo embotado y que no era capaz de hablar, su lengua la sintió seca y pesada, y no le obedecía. El miedo lo invadió, estaba aterrado, no entendía nada de lo que sucedía a su alrededor, de pronto se sintió mareado y todo se tornó vertiginoso.

Parpadeó lentamente varias veces para vencer la sensación de mareo, y no quiso soltar la muñeca de esa hermosa joven que lo miraba sorprendida al borde de las lágrimas y con cara de alivio, todo a la vez.

—David, tranquilo… —La joven mujer temblaba, estaba nerviosísima pero feliz—. Estás en un hospital… Calma, por favor… Si entiendes lo que te digo, asiente con la cabeza —solicitó con una voz dulce, que a él le pareció tranquilizadora y llena de luz.

David asintió lentamente, sin dejar de mirarla. Suavemente la soltó, por lo menos sabía que estaba en un hospital… pero ¿por qué se encontraba en ese lugar? ¡Dios, todo era muy confuso!

—David, mi nombre es Ainelen Lemunao. —La joven observó si él tenía alguna reacción con su nombre, pero no había indicio de nada, tal vez él no la recordaba—… Voy a buscar al doctor para que venga a verte… él te explicará todo, ¿ok? Yo volveré no te preocupes —indicó ella para poder llamar al médico de turno—. ¡Es maravilloso que estés despierto… eres un milagro! —exclamó con auténtica felicidad, tanto que a él le extrañó tanta alegría por parte de una desconocida—. No te duermas, por favor, ya vuelvo…

El joven asintió de nuevo, sentía que había dormido lo suficiente y estaba lleno de energía, se sentía como nuevo para ir a…

Mierda, estaba confundido, no sabía a dónde tenía que ir o qué día de la semana era, pero estaba seguro de que era… Nada, ni día, ni mes, ni siquiera tenía claro qué año era… Se sentía como Alicia cayendo por el agujero siguiendo al jodido conejo.

La mujer le sonrió y le acarició el rostro para tranquilizarlo, porque el desconcierto se reflejó en su rostro… «Creo que en algún momento, todo tendrá sentido», pensó David, sonrió tímidamente a la joven enfermera que parecía que lo conocía muy bien. Le hablaba de una manera cálida y familiar, y eso serenó sus agitadas emociones.

Ainelen salió de la habitación y él cerró sus ojos. De pronto se sintió muy cansado y no pudo evitar volver a quedarse dormido.

David volvió a despertar, ahora era de día. Miró el techo, una música suave le llamó la atención. Miró a su derecha, era su viejo reproductor de MP3 que se encontraba en la mesa de noche y estaba funcionando. Si no mal recordaba ese aparato lo había dejado en la casa de su mamá… ¡Su mamá!, al fin algo que tenía significado para él, se preocupó por ella, su viejita, no debería hacerle pasar esa clase de sustos…

—¡Dios mío, hijo!... Despertaste…

Llanto, mucho llanto.

«Mamá, no llores… mamita, estoy bien».

La voz de David no salía más allá de sus cuerdas vocales, su voz se difuminaba, quería hablar pero no podía, ¿qué estaba sucediendo? No entendía nada.

Su madre regó su cara de besos y caricias de alegría, pero con mucha suavidad, como si él se fuera a romper…

«Estoy bien, viejita… no sufras».

—Hijito mío, pensé que te perdía… pensé que nunca más despertarías… Los días pasaban y pasaban, y tú no… —Llanto y más llanto interrumpían las palabras de su madre. David le tomó las manos y se las besó y acarició para tranquilizarla.

—Ma… má… —articuló David al fin, las palabras se atascaban en algún lugar entre su cerebro y su garganta, era como si estuviera aprendiendo a hablar de nuevo—… Mamá…

Ana apretaba las manos de su hijo, y lloraba de felicidad. El doctor le había advertido que el despertar de su hijo iba a ser un proceso lento, y que había mucho optimismo en su recuperación, pues no habían sido demasiados días en estado de coma y la lesión de su cerebro no había sido grave. Paciencia y amor solo era necesario para apoyar a David, porque aunque el diagnóstico era auspicioso, el proceso no sería sencillo. No era como en una película, en que el protagonista despertaba y hacía su vida normal al instante.

Pero eso no importaba, la madre de David al fin podía respirar en paz, su hijo la había reconocido.

«*Despierta, David... despierta*».

Era de noche cuando volvió a despertar, se había vuelto a dormir sin darse cuenta. Estuvo soñando con una hermosa joven de piel morena poseedora de un aroma inconfundible. El techo era diferente. Al parecer ya no estaba en el mismo lugar, David ya se estaba acostumbrando al desconcierto de no saber mucho de la situación en general. No sabía cuánto había dormido, pero suponía que habían sido horas.

Entró una enfermera a la habitación. No era la misma mujer que vio la primera vez... ¿o había sido un sueño?, ahora que lo pensaba mejor siempre soñaba con ella y no la había vuelto a ver, ¿o sí? Estaba confundido y un poco decepcionado por no volver a verla, ¿acaso tendría que volver a dormir para encontrarla y sentir su aroma?... Otra cosa más de la cual él no estaba seguro.

—¿Cómo te sientes? —saludó afable la mujer desconocida—. Despertaste temprano hoy, son las seis de la mañana, ¿quieres agua? —ofreció.

David asintió, pero esta vez no esperó a que se la dieran. Se incorporó y luego se sirvió él mismo con un poco de torpeza, pero lo logró ante la atenta mirada de la enfermera.

Cada día que pasaba, era un paso que avanzaba.

—Hola, David... Soy yo, Ainelen —susurró una voz que le era familiar, ¿estaba soñando de nuevo?

David abrió los ojos y se encontró frente a frente con la mujer con la que soñaba todos los días y sonrió espontáneamente. Ella le devolvió la sonrisa.

—Ho...la —respondió David—. ¿Eres... re-real? —preguntó para cerciorarse de que no se trataba de algún encuentro onírico, todo estaba siendo demasiado vívido.

Ella rio, de una manera muy femenina, casi como un canto de sirena, y él se sintió como si hubiera sido atrapado por un hechizo, no quería dejar de mirarla.

—Soy bastante real... Perdón por no venir tan seguido como antes, pero como mejoraste ya no podías estar en la UCI. Me escapaba cada vez que podía, para verte un ratito y casi siempre dormías o estabas medio consciente. Así que ahora que estás despierto, y yo ya he terminado mi turno, podemos decir que esta es una visita de cortesía oficial. Tu mamá me ha comentado tus progresos. Estoy muy contenta por ti —dijo con alegría, se notaba en su rostro.

—¿Qué... m-me...pa-pasó? —David, al fin pudo formular la pregunta que nunca salía más allá de sus pensamientos. Pasaba más rato dormido que despierto y su mamá todavía no era capaz de darle esa información.

La sonrisa abandonó con brusquedad la cara de Ainelen. «Bueno, eso no es una buena señal», pensó David, así que mentalmente se preparó para lo peor. Ella inspiró profundo y lo miró directamente a los ojos.

—Tuviste un accidente en tu motocicleta y sufriste una lesión en tu cerebro... —reveló seria—. No fue muy grave, pero estuviste en coma durante seis días... Desde que despertaste han pasado dos semanas.

El joven abrió los ojos sorprendido, no podía recordar nada, ni el accidente, ni lo que había pasado antes... todo estaba en blanco. Ni siquiera podía creer que ya habían pasado dos semanas desde que había «despertado».

—Tengo un amigo que es fiscal y averiguó lo que sucedió según el parte policial. Tu motocicleta estaba detenida frente a un semáforo y te chocaron por detrás —explicó con un tono de voz contenido, a ella se le estrujaban las tripas de tan solo imaginar el accidente—. El conductor se dio a la fuga y no sabemos nada más... —Ainelen iba a seguir dándole información, pero al ver los ojos de David se dio cuenta que estaba en medio de un torbellino de emociones, pero a la vez, el semblante de él reflejaba que estaba tranquilo. Se lo estaba tomando todo muy bien, con mucha naturalidad—... Perdón, son demasiadas noticias de golpe. Me voy de lengua fácilmente y la hago funcionar muy rápido... ¡Soy una torpe!

David había salido de un coma, apenas llevaba la cuenta de la cantidad de días de recuperación y hablaba con dificultad, pero su cerebro masculino todavía funcionaba perfectamente para el doble sentido y malinterpretar cualquier cosa inocente, y la oración «Me voy de lengua fácilmente y la hago funcionar muy rápido » le hizo reír jocosamente.

Ainelen con inocencia no entendía por qué él reía tanto, si lo que he había dicho era terrible. Sin embargo, la risa de David era contagiosa y no pudo evitar reír con él a carcajadas. Ambos se relajaron, ella estaba aliviada porque él mejoraba, y David ya tenía una idea de lo que le había pasado, lo cual era bueno para su sanidad mental.

—Estoy muy contenta de que estés mejorando, David —expresó con sinceridad tomándole la mano—. Muy, muy contenta…

David sonrió y asintió, esa mujer lo tranquilizaba mucho y ese aroma que ella tenía… ¡Era ella, definitivamente era ella!, le encantaba como olía, se colaba en sus sueños y le daba paz y calidez, y ahora también estaba junto a él en el mundo real. Ainelen tenía algo que no podía explicar, pero disfrutaba mucho de su compañía. No deseaba soltar su mano.

Algo perturbó el ambiente, David miró hacia la puerta y vio a una mujer rubia con cara de querer matar a alguien. Bueno, algo había logrado, había matado la sonrisa de ambos de un plumazo. A él no le gustó para nada la presencia de esa mujer, algo en ella le provocaba rechazo. Era hermosa, pero era una belleza gélida, sin vida… en realidad la mujer era horrible.

Ainelen se tensó de inmediato, no le gustaba para nada esa *huinca* peliteñida. «Ya se arruinó todo, esta yegua es capaz de envenenar hasta el agua con su presencia», pensó.

—David, amor… ¡Despertaste! —exclamó Ingrid con fingida naturalidad, porque sus ojos fulminaban a esa india que tanto detestaba—. Qué felicidad, mi vida.

Él la miraba, y la miraba, y la miraba… pero nada. No recordaba haberla visto en su vida, ni siquiera en sus pesadillas… Menos mal, habría sido un sueño horroroso.

Ainelen observó atentamente la expresión facial de David, ¡diablos!, el hombre estaba perdido.

—¿La reconoces, David?, ¿sabes quién es ella? —preguntó Ainelen con cautela, intuyendo su respuesta.

—N-no.

Por algún malévolo y extraño motivo, a Ainelen le gustó que David no tuviera la más remota idea de quién era Ingrid.

En realidad, eso le encantaba.

Capítulo 7

Ingrid no podía creer lo que estaba sucediendo, cada día que pasaba, ella rogaba a todos los santos para que David no recordara que la había descubierto... ¡Pero esto era demasiado!, ¡era inconcebible que no la recordara a ella, su novia!

Ainelen observaba el rostro desencajado de la mujer, casi sintió lástima por ella, pero conocía toda la verdad. La madre de David y ella, se habían hecho muy amigas y ella le relató el episodio del hotel y sus consecuencias. Así que la casi lástima, pasó a transformarse en saltos de felicidad interna.

Como pecas, pagas, mala mujer.

—Pero, pero, pero... chanchito. Soy Ingrid, tu novia... Llevamos dos años juntos. —Ingrid miró a la mujer esa, para que le echara una mano, si era su trabajo, esa enfermera la había visto visitar varias veces a David. Esa india sabía que ellos eran pareja—. Anda, dile que somos novios.

—Señorita Ingrid, cálmese por favor —solicitó Ainelen amable, bueno, haciéndose la amable—. No presione a David, él está convaleciente y era sabido que era probable que presentara episodios de amnesia. Se les informó a los familiares durante... ah no, de veras, que usted no se presentó a la junta médica —dijo ella con ganas de que cada palabra se le enterrara en ese corazón de piedra que tenía esa suripanta.

—No pude, tenía trabajo... —intentó explicar—. Pero eso no es lo importante... David, mi amor, ¿cómo no me vas a reconocer? ¿No lo recuerdas?, nos conocimos cuando solicitaste una práctica de técnico constructor en la inmobiliaria... Fue amor a primera vista...

Él la observaba, sus gestos, sus rasgos... toda ella era desagradable, ¿amor a primera vista?, ¿de ella?.. Quizás cómo fue su encuentro como para quedar encandilado con tan solo verla. Él recordaba perfectamente que finalmente su práctica la había hecho con un contratista independiente… No, ella no se encontraba ni de casualidad en su pasado.

—N-no… pue-do… l-lo…siento… —respondió él incómodo, quería que esa mujer se fuera, que no estuviera cerca de él, toda ella le repelía.

—Pero, chanchito… tú me amas, no me puedes olvidar así como así —Ingrid, estaba desesperada e incrédula. No era posible, a lo mejor él sí se acordaba pero se hacía el amnésico para hacerle la ley del hielo—. Mi amor, sé que cometí un error pero lo resolveremos… Podemos empezar de nuevo.

Para David ya estaba siendo suficiente toda la situación y tomó una decisión. Fue difícil, él no era cruel por naturaleza, pero debía hacerlo, por el bien de todos y sobre todo el de él mismo, porque no se veía soportando a esa mujer interfiriendo en cada aspecto de su vida, se notaba su egoísmo, ella en ningún momento le dijo que lo amaba.

—Le pido encarecidamente que no perturbe a David, está asimilando demasiadas cosas estos días… —Ainelen dejó de hablar, pues él le apretó la mano para llamar su atención—. ¿Qué pasa?, ¿necesitas algo?

El joven asintió e hizo el gesto de escribir en el aire. Ainelen entendió al instante y buscó en su cartera una libreta de notas y un lápiz y se los entregó. David con un poco de dificultad empezó a escribir.

Ingrid estaba atenta mirándolos a ambos y cómo se comunicaban. Los celos empezaron a carcomerle el alma. Esa india lo miraba embelesada y con la cara llena de risa, y él solo tenía ojos para esa infeliz, ¿se conocían hace cuanto, ah?, ¿veinte minutos?, ¿y ya tenían una especie de relación donde ambos estaban tan compenetrados? ¡De ninguna manera!, ¡esto era completamente ridículo!

Ainelen observaba atentamente cómo David escribía, lo hacía lento y las manos le temblaban, pero ella no se atrevió a leer, no quería invadir su privacidad, de hecho, ya lo había invadido lo suficiente con haberlo bañado un par de veces mientras estuvo en coma, la primera vez había sido toda una aventura, pero la segunda fue peor porque para ella, pues él ya no era un paciente más.

Una vez que él terminó, le devolvió la libreta a su dueña y la miró a los ojos. Ainelen esbozó una sonrisa, al parecer David quería entregarle un mensaje a Ingrid.

—¿Quieres que le dé tu nota a ella? —preguntó para confirmar los deseos de él.

—S-sí... po-por fff... favor...

—Vale.

Ainelen se levantó sin abrir la libreta y se la entregó a Ingrid, quien casi se la quitó de un tirón, a David no le pasó inadvertido el gesto de la rubia, ¡cómo diablos se pudo relacionar con
una mujer tan altanera e insufrible! Por más que lo intentaba no
podía relacionar su rostro con ningún recuerdo. Su memoria tenía
lagunas de los últimos tres años...

No, definitivamente no podía acordarse de ella.

Ingrid, leyó la nota y miró a David, quien la observaba impasible. No podía ser, él... ¡él no era así! Sus ojos se anegaron en
lágrimas de furia y tristeza, lanzó la libreta al suelo en un gesto
dramático y sin decir nada se fue llorando.

Ainelen recogió la libreta del suelo, estaba abierta en la página donde David escribió y la curiosidad se instaló en su cerebro.
Dirigió su vista hacia la cama y él estaba mirándola con una expresión de que sabía que ella quería leer y con un gesto afirmativo
se lo permitió.

—Gracias...

La joven leyó la nota, abrió los ojos sorprendida, de hecho,
creyó que había leído mal y tuvo que releer. No había duda alguna, David era un hombre que no tenía miedo a tomar decisiones
drásticas.

«*Ingrid:*

*No puedo recordarte, no sé quién eres y ni siquiera tengo la sen-
sación de haberte visto en algún momento de mi vida.*

*Lo siento mucho pero no puedo forzar sentimientos que no siento,
y lamentablemente, tampoco me gustas ni quiero volver a conocerte, y si
llegase a recordarte de nuevo, no volvería a ser lo mismo de antes, porque
he visto cosas en ti que no me agradan.*

*No quiero hacerte más daño, ni hacérmelo a mí mismo, es absurdo
que intentes obligarme a querer algo que no recuerdo y menos que me
digas a quien debo amar.*

*Creo que lo más sano es terminar ahora lo que tuvimos, será lo
mejor para ambos...*

De verdad lo siento mucho, pero no te amo, ni te volveré a amar.».

—¿David, estás seguro de lo que has hecho?

Él asintió decidido, era lo mejor, prefería ser directo y cruel
para no darle falsas esperanzas a esa mujer, no le gustaba cómo era

ella, ni cómo le hablaba a Ainelen. No lograba sentir nada aparte de antipatía y rechazo. David estaba completamente convencido de que aunque volvieran sus recuerdos, no podría amarla de nuevo, había algo en ella que le provocaba desconfianza, de que no era una buena persona y que le ocultaba algo.

—Supongo que es lo mejor. No pueden ponerte una pistola en el pecho y hacer que sientas amor de la nada… El amor es una fuerza de la naturaleza que no se puede detener cuando se siente… —reflexionó Ainelen mirándolo con sinceridad, suspiró profundamente y sonrió—. Bueno, me tengo que ir. Mañana cuando termine mi turno pasaré a verte… si es que quieres.

David sonrió y le pidió la libreta de vuelta a Ainelen para volver a escribir una nota.

«*Te estaré esperando mañana… ¿Me puedo quedar con la libreta? Mientras vuelvo a aprender a hablar bien, me servirá de mucho para comunicarme con los demás.*».

Al leer lo que él escribía, ella sonrió, qué bueno, le caía bien David, menos mal que no era un ogro. Podría estar tomándose toda la situación de una peor manera, y no se desquitaba con los demás.

—Ok, no hay problema, ¿no te molesta que esté perfumada?, el otro día se me derramó la fragancia que uso y quedó pasada, ¿no quieres que te traiga una nueva mejor?

David negó con la cabeza de manera vehemente, a ella le pareció divertida su reacción, era como un niño. Ambos rieron por la situación.

—Bueno, bueno. Quédatela, es un regalo. —Se quedó mirándolo fijo, Marcelo tenía razón, David poseía una muy bonita sonrisa—. Me retiro, cuídate. —Besó su mejilla suavemente y él inspiró el suave aroma de jazmines que ella emanaba en cada poro de su piel.

Ainelen se dirigió a la salida y abrió la puerta, le hizo un gesto de despedida con la mano y se fue con una sonrisa dibujada en sus labios.

David devolvió el gesto, ella siempre sonreía y lo trataba con mucha dulzura. «¿Será así con todos los demás pacientes?», se preguntó, «pero dijo que era una visita de cortesía, ya había terminado de trabajar, así que vino a verme exclusivamente a mí», reflexionó con una sensación de orgullo.

Inhaló el perfume de la libreta, olía a ella, pero no como ella, porque Ainelen era inconfundible, le gustaba el color de su piel morena y su rostro ovalado de facciones delicadas y únicas. Toda ella emanaba fuerza y fiereza, pero también sabía cómo ser suave y femenina. Era una preciosa contradicción.

«*Ojalá venga a verme mañana*».

—¿Amnesia lacunar? —preguntó la madre de David al neurólogo que estaba a cargo de su caso.

—Así es, en términos más simples, es amnesia selectiva, su cerebro bloqueó ciertos episodios o personas que provocaron algún trauma emocional o sicológico. Es usual que los pacientes que salen del coma por una lesión cerebral presenten diversos cuadros de pérdida de memoria. La mayoría vuelve a recordar al cabo de unos días.

Ana tenía sentimientos encontrados, por una parte, estaba contenta de que Ingrid ya no era parte de la vida de su hijo, pero por otra, estaba muy preocupada. ¿Qué había sucedido entre ellos como para provocar esa amnesia selectiva? David había borrado a su novia de su memoria por completo. Recordaba algunas cosas del instituto donde estudiaba, la mayoría, de hecho. También recordaba a sus jefes de los dos trabajos que tenía. ¿Por qué solo la había olvidado a ella?

No le dio más vueltas al asunto, que fuera lo que tenía que ser. Tal vez esta era una nueva oportunidad para que su hijo pudiera ser feliz y una nueva oportunidad para ella, para recuperar lo que alguna vez perdió a causa de Ingrid.

—¿Cuándo le darán el alta?

—En cuanto tengamos los resultados de todos los exámenes, que será probablemente hoy, señora Ana. De momento David va muy bien, sus funciones motoras han ido recuperándose de a poco, y ya son casi normales, lo mejor de todo es que se han manifestado de forma natural. Solo necesitará un fonoaudiólogo para que su rehabilitación del habla sea completa. Es casi un milagro que no haya tenido consecuencias más severas. Estamos muy optimistas con su recuperación, y puedo decir con seguridad que ya no necesita estar más días en observación.

—Eso quiere decir que…

—Mañana podrá volver a casa, señora Ana —respondió el doctor con una sonrisa afable en su rostro.

Capítulo 8

—¿M-ma.. ñana? —preguntó David, estaba contento por la noticia que le acababa de dar su madre.

—Así es, hijo, ¿no es maravilloso?, ya han pasado casi tres semanas desde tu accidente y mañana podrás volver a casa al fin… —Ana se quedó pensativa por unos instantes, ¿debía preguntárselo, o no? ¡Qué complicado se había vuelto todo! Decidió que era mejor salir de dudas y preguntar sin temor, total la cosa no podía empeorar—. ¿Quieres ir a tu departamento o a mi casa?

David la miró extrañado, ¿departamento?, ¿ya no vivía con su madre?... pero ¿por qué?, él le había prometido a su padre que nunca la dejaría sola hasta que él se casara… ¿por qué hizo semejante cosa?... Mierda… No, no podía recordarlo.

Tomó la libreta de su mesa de noche y escribió.

«¿Por qué ya no vivo contigo?, ¿qué fue lo que pasó?».

Ana se sorprendió por la pregunta e inmediatamente se dio cuenta de que ese episodio no lo recordaba porque estaba ligado directamente con Ingrid. ¿Qué hacía, se lo decía, o no?, no quería volver a hacerle daño a su hijo, pero también razonó que él ahora ya no estaba con esa mujer, así que probablemente no volvería a suceder lo mismo que en el pasado.

—Hijo, ojalá esta vez me puedas perdonar y sepas comprender… —Fue la introducción del relato de Ana—. Tú no vives conmigo porque hace seis meses, descubrí a… Ingrid entrando a un hotel de la mano con otro hombre —explicó nerviosa—. Tuvimos una fuerte pelea, porque… porque ella te había dicho que estaba en ese lugar debido a que estaba asistiendo a un seminario o conferencia, qué sé yo… —Ana, miró a los ojos a su hijo, era difícil, pero había que ser valiente, siempre, ante todo la verdad—. No me creíste, incluso cuando tenía la información del hotel de que aquel seminario nunca existió… Discutimos, muy fuerte, me dijiste que… que no tenía derecho a meterme en tus asuntos, que eras un adulto y que Ingrid era buena, que nunca te haría daño de una manera tan baja… —Ana miraba a su hijo, él estaba asombrado de todo—… Tenías razón, no debí. Te fuiste de la casa y no me volviste a hablar, yo respeté todo eso, porque sabía que tarde o temprano ella se pondría en evidencia. Todo lo hice con buena intención, y no podía concebir que esa mujer se burlara de ti, eres lo único que tengo y solo deseo verte feliz… lo lamento tanto, tanto… —No pudo continuar, Ana comenzó a sollozar sin control, gracias al recuerdo de lo sucedido.

A David todo le parecía increíble, ¿a tanto había llegado su amor por esa mujer?, al extremo de abandonar a su madre por contarle la verdad aunque fuera terrible. Él no podía comprender en qué clase de persona se había transformado, habían muchas cosas que no entendía de su vida pasada, ni siquiera sabía por qué tenía dos trabajos si con uno le bastaba. Tantas preguntas sin respuestas, y estaban todas ahí, ocultas en alguna parte de su memoria, olvidadas sin saber si algún día las iba a recordar.

—P-p-per…dóname, mamá. —Fue lo único que pudo decir David. Quería manifestar tantas cosas, pero era inútil, se puso a llorar como un crío, porque se sentía perdido, que le faltaba la mitad de la vida y no comprendía la otra mitad. No se reconocía a sí mismo, había tenido una relación amorosa con una mujer en la que nunca se habría fijado, y al parecer estaba tan enamorado que no creía en la palabra de su madre, y para rematar, había roto su promesa.

Lloró largo y amargo en el regazo de su mamá, como no lo hacía desde hace años. Ana con la voz quebrada intentaba reconfortar a su hijo, acariciando su negra cabellera diciéndole que todo iba a salir bien, que ella nunca dejaría de ser su madre y que él la entendería mejor cuando fuera padre, que lo amaba más que a su propia vida, que era feliz por poder abrazar de nuevo a su niño, que lo había extrañado tanto… Ana le dijo todo lo que sentía, porque nunca se sabía cuándo iba a ser la última vez en decirlas.

David estaba fundido en el abrazo cálido de Ana como si quisiera volver a sentir el origen de su propia existencia para poder encontrar consuelo y respuestas. Había cometido tantos errores, y estuvo tan cerca de no enmendarlos. Si hubiera muerto… o si nunca hubiera despertado… No, ni siquiera lo quería imaginar.

—N-no… entiendo… nada… Lo-lo hice…todo… m-mal. P-per.. dón, mamá —suplicó angustiado por todo el inútil dolor que provocó.

—Estamos bien, hijo, no hay nada que perdonar. En su momento entendí tu decisión aunque me doliera aceptarla. Tenías que salir del cascarón y enfrentarte a la vida que estabas construyendo a pesar de no aprobar tus motivos —explicó con un tono cálido y reconfortante—. No te compliques, si quieres, puedes pasar tu rehabilitación en casa y cuando estés preparado, podrás volver a la tuya. ¿Te parece bien?

David asintió de acuerdo con lo propuesto por Ana, en parte, porque era lo más sensato, y por otra, para enmendar de algún modo su error y perdonarse a sí mismo.

Pasaron todo lo que restaba del día conversando —dentro de lo que se podía—, poniéndose al corriente, y sobre todo, recordando anécdotas de ambos antes de que Ingrid irrumpiera en la vida de David. Durante la plática a él le empezó a llamar la atención aquella mujer que lo visitaba, Ainelen, su madre la mencionaba de vez en cuando, «me dijo que hiciste esto», «despertaste a esta hora», «te vino a visitar tal persona». Cada cosa relacionada sobre su estadía en el hospital su nombre salía a relucir. David tomó la libreta e hizo la pregunta que lo estaba matando de la curiosidad.

«*¿De dónde conozco a Ainelen?, parece que me conoce de antes, pero no sé de dónde.*».

Ana al leer sonrió, Ainelen era una buena muchacha, le gustaba mucho su forma de ser y al parecer su hijo estaba intrigado. Intuyó que a él le agradaba. «A rey muerto, rey puesto», pensó ladina.

—Digamos que fue el destino, ella te conoció la noche que tuviste tu accidente, fuiste a repartir pizza a su casa y el pedido estaba incompleto, te pidieron de favor que fueras a buscar lo que faltaba, pero tuviste el accidente y no volviste. —David abrió los ojos sorprendido ante lo que su madre le contaba, era increíble—. Ainelen te reconoció unos días después de que ingresaste a la UCI. Se sentía tan culpable por todo, lloró mucho… Me costó convencerla de que no era responsable de tu accidente, esa noche ella lo estaba pasando mal y tú solo le estabas haciéndole un favor.

David estaba anonadado, tal vez por eso la veía en sus sueños, siempre estaba con él, su voz, su aroma, ella lo trajo de vuelta.

Se preguntó si a Ainelen solo la motivaba la culpa o si había algo más, disfrutaba mucho de su presencia y no le agradaba la idea de que ella lo visitara solo por responsabilidad, o peor, por lástima.

—Hijo, tengo que irme —anunció Ana poniéndose de pie—. Sé que han sido muchas emociones para ti, pero te voy a dejar tu celular, para cuando estés preparado, supongo que ahí tienes guardadas muchas cosas que podrán ayudarte a entender más acerca de ti mismo. —Ana sacó de su cartera el celular de su hijo y se lo entregó—. Me lo dieron el día de tu accidente… Ahh casi lo olvidaba, «La Marilyn» está bien, solo necesita una manito de gato.

A ella sí la recordaba David y sonrió, su moto le era fiel hasta las últimas. Le dieron ganas de montarla y sentir el aire en la cara, corriendo a toda velocidad en la carretera.

—Te amo. No lo olvides —dijo besando la frente de él—. Nos vemos mañana.

—T-te amo, m-mamá.

Ana sonrió, al fin estaba en paz con su niño.

En el instante en que se encontró a solas, David miró su celular, estaba intrigado a más no poder, por un momento se sintió como Pandora a punto de abrir la caja. No sabía si en realidad estaba preparado para todo, pero en el fondo solo deseaba entender. Odiaba sentir que su vida no le pertenecía por completo y necesitaba respuestas.

Desbloqueó el equipo, revisó el reproductor de música y no había ninguna canción del grupo que le gustaba, eso le extrañó. En cambio solo había baladas románticas, música que no tragaba ni con vaselina. Nada de rock, eso no le gustó.

Miró la galería de imágenes, fotos de Ingrid junto con él, tomadas en un restaurante, en un parque, en la playa. En las instantáneas, siempre él la estaba besando en la mejilla y ella mirando la cámara. A medida que las fotos eran más antiguas, se veían variaciones en la apariencia de ella, Ingrid no era rubia, su cabello era castaño claro, ese color le hacía ver más inocente y natural. Su forma de vestir también había cambiado, incluso usaba anteojos, antes se le veía sencilla, una chica normal, y en las últimas fotos era formal y sofisticada, toda una *femme fatale*. En las capturas más viejas, ella lo miraba o lo besaba en los labios, pero después ya no.

Tal parecía que se enamoró de la chica de las primeras imágenes y no se dio cuenta de sus transformaciones, ¿habrá sido idiota o solo la amaba demasiado?, entre la primera foto y la última había cambios radicales en Ingrid. Eran dos mujeres totalmente diferentes. Simplemente él no entendía por qué no lo notó.

Continuó registrando el móvil y e indagó por su pasado en los mensajes de *WhatsApp*, la conversación más antigua tenía un año. Por lo que veía, al principio hablaba mucho con ella, pero con el tiempo, las conversaciones se fueron distanciando. Sobre todo después del episodio del hotel.

«*Chanchito, ¿cómo vas a desconfiar de mí?, lo que pasa es que tu mamá me odia y está inventado cosas para separarnos*». Justificaba ella.

«*Pero ella me dio la información del hotel, y en el papel dice que no hubo ninguna conferencia ese mes*». Respondía él.

«*¡Pues pudo haberlo inventado! ¡Es muy fácil falsificar un papel con el logo de un hotel! David, si no confías en mí esto se acaba aquí y ahora*».

Eso fue todo lo de ese día, luego los mensajes eran como si nada hubiera pasado, y al cabo de unos días le daba la dirección de su nuevo hogar. También había mensajes de su madre, que él no contestaba. Se odió a sí mismo, claramente Ingrid lo manipulaba a él y toda la situación a su antojo.

Revisó el historial de llamados, parece que el último tiempo solo hablaba por teléfono con su novia, ex novia, en vez de usar la mensajería. Ella lo llamaba muy pocas veces.

La última llamada era de su jefe.

David bloqueó el celular, estaba cansado y le dolía la cabeza, no quería seguir pensando. Con lentitud y consciente de todos sus movimientos se giró para quedar sentado a la orilla de la cama. Sus pies sintieron el frío suelo del hospital, apoyó su peso en sus brazos y se impulsó para levantarse. El mareo intentó apoderarse de sus sentidos, pero se quedó quieto, firme, de pie hasta que esa sensación lo abandonó. Tomó su reproductor de MP3 y le dio *play*. Al fin escuchaba algo que le gustaba, le hacía sentir más él.

Vivir, detrás de ti están nublando todo y te persiguen.
Es vivir, desnuda tu piedad ocupa el deseo, no es agonía.
Esto es vivir, desata tu fervor que yo sé hacer inexpugnables nudos.
Ten paz, ya estás aquí, sabré decir, lo que quieras oír.
Ten paz, ya estás aquí, sabré pedir con tono adecuado, tendré cuidado.

Dio un paso desequilibrado, luego otro, sentía sus piernas débiles, pero no le importó, siguió avanzando hacia la ventana de su habitación.

Vivir, se mezcla un error con otros nuevos, qué armonía.
Esto es vivir, si no entregas cien, te quitan veinte, sin agonía.
Ven, ten paz, ya estás aquí, sabré decir lo que quieras oír.
Ten paz, ya estás aquí, sabré pedir con tono adecuado, tendré cuidado.

Observó el atardecer, dejó su mente en blanco mientras la música seguía sonando, escuchaba pero no oía los acordes musicales de antaño. Estaba tranquilo y a la vez con una sensación de incertidumbre tremenda. La única certeza que tenía, era que su decisión de terminar con Ingrid fue la mejor. Era triste, ella no era la persona que alguna vez amó.

Capítulo 9

—¿Y cómo está nuestro querido amigo, el comatoso? —preguntó Marcelo en tono guasón, después de beber un sorbo de su *capuccino*.

—Já-já... David ya no está en coma, pesado —respondió Ainelen mientras le lanzaba una servilleta de papel a la cara—. Si sabes que despertó, te lo conté el mismo día que abrió sus ojos.

—Sí lo recuerdo, estabas rrrrrrebosante de alegría... ¡Pero que sensible estás con él!, no se le puede hacer ninguna broma a su paciente favorito.

—Ridículo... David está muy bien, con dificultad para hablar, pero nada grave, lo único malo de todo es que tiene amnesia selectiva —comentó y luego comió un poco de crema chantilly de su café helado.

—¿En serio? —Esa noticia lo dejó pasmado, y con la taza a medio camino—. No te puedo creer, lo que me cuentas es como una teleserie coreana.

—Sí, créeme, olvidó por completo a la *huinca* peliteñida, mala pécora, suripanta, yegua del averno de su novia —enumeró casi sin respirar—, perdón ex novia —puntualizó—. La mandó a freír pingüinos a la Patagonia esta mañana. Imagínate, él despertó del coma, no reconoce a su novia y para rematarla, la mujer solo le inspira rechazo. Era casi lógico que la pateara. Menos mal, era horrible verla haciéndose la víctima, sabiendo que es una cínica.

—Veo que le tienes gran estima a esa mujer —comentó sarcástico enarcando una ceja—. ¿Por qué le tienes tanta aversión?, ¿qué te hizo esa pobre alma?

—A mí no me hizo nada terrible, a David le puso una cornamenta del tamaño del Empire State, su mamá me lo contó.

—Noooo... Pero cómo una *mina* pudo serle infiel a semejante espécimen. Hasta me dan ganas de dejar a Carlos solo para hacer el intento, pero es tan hétero, que se me bajan todos los ánimos —expresó Marcelo serio y con una naturalidad sorprendente, todo él era masculino. Era paradójico escucharle sin un atisbo de amaneramiento.

—Ustedes los homosexuales están dejando este mundo sin hombres para las mujeres, todos los buenorros están ocupados por ustedes, y los que sobran, caen en las redes de mujeres infames como esa altanera, pesada y peliteñida. Para colmo, esa infeliz cavó su propia tumba al llamarme «india»

—Se merece todo tu odio esa yegua del averno racista… —concordó socarrón parafraseando a su amiga—. Pasando a otro tema, ¿Tomás no te ha vuelto a contactar?

—Afortunadamente, no. —Bebió un poco de café y luego comió una galleta—… y espero no ver más a ese desgraciado en todo lo que me resta de vida. Espero que se pudra en el infierno.

—Ojalá… —dijo a la vez que le hacía un gesto indicándole a su amiga, que tenía migas en la comisura de los labios, y ella empezó a quitarlas en el acto—. Pero dime la verdad, ¿cómo está ese corazoncito tuyo?

Ainelen parpadeó sorprendida y dejó de limpiarse la boca, con todo lo que había pasado las últimas semanas, no se había detenido a pensar en cómo estaba después de su quiebre con Tomás. A decir verdad, era extraño, no sentía como si su corazón estuviera desangrándose de amor y dolor. Tampoco echaba de menos a su ex.

—Ahora que lo mencionas, estoy bien. Fue tan grande la decepción al descubrir toda la verdad, que todo ese amor incondicional que sentía por él se murió. —Suspiró—. En su lugar, solo hay mucha rabia, cada vez que me acuerdo de Tomás no siento amor, sino que me dan ganas de asesinarlo. —E hizo la mímica de estar apuñalando a alguien—. No concibo que haya sido tan hijo de puta conmigo, y lo peor, es que yo lo haya permitido. Fui una estúpida, la más grande de este planeta.

—No seas tan dura contigo misma, *guachita*. El tipo fue muy convincente, debes reconocerlo —dijo mientras enterraba el tenedor en el pastel de merengue frambuesa—. No sospeché de él hasta que me comentaste que él no tenía ningún familiar vivo. —Probó el bocado del pastel y masticó rápido para continuar la conversación—. Eso me dio mala espina, ningún *gallo* de apellido Larraín es huérfano o ha vivido en el algún hogar de menores.

Se hizo un silencio mientras ambos bebían sus respectivos cafés y comían sus dulces. Marcelo miró a Ainelen escrutando su rostro, buscando alguna señal que la delatara. Ella solo disfrutaba del café, No había nada más. «Mierda, mi *guachita* no se ha enterado de nada», pensó él, «odio dar malas nuevas».

—¿Has visto las noticias, Ainelen? —preguntó para asegurarse.

—No, tú sabes que con suerte leo el diario que regalan en el metro.

—Entonces no te has enterado.

—Enterarme de qué, ¿inventaron la cura del cáncer, acaso? —preguntó un poco harta por la actitud secretista de su amigo.

Marcelo suspiró pensando en lo que se le iba a venir encima, tomó su portafolio y lo abrió. Buscó en su interior hasta encontrar el periódico del día y se lo entregó a su amiga. Ella lo miró con cara de no entender.

—¿Qué tiene de importante esto? —interrogó molesta por tanto escándalo por un diario o sus noticias.

—Ve a la página diez —explicó lacónico.

Ainelen hojeó hasta llegar donde le indicó Marcelo y leyó.

«Fallece Eugenio Westermeier Grob, pionero en la industria forestal y maderera a la edad de 68 años».

Marcelo observó a Ainelen, ella no reaccionaba, estaba como una estatua mirando el titular. Entre ellos se cernió el silencio de manera densa, angustiante, minutos eternos sin ninguna palabra.

—Nunca pensé que llegaría este día —dijo ella al fin, con un hilo de voz—. Mi padre ha muerto, y me entero por la prensa. Sabía que esto iba a pasar… Era lógico, ¿no? Él no era inmortal.

—¿Estás bien, *guachita*?, llegué a pensar de que tenías idea de algo, pero ahora me has confirmado que no sabías nada de nada. El viejo llevaba varios días agonizando y salía todos los días en las noticias.

—No, no tenía idea de todo esto… —Dos goterones salieron de sus ojos, millones de recuerdos se le vinieron a la mente, la mayoría no muy felices—… Mi mamá, hasta el último día de su vida pensó que el viejo me iba a reconocer como su hija. —Esbozó una temblorosa sonrisa con tristeza—. Su espíritu no va a descansar nunca, ahora que él ha muerto… No me mires así, Marce, por favor.

Marcelo tomó las manos de su amiga, ella tiritaba. La conocía muy bien, había mucha pena en su corazón, viviendo con su madre durante largos dieciocho años, aislada del mundo, metida dentro de una casita al final de las tierras de un fundo. Lejos de la furia de la familia de su progenitor, escondida en el sur de cualquier geografía, Ainelen solo era un error que cometió Eugenio Westermeier al meterse con su empleada y del que debió hacerse cargo por el poco honor que tenía.

Ainelen no lloraba por su padre, ¿cómo iba a llorar por un hombre que veía una vez al mes?, ¿por qué debería sentir tristeza por aquel que ni siquiera tuvo los cojones para reconocerla y darle su rimbombante apellido?, ¿por qué iba a derramar lágrimas por una persona que cuya única muestra de cariño era una caricia condescendiente en la cabeza y un depósito bancario para mantención?, ¿por un cobarde? No, ella no lloraba por él, no lloraba por su padre. La profunda pena y dolor era por su madre, que lo amó hasta el último día de su vida, y que estaba empeñada en convencerla que ella había sido fruto de un amor que no pudo ser, que el destino, en esta vida, les hizo una mala jugada. Su madre, tanta fe que le tenía al viejo, lo amaba tanto, le perdonaba todo…

Ainelen no lloraba por su padre, sino por la falta de uno real, de esos que te dijeran buenas noches, que te llenaran la cara de besos, que te retan cuando te mandas una cagada pero que a los cinco minutos te da un abrazo diciéndote «te amo, hija». Ella tenía un padre y a la vez no lo tuvo de verdad. Esa realidad que tanto le costó asumir con los años, a punta de decepciones, llamadas sin responder, al que no le podías decir «papá» fuera de las cuatro paredes de tu casa.

Marcelo no soltaba las manos de su amiga, que lloraba en silencio, porque en el fondo, muy en el fondo de su corazón, todavía vivía esa niñita de cuatro años que esperaba todos los días a que su papá apareciera, para nunca más dejarla sola.

—Lo siento mucho, Aine… —Marcelo se levantó de su silla para luego sentarse en otra que estaba más cerca de su amiga. La rodeó con un brazo y con su mano libre tomó las de ella—. Llora, llora, patea, maldice, putea… haz todo lo que tengas que hacer para sacar eso de tu alma, que esta vida es una sola para vivir con dolor. Eres Ainelen Lemunao Lemunao, hija de Millaray Lemunao, descendiente orgullosa de una raza de guerreros y que ese viejo medio alemán no supo apreciar. Eso nunca lo olvides —aconsejaba Marcelo acariciando cálidamente las manos de su amiga.

Ainelen asintió limpiando su nariz, la vida seguía, y lo tenía todo por delante. Tal vez con los días, la pena se iría, y todo se convertiría en un recuerdo. Ella viviría su duelo a su modo.

—Llévame a casa, Marcelo. Caminemos abrazados y no hablemos nada más.

Marcelo asintió, por esa amiga haría cualquier cosa por verla en paz.

—Dalo por hecho, *guachita*.

Capítulo 10

David miró todo a su alrededor como si quisiera inmortalizar el momento en su memoria, era su ultimo día ahí. Una vez que abandonara el hospital, todo sería incierto. Su madre estaba gestionando el papeleo para el alta y lo había dejado solo en su habitación para que pudiera vestirse en privado.

Iba a la mitad de su labor, ya se había puesto la ropa interior, los jeans estaban a la altura de sus caderas pero con los botones sin abrochar y el calzado estaba sin atar. Buscó la camiseta en el bolso que le habían dejado con sus pertenencias y no la encontró, en su lugar había una camisa de color azul marino, él puso los ojos en blanco. Odiaba las camisas, tanto como odiaba los trajes formales. Resopló resignado, no había nada que hacer, se la empezó a poner. Por lo menos su mamá le había traído la que menos odiaba.

—¿¡Qué haces vestido!? —Una voz femenina y familiar interrumpió el silencio.

David al escucharla sabía que era ella, y se dio media vuelta sorprendido y contento. Ainelen tenía una cara que le hubiera gustado fotografiar en ese instante, con los ojos brillantes, la boca entreabierta y sus mejillas estaban un tanto ruborizadas. Le llamó la atención que no estaba vestida con el uniforme.

—Hola —saludó él—. M-me dieron el a-alta.

Ainelen parpadeó para desprenderse del atontamiento que le provocó la visión de ver a aquel espécimen de hombre a medio vestir… Le hizo recordar cuando lo vio tal como dios lo echó al mundo. ¡Y dos veces! Se sintió hasta un poco degenerada por darse un festín visual al limpiar ese cuerpo mientras él dormía. Notó que el rojo invadía su rostro poniéndolo tan caliente que ya sentía que le iba a salir humo por las orejas.

—¡Qué bueno, me alegro mucho, David! —Sopló y se abanicó con su mano—. ¿No sientes calor?, mejor abro la ventana para que entre aire fresco.

David sonrió divertido, mientras miraba cómo Ainelen abría las ventanas con desesperación por refrescarse. Siguió colocándose la camisa, pero se dio cuenta de que tenía un pequeño problemilla con la motricidad fina y le costaba demasiado abotonar la prenda. En realidad, se estaba convirtiendo en una tarea titánica.

Ainelen una vez que se le bajaron los colores de la cara, se dio media vuelta y notó que David estaba complicado con vestirse, estaba con el ceño fruncido y refunfuñando con los botones.

—¿Te ayudo? —ofreció con un tono de voz suave—. Como hace poco tiempo saliste de un coma, es normal que la motricidad fina se vea afectada, va a volver con el tiempo, no puedes tener todas tus habilidades de golpe —explicó con suavidad—. Es normal, no te preocupes —insistió.

David hizo un mohín de resignación, luego sonrió tímidamente, y asintió. Ainelen inspiró para hacer acopio de voluntad para no volverse como una poseída y lamerlo por todas partes. «¡¡¡¿Pero qué diablos estoy imaginando?!!! ¡Ainelen, gobiérnate!», se reprendió mentalmente por tener tan lascivos y pecaminosos pensamientos.

Empezó un poco nerviosa a abotonar la camisa, partió desde el penúltimo botón desde arriba hacia abajo. David miró hacia otro lugar para abstraerse de Ainelen y evitar una erección, porque el aroma de ella y la vista aérea de sus senos lo estaba volviendo loco. A él también empezaron a invadirle lascivos y pecaminosos pensamientos.

Primer botón… listo. No fue tan difícil.

Segundo botón, Ainelen no pudo evitar tocar con los dedos la tibia y suave piel del pecho de él y tragó saliva.

Tercer botón…

—Lindo tatuaje —comentó ella para no escuchar la respiración de David. Suficiente tenía con ver como esos pectorales se movían cuando inhalaba o exhalaba.

—La Cat-trina… es p-por mi p-papá, m-murió hace cu-cuatro años.

—¿Es un homenaje, entonces? —Ainelen sonrió, el tatuaje era muy bonito y realista, una verdadera obra de arte.

Cuarto botón…

—Sí, un hom-menaje, l-lo quise m-mucho.

—Qué lindo de tu parte —expresó con un poco de pena y tosió para aclararse la garganta, y deshacer el nudo que la estaba ahogando, ya que ella misma estaba viviendo su duelo personal por su propio padre. A David no le pasó inadvertido el cambio de su tono de voz, pero no quiso preguntar, tal vez otro día, porque quería seguir viéndola, conocerla mejor. Era la única cosa que sabía con seguridad.

Quinto botón…

Ainelen decidió dejar sus recuerdos para otro rato pues había llorado casi toda la noche, y quería relegar la muerte de su padre a un rincón de su corazón donde no le doliera, estaba visitando a David, teniendo el placer de abotonar su camisa y el viejo no iba a empañar su minuto de gloria mientras recorría con la mirada esos abdominales y ese vello corporal que era el camino a la felicidad y que iba directo hacia su...

Sexo botón, perdón, sexto botón… ¡Misión cumplida!

—Listo, señor… ehhhh… tienes que meterte la camisa dentro de los pantalones para que puedas… subir el cierre —explicó un poco nerviosa y miró donde estaba el supuesto cierre—… ¡Ay no es un cierre, son botones! —exclamó mortificada.

David no pudo evitar reír a carcajadas por la reacción de ella, era una contradicción que una enfermera que ve todo tipo de cosas se ponga tan nerviosa por abotonar un pantalón… Bueno, si él lo pensaba mejor también se pondría nervioso. Ainelen también rio de buena gana, él siempre le hacía pasar momentos «interesantes» y divertidos.

—Creo que p-puedo hacerl-lo yo, s-son más grand-des.

—Bien, tienes razón son botones mucho más grandes. Estás hablando un poco mejor que ayer —acotó para desviar el tema de botones y vestir cuerpos maravillosos—, tu recuperación va a pasos agigantados. Me alegro mucho por ti.

—Es p-por la m-música —respondió mientras lograba con éxito abotonar el pantalón.

—Y muy buena música, Lucybell tiene excelentes canciones.

—¿C-cómo lo s-sabes? —preguntó con curiosidad, nunca habían hablado o escuchado música juntos, a menos que…

—Tu mamá trajo tu reproductor de MP3 cuando dormías… y bueno, me puse a ver que música tenías, por eso lo sé… yo te visitaba cada vez que podía… porque… —Ainelen decidió en ese momento que debía que decirle la verdad a David, porque si era sincera consigo misma, él le gustaba mucho, y no quería tener algún secreto sucio que empañara la confianza—, te conocía de antes… la noche que tuviste tu accidente…

—Tú no tienes la culpa —interrumpió David, sin dificultad, lo había ensayado varias veces el día anterior para decírselo sin tartamudear.

—¿Cómo dices? —interrogó confundida, creyendo que había escuchado mal.

—Lo s-sé todo... El p-pedido in-incompleto, y todo lo d-demás... n-no te p-preocupes.

—¿Lo has recordado? —preguntó ella asombrada, con una mezcla rara de alegría, curiosidad y pena.

David negó con su cabeza con suavidad, pero sus ojos le transmitían a Ainelen que él de verdad pensaba que ella no era culpable de nada.

—M-mi mamá me lo c-contó... D-digamos que fue e-el d-destino... y m-mala suerte —expresó con tranquilidad y le guiñó el ojo, gesto que ella encontró totalmente natural y cautivador. Ainelen sonrió aliviada, como si él le hubiera quitado un peso de encima que ella no sabía que existía.

—¿Amigos? —Ainelen ofreció su mano derecha para cerrar el asunto.

—Amigos —afirmó David estrechando su mano dando un seguro apretón mirándola a los ojos.

—Gracias, David...

—¡Ainelen, mi niña, qué bueno que viniste! —intervino Ana entrando a la habitación, ambos se soltaron y escondieron la mano como si estuvieran haciendo alguna travesura. La mamá de David, ajena al momento que habían vivido ellos, besó a la joven en la mejilla de manera efusiva—. Tengo un problema con el papeleo, ¿puedes echarme una mano?, el doctor olvidó firmar el alta y no lo hallo por ninguna parte. Es terrible.

—Sí claro, Ana, no se preocupe, yo lo arreglo —accedió Ainelen con amabilidad.

—Gracias, mi niña, eres un amor.

—Vuelvo en seguida —dijo saliendo rápido de la habitación para buscar la dichosa firma.

En cuanto se encontraron a solas, Ana le chasqueó los dedos a David que se había quedado pegado mirando la puerta por donde había salido Ainelen.

—¡Despierta! Ella va a volver.

—Mamá...

—Te ves guapo, hijo —aprobó Ana con satisfacción acariciando la mejilla de su hijo, solo para desviar la atención—. Eres idéntico a tu padre… —Suspiró, estaba contenta, al fin podría irse del hospital y dejar toda la pesadilla atrás—. Me gusta la chiquilla Ainelen, es tan amorosa.

—Mamá, b-basta… —reprendió David a Ana, la conocía, siempre le buscaba «buenas candidatas», pero él nunca le hacía caso.

—No te hagas el de la chacra, hijo. ¿Crees que soy ciega? Debí demorarme un rato más para sorprenderlos besuqueándose encima de la cama, en vez de estar tomándose de la mano como niños de kínder. Ustedes se comían con la mirada.

David se rio por la ocurrencia de su madre, siempre viendo cosas que no son… ¿o sí?, o sea, él reconocía que Ainelen le gustaba, y por primera vez en su vida, coincidían su madre y él respecto a algún prospecto de ¿cómo decirlo?… ¡qué demonios! Prospecto de pareja, para qué iba a andar con rodeos, la mujer le encantaba.

—Volví —anunció Ainelen agitada—. Encontré al doctor camino al estacionamiento, se estaba yendo a su consulta particular. Tengo la firma que autoriza el alta, se pueden ir.

—¿Nos puedes acompañar, corazón? —solicitó Ana con dulzura, ¡sí señor!, esta vez ella iba a usar su artillería pesada para hacer el papel de celestina—. Estos huesos viejos, se cansan muy rápido. Échame una mano para instalar a David en mi casa.

Ainelen parpadeó anonadada por la sorpresiva petición de Ana, en realidad, ella veía bastante jovial a la madre de David, nunca le había dado algún indicio de que fuera achacosa, y su actitud le pareció sospechosa. Miró a David y él solo sonreía… ¡Bah, qué más da!, total, tenía un par de días libres.

—Claro, no hay problema. Los acompaño.

Capítulo 11

—Según esto, este es el edificio, David —indicó Ainelen leyendo la dirección que David tenía escrita en el mensaje de *WhatsApp* que alguna vez él le dio a su ex. Ambos estaban a la entrada mirando la fachada.

La señora Ana, de pronto se sintió un poco mareada y quiso ir a su hogar para descansar, así que les pidió de favor que fueran al departamento de David a buscar ropa y artículos personales para que su hijo se instalara después en su casa. Ana no daba puntada sin hilo, era descarado su intento de dejarlos a solas, cosa que notaron David y Ainelen, pero lo ignoraron.

—P-pues no sé, p-porqué vivo en un l-lugar t-tan… tan… —David estaba asombrado, no podía creer que vivía en esas condiciones.

—¿*Snob*?, ¿ostentoso? —calificó ella con tono reprobador.

—Ca-caro… esto d-debe c-costar un ojo d-de la cara.

—Bueno, yo creo que sé quién te ayudó a buscar un lugar donde vivir —comentó sarcástica y un pelín molesta haciendo alusión a la ex de David.

Él se quedó en silencio, también suponía lo mismo, ahora se explicaba por qué tenía dos trabajos, debía costear ese lugar. Decidió que iba a buscar los documentos del arriendo para cancelar el contrato, con los gastos hospitalarios, rehabilitación, estudios, y un sinfín de deudas no tenía cómo pagar el alquiler un departamento en el cual no quería vivir.

Ingresaron al edificio, y el conserje saludó a David como si no hubiera desaparecido por tres semanas. El departamento quedaba en décimo piso así que tomaron el ascensor, ambos iban en silencio mirando para cualquier parte, porque si posaban la mirada sobre el otro, probablemente se lanzarían como animales y montarían un espectáculo digno de ser grabado por la cámara de seguridad que estaba en un rincón del cubículo. El sentimiento era mutuo, pero cada uno tenía motivos y sentido común para no ceder a sus instintos primarios.

Una vez que llegaron al piso no fue difícil dar con el departamento, David sacó las llaves y el tintineo de ellas hizo eco en el pasillo. Inspiró y abrió la cerradura.

La habitación estaba en silencio y a oscuras… demasiado a oscuras, eran las tres de la tarde y no se veía nada al interior.

—Debes tener cortinas *blackout* —conjeturó Ainelen cruzando el umbral de la puerta—, esto está… ¡Auch! ¡Pero qué diablos!, ¿por qué está esto a la pasada?

Como pudo, ella atravesó el departamento hasta llegar a las ventanas, y al correr las cortinas el paisaje era desolador, muebles volteados, loza quebrada, ropa tirada por cualquier lugar, basura regada por el piso, era como si un tifón hubiera asolado el lugar sin piedad. El departamento era muy pequeño y solo había una pared que a la vez era una puerta corrediza y separaba el dormitorio de los demás ambientes. Había una pequeña cocina americana en el lado izquierdo, un sofá y un LCD eran el living al centro, y luego, a la derecha, la entrada al dormitorio y el baño.

—Parece que se metieron a robar aquí —dijo Ainelen.

A David el lugar le era vagamente familiar, incluso en esas condiciones. Sintió una punzada en la cabeza, y cerró los ojos para mitigar un poco el dolor. La joven se dio cuenta de que él no se sentía bien, recogió una silla del suelo e instó a David para que se sentara un rato para que se recuperara.

—Voy a buscar un analgésico… supongo que tienes un botiquín o algo así.

—N-ni idea…

Ainelen fue al baño y, al igual que en el dormitorio, también se repetía el cuadro dantesco. Pero lo que en realidad le dio un escalofrío fue el mensaje escrito en el espejo con lápiz labial rojo.

«NO VUELVAS, NI ME BUSQUES CUANDO ME RECUERDES».

—Esta *huinca* peliteñida es una loca de patio, ¿qué se cree, la reina del universo dejando mensajitos despechados? —susurró molesta, se asomó por la puerta del baño para ver cómo estaba David y lo vio sentado, con los ojos cerrados y la cabeza echada para atrás.

Buscó en el suelo si había algún analgésico, pero no encontró nada, fue al dormitorio y registró el velador, solo habían un par de preservativos y un anillo vibrador en su empaque original, se notaba que no había sido usado nunca.

«Así que el hombre es creativo», pensó pícara, «pues a mí no me molestaría estrenar el juguetito algún día… ¡Ainelen Lemunao, ya te dije que te gobiernes!», pensó mientras se golpeaba en la cabeza con la palma de su mano.

—Me estoy volviendo loca… —masculló—. David, no tienes nada para el dolor —dijo en voz alta—, mejor ven a la cama y duerme un rato mientras ordeno este chiquero, cortesía de tu ex, la loca.

David abrió los ojos un poco desconcertado. «¿Por qué dice eso?», se preguntó mentalmente.

—Ingrid «la amorosa» —dijo haciendo el gesto de comillas—, dejó un mensaje para ti escrito en el espejo de tu baño, ¿no te da escalofrío haber estado con una *mina* tan lunática sin saberlo?, o sea, he pasado por el despecho, pero no al extremo de allanar un departamento y dejarlo en este estado, solo porque estoy enojada.

David se levantó de la silla y se dirigió al baño para ver de qué hablaba Ainelen y cuando vio el mensaje resopló aburrido con el tema de su ex. Definitivamente terminar fue lo mejor.

—Está l-loca… —Otra punzada en su cabeza impidió seguir hablando e instintivamente sus dedos presionaron su sien derecha.

—Demasiado *stress* por hoy, David —declaró Ainelen—. Será mejor que te quedes aquí, llamaré a Ana para contarle con lo que nos hemos encontrado. No te preocupes, todo saldrá bien.

David asintió y se dirigió a la cama de dos plazas que reinaba en el centro del dormitorio, se acostó y cerró sus ojos. Ella se sentó en la orilla y el primer impulso que tuvo fue tocar su cabeza, pero inmediatamente se arrepintió, estuvo con su mano en el aire, indecisa por unos eternos segundos, pero finalmente no pudo reprimir la tentación de acariciar esa suave mata de cabello negro. David suspiró ante el contacto, le gustaba sentir que él le importaba a ella, que se preocupaba por él.

—Gracias, Ai-ainelen —agradeció en voz baja, abrió un poco los ojos y la miró directo a sus pupilas.

—De nada. —Sonrió—… Es la primera vez que dices mi nombre —comentó, le agradaba mucho cómo se escuchaba su nombre con la voz grave de él.

—Es un n-nombre m-muy b-b-bonito. M-me gusta c-cómo sue-suena… —David tomó la mano libre de ella y la dejó sobre su pecho sin romper el contacto. El ambiente de pronto se volvió íntimo, en esa habitación las cortinas todavía estaban corridas e impedían la entrada de la luz diurna, solo había penumbra—. A veces m-me da miedo d-dormir —confesó en un susurro.

—¿Por qué lo dices? —preguntó con suavidad, sin dejar de acariciar su cabello.

—M-me da miedo n-no despertar.

—Eso no va a suceder, ya pasó lo peor —aseguró convencida—. No temas, David, yo estaré contigo hasta que te quedes dormido y te despertaré en un par de horas, ¿de acuerdo?

—¿P-por qué te t-tomas tantas molestias? —«Después de todo, soy un completo extraño para ti», pensó él.

—¿La verdad?

—Ajá…

—Mmmm... ok, a riesgo de parecer más loca que tu ex… pero… Debo confesar que desde que te encontré en el hospital me has dado la sensación de que eres una buena persona, me caes bien… Me gusta estar contigo. Al principio creí que era por el sentimiento de culpa, pero luego me di cuenta de que no es eso. En realidad me atraes, me gustas mucho.

Sorprendido es una palabra que se quedaba corta para describir el efecto de las palabras de ella en él. Ainelen, con esa confesión, le demostraba que era una mujer que simplemente decía lo que sentía y lo que pensaba, con una naturalidad increíble. En ese momento se dio cuenta de que eso era lo que le gustaba de ella, su naturalidad. Ella se veía joven, pero su actitud no era la de una chiquilla inmadura, sino de una mujer sabia, hecha y derecha.

—Tú también me gustas… —declaró y cerró los ojos, de pronto se sintió demasiado cansado como para seguir hablando. Todo era calmo y sereno, el suave aroma de ella impregnaba todo en el ambiente y eso lo tranquilizaba profundamente.

Ainelen sonrió, David se durmió rápidamente sin soltar su mano. Ella besó su frente y se levantó, llamó a Ana por teléfono y le contó lo ocurrido en el departamento. Luego, sin hacer mucho barullo, ordenó el lugar intentando no perturbar el sueño del hombre que de a poco empezaba a robarle los pensamientos y se metía bajo la piel.

Casi dos horas habían transcurrido, y el departamento estaba como nuevo, el silencio reinaba en el lugar y Ainelen estaba descansando tomándose un té, con la vista perdida, pensando. Apreciaba tener un momento de tranquilidad en medio de sus turbulentas emociones, y sin más recordó a su padre... No pudo evitar derramar unas lágrimas, según las noticias, el funeral sería a la mañana siguiente. Su memoria vagó al día en que falleció su madre, tan impotente se sentía, tenía todos los conocimientos para salvar su vida y no lo logró, todo fue en vano...

Tan absorta estaba en sus recuerdos que dio un respingo cuando sintió un par de enormes manos que se posaban sobre sus hombros con suavidad. Se asustó por un momento, pero inmediatamente se dio cuenta que era David quien intentaba confortarla.

—¿P-por qué lloras? —preguntó a sus espaldas.

Ainelen secó sus lágrimas rápidamente, era absurdo decir que lloraba por nada, ella no lloraba por nimiedades, siempre tenía motivos poderosos para hacerlo.

—Mañana es el funeral de mi padre... —explicó y se encogió de hombros—. Es una historia demasiado larga de contar... ¿No te duele la cabeza? —preguntó intentando desviar la atención.

David negó, dormir le había hecho bien, pero esa artimaña no iba ser suficiente para saber la causa del dolor de Ainelen, estaba intrigado de sobremanera por la forma de actuar tan contradictoria por parte de ella. Quiso saber más, por qué estaba ahí con él, mientras su padre era velado, siendo que ella se encontraba claramente afectada. Tenía que haber un muy buen motivo para preferir estar ayudándolo en vez de estar de duelo.

—C-cuéntame, t-tengo todo el tiempo del m-mundo...

Capítulo 12

Ainelen Lemunao no sabía a ciencia cierta cómo fue la historia que unió a sus padres. El dato más preciso es su fecha de nacimiento, 14 de julio de 1985. Su recuerdo más lejano era la emoción de esperar a su papi en la puerta de su casa el único día del mes que solía visitarlas. Él siempre llegaba con alguna golosina para ella, no era muy efusivo para demostrar sus sentimientos y solo le acariciaba la cabeza a modo de saludo. Luego se sentaba junto a su madre para conversar. A veces, ella salía a jugar al patio porque ellos hablaban cosas aburridas, así que no era consciente de lo que sus padres hacían cuando ella estaba ausente.

Su madre siempre le inculcó que no le dijera «papá» afuera de la casa, solo adentro. En el fundo, él era el patrón y nadie debía saber que Ainelen era su hija, esa fue la incomprensible regla de oro, que la pequeña siempre obedeció. Nunca entendió el motivo, pero con el paso de los años ella sola asumió que su existencia era una especie de sucio secreto Eugenio Westermeier.

Millaray Lemunao le decía a su hija que algún día entendería la verdad y cómo realmente sucedieron las cosas, pero no podía revelar más porque era peligroso para ambas. Ainelen siempre vivió en la ignorancia de todo lo que le rodeaba porque era por su bien. Su origen y la relación que sostenían sus padres siempre fue un misterio, cosa que finalmente se tradujo en que Ainelen tuviera un gran resentimiento hacia Millaray y Eugenio.

No estudió en ningún colegio, lo hizo de manera informal en casa. Tampoco era llevada al médico, si enfermaba, llegaba uno particular a atenderla. No había amigos, ni parientes, solo su madre y ella… y a veces su padre. Hasta los dieciocho años Ainelen vivió enclaustrada, al margen del sistema y la sociedad, hasta que un día se fue de su casa para rendir exámenes libres y estudiar en Santiago. Ya era mayor de edad y nadie podía mantener un espíritu indomable encerrado de por vida. Ella siempre cuestionó las decisiones de sus progenitores y decidió que no viviría nunca más bajo sus reglas y secretos.

Si había algo que caracterizaba a Ainelen era su inteligencia, entrar a la universidad fue un trámite y estudiar medicina con una beca por puntaje nacional en las pruebas de selección fue pan comido. A los veintiséis años ya estaba titulada en medicina general con excelentes calificaciones.

Ejerció la profesión durante dos años en un hospital público hasta que una llamada telefónica cambió el rumbo de su vida. Millaray súbitamente enfermó y se debilitó. Nadie supo diagnosticar su enfermedad, la que iba quitándole la vida de a poco y para cuando Ainelen llegó al fundo fue demasiado tarde para cualquier tratamiento.

Una noche lluviosa de abril la madre de Ainelen dejó de existir ante la impotencia de su hija, que había agotado todos sus recursos para determinar qué enfermedad era la causante del deterioro de la salud de Millaray.

No hubo velorio, al funeral solo asistió ella, nadie la acompañó. Ainelen lloró ante la tumba de su madre durante horas, antes de tener fuerzas para volver a la capital y dejar ese triste y solitario lugar en el pasado.

Esa fue la última vez que Ainelen ejerció como médico, porque fue demasiado doloroso para ella no poder salvar la vida de su madre. Desde entonces solo trabajaba en el último escalafón de la medicina, como técnico. Un colega le permitió trabajar donde lo hacía actualmente a pesar de estar sobre calificada, Ainelen no se sentía capacitada de salvar ninguna vida.

A su padre… en realidad no lo vio nunca más desde que tenía quince años, cuando decidió no seguir a esperarlo en el umbral de la puerta.

—Ese es el motivo por el cual no asistiré a ninguna ceremonia fúnebre, ¿para qué? —Con estas palabras Ainelen finalizó su relato.

Era la una de la madrugada, solo había silencio y un par de tazas de té frío en aquel departamento. David había escuchado atento la historia de ella, había sentido todas las emociones posibles a través de su relato. Ainelen no se dio cuenta que con cada palabra que decía iba desnudando su alma hasta dejarla indefensa ante él.

David pensaba que si él hubiera sido un hombre más desconfiado, probablemente habría cuestionado el relato en su integridad, pero Ainelen era una mujer transparente, no había maldad en su forma de ser o de actuar, incluso cuando hablaba de su padre, ella no transmitía odio, solo había enorme dolor por su presencia ausente. Se sentía realmente afortunado de haber tenido la familia que tuvo, porque comparado con la vida de la tremenda mujer que tenía al frente, todo era un campo de rosas. Tomó la mano de Ainelen agradecido por la confianza depositada en él, ella entendió el gesto con una leve sonrisa.

—Ahora eres la segunda persona que sabe que soy la hija no reconocida de Ernesto Westermeier...

—G-gracias por con-confiar en mí... —Sacó la libreta y el lápiz que tenía en el bolsillo trasero y se dispuso a escribir, hablar oraciones demasiado largas lo sacaba de quicio, esperaba que con las sesiones de fonoaudiología pronto dejaría de tartamudear. Una vez que terminó le entregó la nota a Ainelen.

«Muchas gracias, Ainelen. Soy muy afortunado por contar con tu confianza... perdón si me meto donde no me incumbe, pero creo que debes decirle a tu padre todo lo que tienes en tu corazón, aunque sea frente a su tumba, deshazte de esa carga que no tienes por qué llevar.

Eres una mujer que dice lo que piensa, que sabe lo que quiere, deberías hacer eso y ser fiel a tu forma de ser.

Si él no disfrutó de la maravillosa persona en la que te has convertido, deja que el resto de las personas que te apreciamos sí lo hagamos.».

Ainelen leyó un tanto sorprendida por las palabras de él y meditó sobre el asunto seriamente. Debía reconocer que hablar con David le había hecho bien, y le había dado una perspectiva de su propia existencia que nunca antes había notado, y pensó que tal vez ya era tiempo de cerrar círculos que eran inútiles mantener abiertos ahora que sus padres estaban muertos. Tenía que cambiar la forma en cómo veía y vivía su vida. Su relación con su padre no debía regir la manera en la que ella se vinculaba con los demás. Sobre todo con el sexo opuesto.

—¿Me acompañarías mañana? —preguntó—. Creo que tienes razón, es difícil lo que me pides, pero sé que es hora de dejar esa historia atrás.

—S-será un placer a-acompañarte —respondió apretando levemente su mano.

—Es tarde —dijo mirando la hora en el reloj mural que había en la cocina—. Debo irme...

Al escuchar esas palabras a David se le desencajó el rostro, no quería estar solo en ese lugar... esa sensación sí que le era familiar, tenía recuerdos vagos de ese departamento, pero lo que no podía olvidar, sin duda alguna, era la soledad, el vacío... la distancia.

Sin ningún motivo aparente se le vino a la cabeza Ingrid... besando apasionadamente a otra persona. Un sudor frío le recorrió el pecho y la espalda. Nada más solo esa escena, no sabía si era un recuerdo o era su imaginación. Inspiró profundamente e intentó deshacerse de esa sensación de angustia, miró los ojos castaños de Ainelen quien lo observaba con atención.

—¿Estás bien, David? —preguntó preocupada.

Él negó con la cabeza, no, no se sentía bien. De pronto todo vino de golpe, había tanto dolor, rabia y angustia en su alma y lo recordó, sin más. Recuperó el recuerdo de la traición de Ingrid, a Ainelen, su llanto desgarrador y retazos del insólito favor que le pidió su amigo.

Una avalancha de memorias inundó su cerebro y se le mezclaron todas las sensaciones vividas las últimas semanas con las lejanas escenas de su pasado que se hacían cada vez más reales. No sabía qué hacer, estaba desesperado, era demasiado... Ahora no sabía quién era, hubiera preferido no acordarse de nada y vivir para siempre sin tener que tener la huella indeleble de su relación con Ingrid y lloró.

Ainelen se levantó de su silla y abrazó a ese hombre que se aferró a ella como si fuera la única ancla que lo mantenía firme a este mundo.

—No me dejes solo... —suplicó con la voz quebrada—. No q-quiero estar solo... no me dejes solo... —repetía sin cesar.

—No te dejaré, estoy aquí... Mírame, David. —Ainelen tomó su cara entre sus manos con suavidad—. No me iré a ninguna parte... ¿vale? Haremos esto juntos, saldremos adelante, tú y yo.

—T-te recuerdo llorando... la recuerdo a ella esa noche siendo infiel... c-comiéndose a su jefe dentro de un auto... todo... todo...

—¡Oh no, David!...—exclamó con pesar, ¿qué más podía decir ante tamaño pedazo de confesión? Ese hombre estaba destrozado, se rompió en miles de pedazos frente a ella—. Tranquilo, me quedaré contigo... Estoy contigo... —aseguró mientras ella también lloraba y lo volvía a abrazar con fuerza y le acariciaba la espalda.

Nunca en sus treinta y un años de vida le había tocado presenciar ver a un hombre completamente vulnerable y desarmado. Para ella todos eran seres distantes, lejanos, llenos de secretos, mentiras y engaños en mayor o menor medida, y, a excepción de su amigo Marcelo, todos la decepcionaron en algún momento.

Y ahí estaba, sosteniendo a David en su peor momento, perfectamente podría tranquilizarlo e irse de ahí, pero no, eso no lo haría nunca, porque él estaba a corazón abierto, confiando en ella, y ella confiaba en él.

—Q-quédate… p-por favor.

—Nunca te dejaré, David… te lo prometo. Me tendrás que echar a patadas de tu vida para que te deje tranquilo.

En medio del llanto él rio, no sabía cómo, pero no tenía ninguna duda de que lo que Ainelen Lemunao prometía, lo cumplía, y deseó con toda su alma que ella no lo dejara jamás.

Capítulo 13

Ainelen despertó a la mañana siguiente vestida con una enorme camiseta negra de Lucybell que estaba impregnada de un aroma familiar, el mismo aroma que tenía el musculoso pecho sobre el cual ella estaba. Supo en ese instante dónde se encontraba y con quién compartía la cama, y se dio cuenta que ella parecía una especie de hiedra pegada al cuerpo de David. Se quedó ahí mismo sintiendo como él dormía calmo y sereno, su respiración era constante y profunda.

Fue una noche larga, llena de recuerdos y confesiones, dos almas desnudas confiando una vez más en otra persona. Tenían todos los motivos y justificaciones para no creer en nadie, pero el destino, los había unido en el momento preciso, ni antes, ni después.

Hablaron de la vida, amores, desamores. David a medida que conversaban empezó a recordar más episodios de su relación amorosa con Ingrid. Efectivamente, fue un amor a primera vista, ella era una mujer sencilla y natural, un poco fría, pero era su manera de ser y él amaba todo en ella, sus virtudes, manías y defectos. Ella era amable, inteligente, luchadora, un ser muy femenino y delicado pero con ambición. La amó tanto que no se dio cuenta en qué momento la perdió, sus cambios fueron tan graduales que no notó que la mujer de la cual se enamoró no era la misma que descubrió siéndole infiel.

David no sabía qué había hecho mal, a lo mejor no tenían las mismas metas. Él prácticamente no tenía vida para poder terminar sus estudios, rendir en dos trabajos, e intentar mantener a flote su relación con Ingrid, y todo lo hizo con el objetivo de ser un hombre digno para ella, para darle a su mujer una buena vida. No se dio cuenta que ella deseaba otras cosas, cosas que él no podía darle, o que tal vez le tomaría media vida para lograrlas. Él no poseía profesión, dinero, estatus, y tampoco lujos. David era un hombre que no tuvo nada fácil en la vida porque solo había sido el hijo único de una familia de clase media, con un padre más cerca de la jubilación que de la plenitud, al igual que su madre. A David le tocó la vida de un hombre que debió trabajar desde joven para poder ayudar en su casa, ya que la enfermedad de su padre se llevaba todo el presupuesto mensual.

En fin, David llegó a la conclusión de que a pesar de todo, Ingrid ya no le agradaba en lo más mínimo, todavía tenía esa sensación de que ella era una persona negativa que le puso entre la espada y la pared, y que por optar por ella le dio la espalda a su madre, y eso nunca se lo perdonaría.

Durante el tiempo en que no la recordaba, sentía su espíritu liviano, no sentía esa presión por ser más, por entregar más, por amar más. ¿No se supone que uno simplemente ama, sin presiones, sin tener esa sensación de que lo que entregas nunca es suficiente?

Definitivamente la vida y el amor eran más simples cuando no recordaba a Ingrid, y ahora que todo estaba volviendo a la normalidad, ya no quería nada de ella. Tal como lo intuía los días anteriores, si la recordaba, dudaba mucho que la volvería a amar, y así era. David ya no amaba a Ingrid, y no había poder en esta tierra que fuera capaz de hacer volver las cosas a cómo eran antes. Él estaba completamente seguro de ello, tan seguro como de que Ainelen con cada hora que pasaba, le iba robando más pensamientos de los que era prudente. Estaba presente en sus sueños, en su retorno a la vida, en apoyarlo sin esperar ni exigir nada a cambio. Ella estaba por él y solo por él. Con cada palabra, con cada gesto, Ainelen iba aplastando el recuerdo de una relación que fue, que ya no daba más y que Ingrid se encargó de matar de la manera más cruel, egoísta y despiadada.

Por su parte, Ainelen escuchaba o leía las notas de David, y cada vez que era mencionada esa suripanta *huinca* peliteñida, a ella se le retorcían las tripas, le daban ganas de golpear a David en la cabeza para que le diera amnesia de nuevo… y en ese momento lo supo con certeza, sentía celos, ¡estaba ridículamente celosa! y eso solo significaba una cosa… Estaba completamente fregada, «no puede ser… ¡lo estoy!», pensó un tanto mortificada.

—¿P-por qué llorabas e-esa noche, Ainelen? —preguntó David. Desde que la había recordado, lo estaba carcomiendo la curiosidad.

—Ese día descubrí que la persona con la que estaba comprometida ya estaba casada —explicó sintiendo todavía la punzada en su amor propio.

—¿Cómo? —interpeló incrédulo.

—Eso mismo, supuestamente nos íbamos a casar en unos seis meses, pero resultó que Tomás, mi ex, llevaba un año casado con una mujer con un apellido que con suerte puedo deletrear y recordar. —Sonrió por la ironía—. Yo era la amante sin saber que lo era, ¡qué cómico!, y yo que juré que nunca iba a ser como mi madre, y resultó que en cierto modo hice lo mismo que ella. ¿Y tú qué crees, mi estimado David? El tarado creía que como yo ya sabía la verdad, iba a volver corriendo a sus pies para ser su plato de segunda mesa. No sé en qué mundo vive.

—¡Pero qué hi-hijo de puta! —exclamó molesto. Con razón ella lloraba y estaba tan enojada con todo el género masculino esa noche, no era para menos.

—El más grande de todos… ¿Cómo se puede amar a una persona así?, es imposible. Debes estar familiarizado con la sensación de que simplemente no puedes amar a una persona que ya no existe de la manera en que la recordabas en tu corazón.

—Tienes ra-razón… te queda un…

—Vacío en el pecho —dijeron al unísono y rieron por pensar lo mismo.

—En estos momentos, creo que solo tengo herido el amor propio. No siento amor por Tomás, mató de raíz todo lo que sentía por él —reflexionó con sinceridad.

—¿Y qui-quién era el hom-hombre que estaba…?

—Marcelo —intervino ella, que ya sabía que era lo que quería preguntar David—. Es mi mejor amigo en este mundo, le gustaste mucho —acotó con ladina malicia—, según él estabas más bueno que el *créme brûlée*.

—Ahhhhhhh… en-entiendo —afirmó con un poco de timidez, era raro saber que él era atractivo para un hombre.

—Sí, prefiere las salchichas en vez de los mariscos. —Y rio por su propia ocurrencia, y luego bostezó—… En fin, ya es tarde, y me está dando sueño, ¿tienes alguna camiseta que pueda usar de pijama? Me carga dormir con ropa.

David asintió, fue al dormitorio, registró el closet y encontró una camiseta vieja de su grupo de rock favorito y pensó que Ainelen se vería muy, pero que muy bien vistiendo solo esa prenda. Se la entregó y ella sonrió.

—Es mi grupo favorito, cada vez que puedo, voy a sus presentaciones. —Extendió la prenda para verla bien y dijo—. ¡Qué grandota, es enorme! Me va a quedar como vestido... bueno tú eres enorme en todas y cada una de tus partes, no sé de qué me asombro... —Ante esa declaración David levantó una ceja inquisidora y Ainelen en ese instante se dio cuenta de que había hablado de más, bueno, ¡qué más da!, era una noche especial y todo se perdonaba—. Confieso que te he visto tal como Dios te echó al mundo... ¿Qué más querías si a los pacientes en coma también se les baña? Y tú estabas a mi cargo... —David empezó a reír a carcajadas porque ella se estaba poniendo colorada como un tomate—... No te preocupes, David, todos los días veo fruteras, fue algo profesional... Una limpiadita por aquí y otra por allá... —Y en ese momento se dio cuenta de que estaba embarrándola más, metiendo la pata hasta el fondo—. Mejor me voy a cambiar... ¡Deja de reírte! —dijo mientras se dirigía al baño, rápida como una flecha, para ponerse la enorme camiseta-pijama.

David rio con más ganas todavía, a veces era tan mujer y en otras ocasiones tan niña, y esa dualidad tan equilibrada le encantaba. Con una sonrisa malévola comenzó a quitarse la ropa y solo quedó con bóxer, le pareció divertido hacerle una jugarreta para ver cómo reaccionaba ella, y se acostó en la cama.

Ainelen salió del baño, apagó las luces y se fue corriendo en puntitas hacia la cama porque el piso estaba muy frío. Rápidamente corrió las mantas y se hizo la loca ante la visión de ese cuerpazo grande y perfecto que tenía su amigo, y se metió a la cama sin mirar, dándole la espalda a David. No confiaba en su propia fuerza de voluntad e intentaría seducirlo si le entraba el demonio en el cuerpo.

—¿En qué momento acordamos dormir juntos? —preguntó ella sintiendo demasiado cerca el calor de él.

—Fu-fue un acuerdo t-tácito —respondió sonriendo socarrón—. El sof-fá es d-demasiado pequeño pa-para mí —argumentó—, y no v-voy a permitir que d-duermas ahí... No muerdo, Ainelen.

—Supongo que eres tan bueno que yo podría dormir sin ropa y ni siquiera sentirías calor —expuso sarcástica.

—N-no muerdo, p-pero no soy santo —replicó—. No me tientes.

Ainelen rio con picardía, pero esa noche nada pasaría, primero es lo primero, y eso era cerrar sus círculos, y pensó que lo más sano para David, era cerrar los suyos también antes de siquiera pensar en algo más que la verdadera amistad que los unía.

—Buenas noches, David.

—Descansa... Gra-gracias por estar aquí.

—No podría estar en un mejor lugar.

Se quedaron en silencio, David estaba mirando el techo y Ainelen lo hacía en dirección a la ventana, las ganas de dormir se habían hecho humo por arte de magia. Todo se sentía tenso y extraño, y ellos no eran así, algo había mal.

—¿T-te puedo abrazar? —pidió él con sinceridad, necesitaba sentirla cerca de algún modo. A pesar de todo, ese lugar todavía le hacía sentir solo, y sabía que solo ella le quitaría esa sensación.

Ainelen cerró los ojos, pensando en que estaría perdida si tan solo sentía el contacto de la piel de él, pero si lo analizaba de mejor manera, ella también necesitaba un abrazo que la reconfortara.

—Bueno, total tú no muerdes —accedió.

David se acercó a ella, y metió las mantas entre los dos, formando una especie de muro de Berlín entre sus cuerpos, y la abrazó haciendo cucharita.

—P-ero no soy santo... —Besó su sien y cerró sus ojos sintiendo el calor que el cuerpo de ella transmitía a través de las mantas, y rápidamente su conciencia se fue desvaneciendo cayendo en un sueño reparador.

—No, no lo eres... —«Y yo tampoco», pensó. Cerró sus ojos y sin darse cuenta también se durmió al compás de la hipnótica respiración de él, envuelta en el cálido abrazo de ese hombre que cada vez más, se metía en su corazón.

Capítulo 14

—B-buenos días... —saludó David a su invitada con una sonrisa que le partía el rostro por la mitad—. ¿D-dormiste bien?

Ainelen se desperezó, se había vuelto a quedar dormida, la tranquilidad y calma de ver a David durmiendo le había hecho caer de nuevo en los brazos de Morfeo.

—Hola... —dijo media dormida sin abrir los ojos—. Dame cinco minutitos más, ¿ya?

—B-bueno... pero... ¿p-puedes sacar tu m-mano de ahí?, n-no es que m-me moleste, pero es d-demasiada la t-tentación.

Ella no entendía muy bien de lo que hablaba él, hasta que sintió que algo se movió en su mano como si tuviera vida propia... algo muy grande y duro.

—¡Por Antú! —Ainelen quitó la mano de ahí como si le hubiera quemado y se sentó automáticamente en la cama. «Mierda, no sé si toda la vida he visto micropenes y uno normal me sorprende, o si David definitivamente es monstruoso», pensó—. Perdón, no fue mi intención —dijo avergonzada frotando su mano contra la piel del muslo, su inconsciente lujurioso la traicionó.

—Lo sé... pero cuando duermes n-no juegas limpio, Aine-len —declaró socarrón—. N-no soy de madera.

—Idiota. —Ainelen con una sonrisa tímida y le lanzó una almohada para que dejara de mirarla de esa manera, esos ojos verdes no tenían nada de inocentes, eran intensos y le quemaban las entrañas—. Mejor levantémonos   .

Y eso hicieron, David se puso un pantalón deportivo, Aine-len se quedó con lo puesto y se dispusieron a preparar el desayuno en la cocina americana. Ella puso el agua a calentar, él puso las tazas, todo en perfecta sincronía, como si ese acto tan cotidiano de hacer algo de comer fuera una coreografía solo inventada para ellos...

—No hay pan y nada para acompañarlo—observó Ainelen cerrando el refrigerador—. Hay que ir a comprar algo porque acá

solo tienes fideos chinos instantáneos… excelente y nutritiva dieta
—comentó sarcástica—. No sé cómo todavía no te da anemia.

—T-también como pizza a destajo —argumentó—. C-casi
nunca como aquí.

—La excusa agrava la falta —reprendió levantando una
ceja con incredulidad.

—I-iré a comprar, ayer vi un m-minimarket al lado del-del
edificio.

—Ok, te espero…

La puerta de entrada del departamento se abrió intempestivamente, ambos estaban desconcertados, y casi al instante el desconcierto se transformó en sorpresa.

Ingrid había ido al hospital esa mañana y se había enterado
que el día anterior le habían dado el alta a David. Tenía que recu-
perarlo cómo sea, José Patricio, su amante, la despidió de la inmobiliaria donde trabajaba. El hombre, después de pensarlo fríamente, decidió que no quería continuar su relación con ella para
evitar posibles escándalos de novios despechados en la oficina. Si
alguien veía el espectáculo, el rumor no tardaría en llegar a oídos
de su esposa y eso debía evitarlo a toda costa. Lo mejor era cortar
por lo sano, total una amante la podía encontrar en cualquier parte. Las mujeres como Ingrid no eran escasas.

Ingrid estaba desolada, todo le salió mal, pensó que podía
manejar mejor la situación. Una parte de ella estaba empeñada en
seguir su relación con David porque lo amaba. Pero ese amor era
mezquino, porque según ella, él no le daba la seguridad suficiente
como para comprometerse de por vida con un hombre que tenía
un futuro económico incierto. David no tenía apellido, amigos, ni
contactos que le facilitaran el camino para cuando terminara sus
estudios. Básicamente, su entonces novio, tenía el potencial de ser
un repartidor de pizzas ilustrado, y ella no quería eso para su vida.
Justo cuando estaba en esa encrucijada, su jefe puso sus ojos en
ella, y comenzó a seducirla. Le hacía regalos caros, le aumentó el
sueldo, salían a lugares exclusivos los fines de semana, le concedía
cuanto capricho se le antojaba a ella.

Ingrid, cayó en el viejo truco de encandilar a la presa con
dinero para obtener lo que el depredador quería, y ella ingenua-

mente creyó que siempre tenía el sartén por el mango, pero quedó atrapada como una mosca en una telaraña.

Ilusa. Tontamente ilusa.

Y ahí estaba frente a la puerta del departamento de David, había sido una estupidez ese arranque infantil de dejar el lugar hecho un asco. Si tenía suerte, él estaría en la casa de su madre sin saber nada y podría dejar todo tal como estaba antes. Debía jugarse todas sus cartas porque no quería estar sola, tenía la esperanza de que David todavía la amara, y era prácticamente seguro que él le perdonaría su error. Todavía podían tener una oportunidad.

Sacó sus llaves y abrió la puerta.

Ainelen y David miraban sorprendidos a Ingrid, quien estaba visiblemente afectada con la escena, y no era para menos, él estaba con pantalones y el torso desnudo y la otra mujer solo vestía la horrible camiseta que tanto detestaba. Una ola de celos llenó su cabeza y de inmediato los imaginó revolcándose en la cama, follando como gorilas. No podía moverse, sus piernas no le respondían, estaba probando el asqueroso sabor de su propia medicina.

—Mejor, los dejo a solas —dijo Ainelen, se acercó a David y le susurró al oído—: Es tu oportunidad de cerrar tus círculos. —Luego se dirigió al dormitorio y entró al baño para ducharse. Él debía resolver su problema solo.

David se quedó mirando a Ingrid, comenzó a observarla detenidamente y buscó la verdad en su corazón, ¿qué sentía por ella?, ahora que la tenía al frente, simplemente confirmó que estuvo enamorado de la mujer que conoció hace dos años, y que francamente desconocía a la rubia que estaba en el umbral de su puerta. No, no era la misma mujer, él amó a una chica sencilla, sensible, natural que era incapaz de ser infiel y engañarlo con la primera billetera ambulante que se le atravesara en su camino.

—¿Te acostaste con esa india? —acusó ella, esperando la rápida respuesta de él, pero solo obtuvo silencio—. ¡Contéstame, David!

—E-eso no es tu p-problema, Ingrid. D-dejó de s-serlo, cuando te d-descubrí con t-tu jefe —declaró serio, y con el ceño fruncido.

—Pero, pero… ¿Quién te dijo esa mentira? —preguntó incrédula, no podía ser, a menos que…

—N-nadie, Ingrid. Recuperé la m-memoria… lo r-recuerdo todo… Todo… —respondió frío y desafiante, quería saber qué armas usaría ella para intentar retenerlo. Quería ver hasta dónde era capaz de llegar Ingrid.

—No es lo que tú crees. —Fue la primera excusa que ella intentó usar. Mala idea usar una respuesta trillada y barata.

—T-tú no puedes decirme qué creer a-acerca de lo que vi o no, Ingrid. —David podía ver la desesperación de ella, solo sintió lástima, y ese sentimiento no servía para sostener ninguna relación, de ningún tipo.

—Pero fue un error, déjame enmendarlo —suplicó, mientras gruesas lágrimas salían de sus ojos, Ingrid estaba desangrándose de dolor—. Perdóname, chanchito… —dijo sollozando aferrándose al cuerpo de David con fuerza.

—No se trata de perdón. Esto se acabó —sentenció duro, firme, sin dudar ni tartamudear—, tú cambiaste… y yo también cambié… No podemos continuar juntos —declaró intentando soltarse del agarre de ella, pero se lo estaba poniendo difícil—. No sigas, por favor.

—Yo te amo, David, perdóname. Déjame intentarlo de nuevo, por favor, empecemos de nuevo —propuso esperanzada, ella iba a arrastrarse por el fango si era necesario, quería a David de vuelta. Esto era una prueba, estaba segura de que él la estaba humillando, la quería castigar, y si tenía que aguantar eso para luego empezar de cero, lo aceptaría.

—Entiéndelo, Ingrid… yo ya no te amo —confesó de una vez, y de esta manera le confirmó a su propio corazón que era verdad lo que decía—, mataste lo que sentía por ti… No sigas haciéndonos esto… Yo, simplemente ya no te quiero. Todo murió esa noche. —Finalmente, David logró separarse de ella, que gimoteaba sin cesar—. Dame las llaves, por favor. Terminemos esto de una vez.

Ingrid ya no tenía más argumentos, solo lloraba, no podía creer lo que él le decía, no era posible, ¿cómo sucedió todo eso?, ¿por qué dejó de amarla tan rápido?, su mente y su corazón todavía no dimensionaba la magnitud de daño que causó, y lo mucho que ella había cambiado. Era más fácil echarle la culpa a otra persona que reconocer de corazón que ella estaba cosechando lo que había sembrado.

—Es por esa india, ¿cierto? Se te metió en los pantalones, ¿ah? Solo estás caliente con ella. Tú me amas, reconócelo.

David solo negó con la cabeza y sonrió con tristeza, ya no podía seguir sosteniendo la conversación, estaba agotado, todo era absurdo… y optó por mentir para herirla de muerte y que se fuera de una vez por todas.

—¿Y qué problema hay con que me haya acostado con ella, ah? Tú y yo ya no estamos juntos y puedo darme el lujo de pasarlo bien con quien quiera. Por lo menos tuve la decencia de terminar contigo antes de tener sexo con otra persona… Y Ainelen me da todo lo que tú no fuiste capaz de darme en la cama y más… No hay punto de comparación, si me dan a elegir, la prefiero a ella —respondió con un tono de voz gélido. Ingrid se tapó la boca sorprendida ante tal declaración, David jamás había hablado en esos términos, él siempre fue tierno y suave, hacía todo lo que ella quería en todos los sentidos.

—Creo que ya es suficiente, David. No es necesario que divulgues nuestra vida sexual con tu ex —intervino Ainelen entrando en la habitación con el pelo mojado y vestida con la misma camiseta, caminando felina, seductora. A ella le pareció que sería divertido seguirle la corriente a su amigo, y matar dos pájaros de un tiro, porque también era una oportunidad de oro para obtener su pequeña *vendetta*—. A menos que quieras que le diga cómo te la chupo, porque es un gustazo pasarle la lengua a ese pedazo de monumento que tienes entre las piernas —manifestó con toda la coquetería que pudo imprimirle a sus palabras, y David se quedó boquiabierto tan solo con la imagen mental de Ainelen lamiéndolo de principio a fin.

Ingrid también se imaginó en detalle lo que acababa de decir esa mujer, y fue suficiente para ella. Asqueada de todo, dejó caer al suelo su copia de las llaves y salió dando un fuerte portazo, jurando para sí misma abandonar la vida de David para siempre, total, si levantaba una piedra encontraba a cien hombres dispuestos a estar con ella… Pero ninguno sería como él. Lo había perdido, ¡sí que lo había perdido!, y no había vuelta atrás.

David y Ainelen suspiraron profundamente después de que la puerta dejó de retumbar en todas partes, abrieron los ojos y el ambiente se distendió al instante.

—¿Estás bien? —interrogó Ainelen preocupada por él.

—Mejor que nunca —respondió con seguridad.

David volvió a suspirar cansado, había sido el momento más incómodo y tenso de su vida, nunca pensó que tendría que recurrir a decir semejante mentira para desarmar a Ingrid. No quería llegar a ese extremo, pero lamentablemente sentía que ella le estaba poniendo una pistola en el pecho.

Ainelen también respiró agotada, pero en el fondo daba saltitos de alegría de poder devolverle todos los insultos a esa mujer que solo servía para herir a las personas. «Es maravilloso ver en vivo y en directo cómo se da vuelta la tortilla a favor de uno», pensó ella sin una pizca de culpa…

—¿A-así que p-pedazo de monumento? —dijo él volviendo al tartamudeo, David comenzó a pensar seriamente que su problema se debía a los nervios, porque cuando habló serio y totalmente confiado con Ingrid, sus palabras fluían como el viento—. M-me siento halagado…

—¡Cállate, ridículo! —exclamó nerviosa—. Lo dije solo para ayudarte, esa *mina* no entendía con nada.

—Claro —dijo él levantando las cejas sin creerle nada de lo que ella decía.

—Piensa lo que quieras… ¿Sabes qué?, mejor te invito un café con medialunas y salgamos de aquí. Tenemos mucho que hacer hoy, y mañana me toca trabajar —dijo para desviar la atención de él y no seguir hablando de monumentos.

—V-vale, pero voy a p-pedir uno extra grande. —David se dio cuenta del intento de ella y siguió con tono guasón—, bien fuerte y caliente.

—¡¡¡Lalalalalalalalalalalala!!! —tarareó Ainelen en voz alta a la vez que se tapaba los oídos y cerraba los ojos—. ¡No te oigo, no te oigo, tengo orejas de pescado, lalalalalalalalalalalalalala!

David reía a carcajadas, le encantaba verla de esa manera, tan jovial y despreocupada, la miraba y solo sentía unos deseos locos de besarla y terminar con esa barrera que aún existía entre ellos. Pero no lo haría, porque tal como ella misma le aconsejó, debía esperar a que Ainelen cerrara sus círculos y matar sus propios demonios.

Y cuando eso sucediera… solo el cielo sería el límite.

Capítulo 15

Ainelen y David acordaron vestir de negro para asistir al funeral de Eugenio Westermeier, pensaron que era lo más práctico para pasar desapercibidos ante cualquier mirada curiosa. Llegaron cuando la ceremonia ya había terminado, el día estaba nublado y las personas que asistieron se iban retirando lentamente. Los funcionarios del cementerio ya estaban desarmando la carpa para instalarla en otro sepelio y la sepultura estaba siendo cubierta de tierra.

Ella miraba todo desde lejos, se sentía extraña estar en ese lugar, estar rodeada de árboles, verdor, dolor y muerte. Era hermoso y deprimente a la vez, pero Ainelen no quería estar ahí, solo deseaba escapar y no ver la lápida con el nombre de su padre. Tenía un miedo terrible que no comprendía de dónde venía, se sentía como aquella niña que no podía decirle papá afuera de su casa.

David sostenía la mano de su amiga, no la había soltado desde el momento que abandonaron su departamento. Conforme pasaban los minutos la piel de ella se iba tornando fría y su semblante había perdido el color que lo caracterizaba, incluso esa chispa que iluminaba sus ojos ya no existía. Ver a Ainelen triste era devastador para cualquier persona que tuviera sangre en las venas.

—¿E-estás bien? —preguntó preocupado.

Ainelen asintió, y apretó suavemente la mano de él, solo necesitaba procesar todo, ordenar sus sentimientos y tomar coraje. Inspiró profundo, dio media vuelta para quedar frente a David, y sin hablar se acercó a él pidiendo tácitamente un abrazo que la reconfortara. Sin dudar un solo instante, él la rodeó con su brazos y la encerró en un cálido refugio que la hacía sentir segura y protegida de todo lo malo que había afuera.

A Ainelen le hubiera encantado quedarse en ese lugar tan acogedor para siempre, pero tenía que decirle adiós a su padre y a toda esa historia que ya no quería seguir cargando. Era hora de crecer, y avanzar. Se separó del cuerpo de David, y de inmediato sintió su falta... ¡Qué difícil era todo! Sus pies estaban clavados al césped y no querían moverse.

—Es ho-hora, Ainelen Lemunao —dijo David con suavidad—. Eres la m-mujer más valiente que he conocido en mi v-vida. Tú puedes con esto y más —arengó a su amiga mientras sostenía su rostro entre sus manos y la miraba a los ojos, quería convencerla de que ella tenía la suficiente fortaleza y que él confiaba en su capacidad—. Hazlo.

Y sin mediar más palabras, él le dio un casto beso en los labios para despertarla del triste sopor en el cual estaba sumida. Con solo el toque tibio de los labios de David, el corazón de Ainelen comenzó a latir y a bombear con fuerza la sangre que recorrió todas sus extremidades, y le dieron el ímpetu suficiente para moverse y dar el primer paso, y luego otro, y otro, y otro más, alejándose de él y acercándose al montículo de tierra fresca donde estaba enterrado su padre.

Ainelen miró con cautela a su alrededor, como si quisiera evitar ser escuchada por oídos intrusos, y cuando se aseguró de ello, bajó la vista y vio el nombre de su padre esculpida la placa de mármol que estaba a sus pies.

—Hola, don Eugenio... —Ainelen se interrumpió y cerró los ojos fuertemente, se reprendió por su error, estaba tan habituada a no decir «papá» afuera. La costumbre era mucho más fuerte que la lógica—. Hola, papá, yo... vine a despedirme —dijo ella intentando controlar las lágrimas, le temblaba el mentón y su rostro se contraía de dolor—. No sé casi nada de ti... tampoco sé si nos amaste de verdad a mi mamá y a mí... Pero yo... yo sí te quise, a pesar de tu ausencia, los secretos, las mentiras... —Su pecho le comenzó a doler, sentía una opresión que necesitaba liberar a toda costa—. Te necesité tanto y tú nunca estabas... —Y ya no soportó más, se quebró, sus ojos eran verdaderas cascadas que manaban lágrimas que no tenían fin. Sus piernas flaquearon y ya no aguantaron su propio peso, y quedó de rodillas ante la tumba—. Mi mamá te amó tanto, tanto... hasta el día de hoy no comprendo por qué te adoraba de esa manera, por qué aceptó la vida que le diste, ¡y ni siquiera fuiste a verla cuando murió! —recriminó con rabia y dolor ante la lápida dando golpes en la tierra suelta, sabiendo que él nunca podría contestarle—... y ahora te has ido y ya no hay respuestas. Nadie me dio nada que me ayudara a comprender mi propia existencia... nadie. —Lloró amargamente hasta un punto en que ya no podía controlar sus espasmos. Gimió acongojada y sin vergüenza, sintiendo como la humedad de la tierra se colaba en sus rodillas.

David la observaba a lo lejos y empuñó sus manos, impotente. Él sabía que no debía interferir, por lo menos todavía no, solo hasta que fuera el momento adecuado, pero tampoco no iba a estar de espectador por mucho tiempo más.

Ainelen limpió su cara y empezó a respirar profundo para tranquilizarse, y volver a tener el control en esa lucha interna en que la solo ella estaba batallando con su pasado y sus demonios.

—Ya no los tengo a ti y a mamá, y debo aceptarlo... Tengo que aceptarlo, no hay otra opción... —Volvió a limpiar su cara, las lágrimas apenas cesaban—. Esta es la primera y última vez que te visito. —Se levantó con entereza, se sentía más liviana, incluso un poco más fuerte, y a la vez, su espíritu había envejecido muchos años de golpe. Se limpió la tierra húmeda de las rodillas, y se secó la nariz con el dorso de la mano—. Gracias por estar con nosotras aunque sea una vez al mes, y no olvidarnos del todo... —Sonrió con tristeza y resignación y suspiró largo y entrecortado, la catarsis había terminado—... Adiós, papá... a pesar de todo te quiero. Te quiero mucho.

Ainelen se quedó unos instantes mirando la tumba, y luego sintió la presencia de David al lado de ella. Lo miró con tristeza y solo eso bastó para que él la abrazara. Entre ellos, a veces las palabras sobraban, solo un gesto, una mirada, eran suficientes para comunicarse y decir lo que necesitaban del otro.

David besó la cabeza de su amiga y la meció como si fuera una niña para consolarla, no sabía qué otra cosa hacer más que estar ahí, con ella y para ella.

Largos minutos pasaron y un viento tibio comenzó a soplar fuerte. Ainelen no sentía frío gracias al cuerpo de David y su abrazo protector, y él no se iba a mover hasta que ella estuviera lista para dejar ese lugar.

Una gota cayó en la cabeza de él, y luego otra en la cabeza de ella, y otra, y otra más, y en cuestión de segundos caía una suave llovizna que humedecía sus ropas y traspasaba sus cuerpos.

—C-creo que ya es hora... —murmuró David—. ¿T-te encuentras bien?

—Sí, mucho mejor... Gracias por estar aquí.

—N-no desearía estar en o-otra parte...

—Vámonos, ya no tengo nada más que hacer aquí.

Ambos comenzaron a caminar tranquilamente bajo la fina llovizna, abrazados, unidos. La poca gente que había en el lugar corría para refugiarse y escapar antes de que empezara a llover más fuerte, a excepción de un hombre canoso que se protegía con un abrigo y un paraguas negro. Estaba de pie al lado de un árbol, impasible a todo lo que ocurría a su alrededor, como si estuviera esperando a alguien. David y Ainelen no le dieron importancia y continuaron con su marcha silenciosa unos metros más.

—¿Usted es Ainelen Lemunao? —preguntó el desconocido, interrumpiendo la quietud.

Ella dio un respingo y detuvo la marcha de manera automática, David hizo lo mismo y se tensó al instante, se dieron la media vuelta con desconfianza.

—Soy yo —respondió ella resuelta, no tenía nada que esconder, ya no—. ¿Quién es usted?

El hombre esbozó una leve sonrisa y se acercó a la pareja.

—Señorita Lemunao, mi nombre es Miguel Geisse. —Sacó una tarjeta de uno de sus bolsillos y se la extendió. Ainelen lo miró por unos instantes y estiró la mano para tomarla.

—¿Cómo sabe quién soy yo? —interrogó desconfiada.

—Pronto va a llover más fuerte, si gustan me pueden acompañar usted y su pareja a mi auto para conversar unos instantes —invitó cordial.

Ainelen no dijo nada, no quiso corregir la afirmación del hombre acerca de David, estaba desconcertada por la situación en sí. Leyó la tarjeta y le llamó la atención el segundo apellido del hombre, «Grob». Frunció el ceño.

—¿Usted es pariente de Eugenio Westermeier? —preguntó con recelo.

—Era su primo por parte materna, señorita. Su padre me dio instrucciones precisas de cómo encontrarla, y no se equivocó. —Sonrió con una expresión melancólica—. Eres el vivo retrato de Millaray, Ainelen.

David y Ainelen miraron sorprendidos a Miguel Geisse, y no era para menos, Millaray Lemunao, en teoría no existía, y mucho menos su hija.

—¿Conoció a mi mamá? —interrogó asombrada, era como estar metida en una realidad paralela, la situación era inverosímil. La llovizna se transformó en una violenta lluvia que en cuestión de segundos les empapó por completo la ropa.

—A tu madre la quise mucho, era una mujer excepcional. Por favor, necesito conversar un par de cosas contigo, es importante.

—Ahora no, Miguel —rechazó Ainelen—. De verdad, no es un buen momento...

—Soy el albacea del testamento de Eugenio —interrumpió Miguel, tal como su madre, Ainelen era desconfiada y terca—. Eres una de los herederos de Eugenio... necesitas saber varias cosas antes de presentarte ese día. Estás obligada a asistir.

Ainelen se quedó de piedra ante esa declaración. David que estaba en silencio observaba a Miguel a conciencia, quería descubrir si había alguna mala intención de su parte, pero no encontró nada, el hombre decía la verdad. Luego observó a su amiga, estaba muda, paralizada, como si hubiera entrado en estado catatónico. Definitivamente esa conversación no se llevaría a cabo en ese instante.

—D-disculpe, señor Geisse —dijo David serio y determinado—. De verdad, Ainelen no se encuentra en condiciones de conversar en este momento... No se preocupe, tenemos su tarjeta... —David buscó los ojos de Ainelen y ella solo miraba Miguel. Le dio un leve apretón en el hombro para llamar su atención y de inmediato sus pupilas entraron en contacto—. ¿Quieres hacer esto otro día? —le susurró al oído y ella asintió casi de manera imperceptible—. Le prometo que le llamaremos para concertar una cita.

—Me sentiría más cómodo si me dan un contacto para ubicarla... Solo la encontré hoy porque me dieron los datos específicos. Es importante conversar sobre un par de cosas de las que debe tomar en conocimiento la señorita Lemunao.

Ainelen estaba totalmente consternada, y ya no estaba de ánimos para hablar con nadie relacionado con su padre. Su instinto para ocultarse se activó de forma automática, su madre siempre le dijo que era peligroso que la familia de Eugenio conociera su existencia. El hombre observó cómo ella le susurró algo a David, y él asintió, sacó su libreta de su bolsillo y escribió en ella, arrancó la hoja y se la ofreció al hombre.

—M-miguel, aquí están mis datos. S-se contactará a través de m-mí... Ainelen no puede confiar en alguien que nunca ha visto en su vida.

—No la culpo... —Suspiró—. Muchas cosas debieron hacerse de otra manera, pero ya es tarde para eso. Estaremos en contacto, que tengan un buen día...

El hombre se fue y se subió a un lujoso automóvil negro que se alejó de la vista de ellos en cuestión de minutos, Ainelen y David no se movieron del lugar a pesar de la lluvia torrencial que caía sobre sus cabezas.

—Llévame a casa, David… por favor, estoy cansada de todo esto.

—V-vamos, ha sido un día d-duro para los dos…

Capítulo 16

—Hogar, dulce hogar —susurró Ainelen cuando entró a su departamento junto a David, llegaron agotados, mojados y abatidos. El día se había convertido un enorme parque temático de emociones, desde la visita de Ingrid al departamento de él en la mañana, hasta el encuentro con Miguel Geisse en el cementerio en la tarde.

El camino de vuelta lo habían hecho en un apacible y reconfortante silencio, abrazados, a pesar de la lluvia, el frío y lo incómodos que estaban por llevar la ropa húmeda. No eran necesarias las palabras, estaban de más. Los dos iban en su propio mundo procesando sus emociones y sacando en limpio lo mejor. Ambos querían dejar lo malo atrás y avanzar.

Eran las ocho de la noche, las cosas de David estaban en el departamento de Ainelen, ya que ellos hicieron una escala en ese lugar para cambiarse e ir al funeral. Ana, al tanto de la situación, no tuvo reparos en que David se quedara fuera de casa otro día más, de hecho, estaba contentísima, porque sus «malévolos planes» de celestina iban viento en popa.

—El baño está al fondo a la derecha, el dormitorio de invitados a la izquierda —indicó Ainelen con voz cansada—. Estás en tu casa.

—Gracias.

David fue al baño a tomarse una ducha caliente, sí que la necesitaba. El frío le calaba los huesos y le hacía tiritar toda su humanidad. Se desnudó con dificultad, la ropa húmeda la tenía adherida al cuerpo como si le hubieran puesto pegamento. Abrió la llave del agua caliente y se metió bajo el chorro. Dejó que el agua corriera por toda su piel hasta que su temperatura corporal se templara.

Pensó en Ainelen, recorrió de hito en hito cada recuerdo que tenía de ella, desde el mismo instante en que la vio llorando aquella noche que cambió sus vidas para siempre, hasta la visita al cementerio. Sí, su vida se había transformado, por lo menos la de él había dado un giro inesperado de ciento ochenta grados y sin vuelta atrás. En tan solo tres semanas vivió la destrucción, el olvido, la sanación y la reconstrucción de su corazón, de sus planes y sus sentimientos.

Sentía que había atravesado un punto de no retorno sin darse cuenta, y francamente se sentía mucho mejor con su nueva vida, y en gran parte, eso se debía a esa mujer que a pesar de tener todos los motivos del mundo para ser una persona fría y sin corazón, era todo lo contrario, Ainelen era madura, cálida, paciente, sincera, generosa, tanto que se entregaba por completo sin preocuparse en recibir. También tenía defectos, de eso no había duda, esa forma de auto infringirse castigos, más de lo que merecía, al extremo de dejar su profesión por su sentimiento de culpa al no poder salvar a su madre...

¿Y si ella actuaba así con él, por culpa? Sacudió de su cabeza esa molesta pregunta, ella ya se lo había dejado claro la noche anterior. Las cosas no eran así.

Sumando y restando ella era una mujer con todas sus letras. Una mujer que le encantaría tener a su lado siempre, porque tenía la certeza de que en esta vida no encontraría una igual dos veces. Por un instante imaginó cómo sería vivir con Ainelen cada día, despertar junto a su calor todas las mañanas, esperarla cuando tuviera algún turno extenso, comer juntos, discutir alguna sandez porque nada sería demasiado complicado como para llegar a pelear de verdad, besarla sin parar, hacer el amor con ella... ¡Dios, Ainelen era demasiado buena para ser verdad!

Toc, toc, toc...

—¿Te falta mucho? ¡Necesito entrar en calor también! —dijo ella desde el otro lado de la puerta.

—¡M-me falta poco!... —contestó—. P-pero si quieres entrar en c-calor puedes ducharte conmigo, t-total ya has visto la frutera —bromeó para sí mismo viendo la tremenda erección que le provocó su fértil imaginación—. ¡Dame un minuto!... o cinco para matar a este infeliz con agua fría —murmuró.

—¿¡Cómo, no escuché lo último!?

—¡N-nada, ya voy!

Cambió el agua caliente por agua fría y apuntó directo el chorro para asesinar al monstruo que tenía entre las piernas, no quería ser víctima del pudor de Ainelen, o el blanco de sus bromas, ya tenía suficiente consigo mismo.

—M-mierda, esto está como hielo… —masculló molesto y a la vez aliviado porque rápidamente su «amigo» volvía a estar de tamaño normal.

Una vez recuperado, cortó el agua y se secó el exceso de humedad con la toalla y luego la ató a su cintura, cubrió su cabeza con otra más pequeña y salió del baño.

Ainelen estaba esperando su turno vestida solo con una mullida bata de algodón. Se encontraba sentada abrazando sus rodillas sobre uno de los sofás del living de su departamento. Ella también estuvo pensando mientras David se bañaba, pensó un montón a decir verdad. Los engranajes de su cerebro iban girando de un sentido a otro sin cesar. No podía creer la infinidad de cosas que sucedieron en un solo día, pero ahí estaban los hechos, grabados a fuego en su memoria.

Por momentos sentía que su vida se había vuelto un caos, uno atípico, triste, sorpresivo, maravilloso, enorme… pero un caos al fin y al cabo. Hasta hace tres semanas lo tenía todo resuelto para su vida, pero todo se derrumbó en el único momento que tuvo la sensatez de dudar de Tomás, y sacar un certificado de matrimonio que confirmaba las sospechas que fueron acumulándose a lo largo de su relación. Y de ahí para adelante, un evento tras otro, y que irónicamente, siempre estaba presente David de algún u otro modo.

De pronto, el desconocido repartidor de pizzas que nunca regresó con el helado, se había transformado en una especie de ángel guardián. Si bien también tenía a Marcelo a su lado y podía contar con él, al final no era lo mismo, porque él era su amigo, su mejor amigo y David era… algo más extraño y especial que eso. Se sentía cómoda con él, y a la vez estaba esa maldita tensión sexual de la que no podía, ni quería escapar.

Ainelen se estaba volviendo loca meditando, porque no quería arruinar esa relación que tenía con uno de los pocos hombres confiables que había conocido en su vida. No sabía cómo actuar, quería estar con él todo el tiempo, reír, bromear, conversar sobre lo trascendental y lo banal.

Era realmente absurdo, lo conocía solo hacía tres minutos y ya quería ser la madre de sus hijos, se sentía como especie de *grupie* de David, porque él era un hombre recto, leal, con su justa cuota de picardía que le estaban empezando a hacer temblar las rodillas y que se le bajaran lentamente sus bragas. Admiraba su capacidad de tomar decisiones drásticas sin retroceder, y su tenacidad por salir adelante para lograr sus objetivos sin importar cuántos sacrificios tenía que hacer. Lamentablemente, esa característica suya también era su peor defecto, porque no se ponía límites a la hora de sacrificar. Bueno, no era tan terrible ese defecto si tenía a una mujer sensata que le pusiera atajo y le echara un cable a tierra. ¡Por Antú, el hombre era perfecto, demasiado bueno para ser verdad!

«Es perfecto», pensó ella en el momento que él salió del baño y tras de él una nube de vapor que envolvía ese cuerpo que era digno de ser esculpido en mármol por algún artista del renacimiento. Era una lástima que llevaran quinientos años muertos, porque pagarían por tener un modelo como David… «Ay maldita toalla, tapa la mejor parte», pensó libidinosa, «¡gobiérnate, Ainelen, hasta cuándo! ¡Controla esa mente sucia que tienes!»

David, no era tonto, y se dio cuenta de la manera en qué lo miraba ella, con hambre, con deseo y necesidad. No quería caer en comparaciones odiosas, pero Ingrid nunca lo miró así. Ainelen era provocativa, tentadora, transparente y probablemente no era consciente de ello, porque si ella quisiera, en ese mismo momento estarían en la cama follando como animales salvajes encontrando el placer una y otra vez. «Mierda, tengo que dejar de pensar así», se reprendió mentalmente él, «esta cosa va a despertar de nuevo».

—Está desocupado. D-después saco mi ropa mojada —indicó David, entró al dormitorio de invitados y cerró la puerta.

Ainelen dio un profundo suspiro, necesitaba una ducha, una bien fría, porque súbitamente sentía mucho calor en ese momento. Se levantó del sofá en el cual estaba sentada y se dirigió al baño para limpiar su cuerpo, mente y espíritu de los maliciosos y pecaminosos pensamientos que tenía con David.

Cuando se encontró a solas bajo el chorro de agua caliente, recordó el beso que él le dio, ni siquiera su primer beso fue tan inocente y breve, y sin embargo, ese contacto fue suficiente para hacerle sentir que estaba viva en medio de toda esa tristeza que estaba inundando su cuerpo. Se tocó los labios, intentando recrear el toque leve del beso de David, pero no era lo mismo, ¡qué tontera más grande, él era irreemplazable!

Se concentró en enjabonar su cuerpo, en lavar su cabello y terminar con el suplicio que se había vuelto esa ducha, no quería seguir pensando en ese beso, pero su imaginación volaba. Si tan solo un beso inocente le hacía sentir de la manera en qué lo hizo, no quería ni pensar en cómo reaccionaría con un beso pasional, carnal e incendiario de parte de él. Su voluntad estaba flaqueando a pasos agigantados, pero debía ser fuerte. Tenía que esperar, porque ella no lo quería perder…

Finalmente dejó sus cavilaciones de lado, salió del agua, se secó el cuerpo, y su largo cabello lo envolvió en una toalla. Se puso la bata y abrió la puerta. David estaba afuera, tal como salió de la ducha hacía unos minutos, mirándola con una expresión indescifrable.

—Perdóname, Ainelen, pero no lo soporto más…

Capítulo 17

Ainelen no tuvo tiempo para reaccionar ni para pensar. David intempestivamente la había tomado por la nuca, soltando la toalla que cubría su cabello y la estaba besando como nunca antes nadie la había besado en toda su vida, y ella simplemente se dejó llevar, aferrándose al fuerte cuello de él para no caer.

Los labios de David la azotaban con un hambre voraz, y ella permitió ser devorada y a la vez devolvía ese beso con toda la ardiente lujuria que le recorría el cuerpo. Ambos gimieron extasiados cuando sus lenguas entraron en contacto degustándose y acariciándose sensualmente. La boca de él era maravillosa e insaciable y Ainelen sentía que en cualquier momento iba a desfallecer de placer, eran demasiadas sensaciones en un solo beso. Estaba ebria de excitación, y él le daba más y más.

David comenzó a recorrer las curvas de ella por sobre la bata, y Ainelen por su lado también hizo lo suyo en el torso desnudo de él, sintiendo el contacto directo de su piel caliente. Todo él era duro, fuerte, suave y musculado.

El aire les faltaba, jadeaban por oxigenarse, él abrió la bata de ella y recorrió sus pechos desnudos con veneración para luego apretarlos y llenarse las manos con su carne. Sus cuerpos se atrajeron sin dejar de besarse y Ainelen sintió la enorme erección de él sobre su monte de venus, tan caliente, tan dura y tersa que le hizo humedecerse al instante, entre sus muslos todo era un infierno resbaladizo que clamaba ser llenado por él.

Las palabras estaban de más, él la levantó e hizo que ella le rodeara la cintura con sus piernas y la pegó a la pared, aquel movimiento hizo que él perdiera la cordura y toalla que tenía atada a la cintura, la única barrera que impedía su unión. La besaba en el cuello descendiendo lentamente por el valle de sus senos para luego chupar sus pezones una y otra vez. Estaba fascinado con ella, toda mujer, toda hembra, el sabor de su piel le sabía a pura gloria.

El aroma de la excitación de ella llegó a sus fosas nasales y estaba a punto de volverse loco. Ainelen solo gemía, recibiendo gustosa todo ese huracán sexual que era David, que a decir verdad se desconocía a sí mismo, ella le desataba sus más profundos deseos.

Ainelen jamás había deseado tanto ser penetrada, y él maliciosamente alargaba la tortura solo rozando su glande a lo largo de su sexo palpitante, esparciendo por doquier todos sus fluidos, haciendo que ella arañara el tatuaje de su pecho desesperada por la anticipación.

—*Honey, I'm Home!!!*... ¡Mierrrrrda!

Ainelen y David quedaron petrificados y con el corazón en la mano en la mitad del pasillo. Marcelo estaba tapándose los ojos con una sonrisa guasona aguantando las carcajadas por haber interrumpido en el peor momento. Se sentía casi culpable, pero su amiga le estaba dando material para molestarla de por vida.

El cuadro era para ser inmortalizado en una fotografía, David desnudo, empotrando contra la pared a Ainelen que solo estaba «cubierta» con la bata abierta. Era una perfecta postal erótica para retratarla en blanco y negro y enmarcarla con bordes dorados.

—Con este espectáculo que me están brindando, estoy que me cambio de equipo —comentó Marcelo socarrón.

Ainelen y David reaccionaron y se desenredaron de ese abrazo sexual. La temperatura del lugar había descendido varios centígrados de golpe y raudamente empezaron a tapar sus cuerpos con pudor. No sabían si reír o llorar, pero qué más da, ambos sonrieron negando con su cabeza, maldiciendo su suerte, aunque no sabían a ciencia cierta si era buena o mala.

—Eres el rey de los inoportunos, Marcelo —reprendió Ainelen mientras ataba su bata con fuerza. David se escabulló rápidamente hacia su habitación y cerró la puerta. Definitivamente iba a tener un terrible dolor de pelotas, ya lo estaba sintiendo.

—Perdón, *guachita*. Estaba preocupado por ti... pero veo que ya lo estás superando, no de una manera tan tradicional como esperaba, pero muy válida... —Se quedó unos segundos observando a su agitada amiga y sonrió burlón—. Definitivamente es muy poco ortodoxa, pero insisto, es válida al fin y al cabo.

—¡Idiota!... —Bufó molesta—. Tengo que conversar contigo seriamente —avisó ella apuntándole con el dedo para cambiar el tema, iba a aprovechar que su amigo se había aparecido para pedir consejo.

—No voy a darte clases de educación sexual, ya estás gran-decita... y tu amigo también es bien grandote —dijo con una son-risa malévola—. Ve a ponerte decente y cambia esa cara de frustra-ción sexual, que yo te espero.

Ainelen entró a su cuarto y se vistió rápidamente con lo primero que pilló en sus cajones. Luego, salió escopetada sin mirar realmente y chocó de lleno con David quien la abrazó de manera automática para que no cayera.

—Perdón... no me fijé —se disculpó ella.

—N-no te preocupes.

Marcelo miraba la escena de lejos intentando no reír a car-cajada limpia, pobrecitos debían estar con una tensión tremenda. No quería ni saber en qué «posición comprometedora» los habría sorprendido, si hubiera llegado cinco minutos más tarde. Tosió para molestar al par de tortolitos y cortar el rollo que se traían.

—¿Quieres un café? —ofreció Ainelen a Marcelo.

—Claro, como siempre, bien cargado y caliente —especifi-có socarrón.

—Tarado —masculló por el descarado doble sentido de su amigo—. Sigue molestando y escupiré en tu taza sin que te des cuenta.

—En el estómago todo se revuelve, un par de amebas tu-yas no me harán daño —bromeó mirando de reojo a David, anali-zando su manera de comportarse. La impresión que le había dado cuando lo vio la primera vez aquella noche, era que era un buen tipo, y al parecer sí lo era de verdad. Ainelen era por naturaleza una mujer desconfiada con los extraños y si él había entrado a su círculo íntimo —y muy íntimo—, era porque lo merecía o porque la había pillado con las defensas bajas, tal como sucedió con To-más. Pero este parecía no ser el caso.

—¿Cambiemos de tema mejor? De verdad es serio lo que te voy a contar —dijo ella sin un rastro de buen humor.

—Y-yo prepararé el café para todos —propuso David para sentirse útil y huir un poco de la mirada de Marcelo que lo esca-neaba de una manera que lo incomodaba, como si quisiera interro-garlo acerca de sus intenciones con Ainelen.

—Gracias, David. —agradeció ella. El nombre de él ahora sabía diferente en sus labios, definitivamente todo había cambiado entre ellos—. Eres muy amable.

Él le guiñó el ojo y se perdió en la cocina, dejando a Marce-lo y Ainelen a solas.

—Bueno, me pondré en modo adulto y profesional. Cuénteme, señorita, soy todo oídos.

—Hoy fui al funeral... —Marcelo abrió los ojos asombrado, era un paso muy grande el que había dado su amiga, y estaba orgulloso de ella—. Me acompañó David.

—Tú sabes lo que siempre he opinado, *guachita*. Estoy contento por ti, al fin estás avanzando.

Ainelen sonrió, sí, lo estaba haciendo, era una mujer diferente desde el momento que aceptó que hay cosas que no se pueden cambiar.

—Un hombre nos habló en el cementerio, dijo que era el primo de mi padre —continuó con su relato.

—¿En serio?, no se supone que ustedes eran el más grande secreto de Eugenio.

—Tal parece que no éramos tan secretas, según ese hombre, conoció a mi mamá.

—Y esto se está poniendo mejor... ¿Qué más pasó?

—Me dio su tarjeta. —Se la entregó a su amigo, y él la leyó por ambos lados.

—Miguel Geisse... Mmmm lo conozco, es abogado de un prestigioso bufete. Así que es primo del viejo... Interesante... —dijo para sí mismo pero en voz alta—. En términos profesionales el tipo es muy correcto y ético, no toma casos en los que sabe que los imputados son realmente culpables. Él no defiende lo indefendible, toda una excepción en el negocio. Por eso le va tan bien.

—Es el albacea del testamento de mi padre y me comunicó que soy una de los herederos.

—¿Me estás *hueveando*?, ¿es una broma, cierto? —interrogó incrédulo. Eso sí que no se lo esperaba.

—Necesito saber si todo eso es verdad. Todo esto me parece muy raro. Ni siquiera entiendo porque soy heredera.

David en ese instante entró al living y sirvió las tazas de café sobre la mesa de centro, Marcelo y Ainelen agradecieron con un gesto y todos quedaron en silencio.

—Según tu opinión, ¿qué te pareció Miguel Geisse? —preguntó Marcelo mirando a David y luego tomó un sorbo de su café.

—E-el hombre parecía sincero... —respondió él mientras se sentaba en uno de los sofás—, y m-maneja mucha información. Habló de cosas que d-debía saber Ainelen antes de la lectura del te-testamento.

—Miguel Geisse me va a contactar a través de David para una reunión —acotó ella—. No quise darle mis datos personales.

—Muy inteligente de tu parte, así nos evitaremos problemas en el peor de los casos… Yo averiguaré entre mis contactos si hay algo sucio, nunca se sabe. A veces parecen blancas palomitas y resultan ser tan sucias como ratas de alcantarilla. Mientras yo investigo traten de aplazar la reunión lo más que puedan, por si acaso.

—Gracias, sabía que me podrías ayudar —dijo ella con el alivio dibujado en sus rasgos.

—De nada… —Marcelo se quedó mirando a su amiga, estaba cambiada, se le notaba en la cara, y eso le alegró—. ¿Estás bien?

—Sí, no te preocupes… —afirmó esbozando una sonrisa, eso también había cambiado para los ojos de Marcelo.

David los observaba, mientras tomaba su propia taza de café, Marcelo no parecía ser homosexual a simple vista, y le llamaba mucho la atención tanta devoción por una amiga. Pero tenía una sensación de que olvidaba algo, lo recordaba vagamente, sin duda él era quien estaba consolando a Ainelen esa noche y estaba desesperado por…

—Le debo veinte *lucas* —susurró David con la imagen mental de Marcelo pidiéndole un favor.

—¿Cómo? —interrogó ella con curiosidad.

—Espera, recordé algo. —David salió del living y fue a buscar el dinero entre sus pertenencias y luego volvió con el billete en la mano—. L-le debo veinte mil pesos a Marcelo… Helado de chocolate con almendras y propina. —Sonrió divertido—. Tuve p-problemas para conseguir el encargo así que te devuelvo tu dinero —dijo ofreciendo el billete a Marcelo—. Ahora no se si demandarte o agradecerte a que me hayas enviado a buscar ese helado —bromeó sarcástico.

—Yo diría que tendrías que agradecérmelo… dado el *show* que presencié al entrar a este templo de la perdición.

David y Marcelo rieron a carcajadas, el momento era surreal. El amigo de Ainelen en ese momento se dio cuenta de que David no lo trataba con desdén, o desconfianza como si se le fuera a pegar la homosexualidad, como solía ser con Tomás quien no lo soportaba.

—Hola, no hablen como si yo no estuviera presente —reclamó ella, no le gustaba ser el blanco de las bromas de un par de hombres pesados.

—*Nanai, nanai*… No se enoje, mi *guachita*… —siguió con la burla Marcelo—… Ya, mejor me voy. —Se levantó de su asiento dejando media taza de café servida—. Me retiro indignado de este lugar, voy a ir con Carlos al cine a ver «Deadpool» gracias a estos veinte morlacos que acabo de recuperar. —Le dio un beso en la mejilla a Ainelen y le estrechó la mano a David y se dirigió a la salida—. Nos vemos… y usen condón para la otra. —aconsejó guasón cerrando rápidamente la puerta.

—¡Idiota! —exclamó Ainelen harta de Marcelo y sus bromas infantiles, y luego fulminó con la mirada a David que aguantaba la risa infructuosamente—. No es gracioso… y no te hagas ilusiones con que te de la pasada esta noche. ¡No tengo condones!

A David se le desfiguró la cara y se le borró la sonrisa de un plumazo.

Punto, set y partido. Ainelen gana la jugada.

Capítulo 18

—B-bien —respondió David serio levantándose de su asiento para irse a su habitación.

—Bien —replicó Ainelen con el ceño fruncido imitando a David.

—Ok —insistió él.

—Ok —confirmó ella.

—B-buenas noches —dijo ofreciendo su mano para ser estrechada.

—Buenas noches —contestó estrechándosela con un apretón firme y decidido.

Lo que Ainelen no previó fue el hábil movimiento de David. Sin mediar más palabras y quizás envalentonado por el café, tiró de su mano atrayéndola hacia él y la besó como si la intensidad del momento que habían vivido antes de la interrupción de Marcelo no hubiera disminuido ni un ápice.

David tenía un efecto sobre ella que no comprendía, sentía que el fuego le lamía la piel mientras las lenguas de ambos se enredaban al son del deseo. Él la atrajo aún más a su cuerpo, para que ella notara el duro y crudo efecto que sus besos le provocaban, y ella gimió lasciva y lujuriosa.

Momento preciso en que él dejó de besarla, con una sonrisa maliciosa dibujada en su rostro, se separó lento, y visiblemente afectado por el ósculo.

—N-nunca me digas buenas noches sin un beso. —Dio media vuelta, y se fue sereno a la habitación de invitados cerrando la puerta tras de sí. Ni él mismo creía que podía hacer eso, pero con ella se estaba permitiendo ser osado y traspasar sus propios límites.

—Maldito arrogante, ¿cómo fuiste capaz de dejarme así? —susurró jadeante y alborotada, estaba plantada en la mitad del living como una estatua y luego sonrió—. Arrogante en la medida justa... No sé si irrumpir en tu habitación y violarte, o dejarte con dolor de pelotas. —Su sonrisa se amplió aún más como el gato Risón—. Mejor te dejo con dolor de pelotas, te lo mereces.

La alarma despertó a Ainelen a las seis y media de la mañana. Con pereza apagó el despertador, fue al baño a darse una ducha rápida y prepararse para una nueva jornada de trabajo. Tuvo dos días libres y la intensidad con que los vivió le hacía sentir que necesitaba vacaciones de manera urgente. Pensándolo bien, ella no tenía su feriado legal desde hacía dos años. Había acumulado esos días para gastárselos en su frustrada luna de miel con Tomás... menos mal que no fue tal, todas las cosas pasan por algo. Iba a hablar con su jefa para tomárselas pronto, o si no iba a colapsar.

La rutina para ir al trabajo era siempre la misma dependiendo del turno, se levantaba, se duchaba, se vestía, comía algo y se iba al hospital. Ainelen estaba buscando su cartera para irse y se acordó de David. Pensó unos instantes en qué era lo mejor, dejarle una nota o despertarlo. Decidió hacer lo segundo, las notitas con instrucciones eran buenas para los extraños, no para los amigos... porque David era su amigo, uno con el que se estaban tomando atribuciones de amantes, pero qué más da, ella iba a dejar fluir todo, no se iba a quemar el coco poniendo etiquetas a sus relaciones, nunca más. Antes necesitaba tener todo estructurado para tener una relación, para reafirmar su lugar, pero eso era algo que ya no necesitaba para su vida.

Entró sigilosa al dormitorio de invitados y observó en la penumbra cómo él dormía boca abajo... desnudo. Estaba la mitad de su cuerpo cubierto por la frazada dejando a la vista toda la espalda y parte de sus nalgas —maravillosas por cierto—, prietas y listas para ser mordidas.

Ainelen suspiró profundo para aplacar esa provocativa escena y tapó por completo a ese monumento de hombre que le estaba haciendo pensar en tantas cosas, no solo en sexo. Con él estaba empezando a plantearse la vida de otra manera y cambiar su forma de actuar y de pensar. Tal vez si lo hubiera conocido en otra época no habría dudado en dejarle la notita.

Se sentó en la orilla de la cama y acarició su cabello negro para despertarlo con suavidad, él tomó su mano con pereza, la besó y giró su cuerpo para quedar de espaldas, y siguió durmiendo.

—Despierta, David... despierta —susurró ella.

—No puedo, Ainelen... tengo mucho sueño, Gatita —respondió con los ojos cerrados y con la voz dormida.

—¿Gatita? —preguntó sonriendo.

—Gatita, gimes como una gatita y me excita —argumentó todavía con los ojos cerrados, Ainelen estaba sospechando que David estaba hablando dormido y que no era consciente de lo que decía y no tartamudeaba, qué raro... sonrió maliciosa, iba a ser divertido sacarle información.

—¿Solo te excito? —murmuró suavemente.

—Me vuelves loco... pero en realidad te adoro —confesó con la voz pastosa por el sueño.

—¿Me adoras? —pregunto sorprendida, ¿a qué se refería él con adorar?, ¿adorar como una exageración, adorar de amar mucho, adorar qué?

—Con todo el corazón, eres perfecta.

—¿Perfecta? —Le habían dicho muchos halagos en su vida, pero era la primera vez que ella era perfecta para alguien, porque todos los hombres de su pasado terminaban siendo indiferentes, distantes, fríos y sacaban ventaja de sus debilidades... o se las enrostraban.

—Maravillosa, única, enojona, mi gatita —enumeró con una leve sonrisa en los labios, y todavía no daba señales de despertar.

—Tú también eres perfecto —halagó ella sin pensarlo demasiado, tenía la libertad de poderle decir muchas cosas sin sufrir algún daño colateral.

—¿Me quieres, Gatita?, ¿no me vas a dejar? —preguntó, su voz sonaba como un ruego, incluso con un poco de miedo. A Ainelen se le partió el corazón, ¡por supuesto que lo quería!, ¡cómo no iba a quererle! Esa zorra de Ingrid lo dejó marcado para siempre, ¿cómo le iba a quitar ese temor, teniendo tan fresca la traición de la otra infeliz?

—Te quiero mucho, David, mucho. No te voy a dejar nunca, a menos que tú lo quieras —aseguró y en ese momento recordó porqué estaba ahí—, pero debo ir al trabajo. Venía a despedirme

—¿Volverás?

—Sí, voy a volver —afirmó acariciándole el cabello con ternura.

—Te amo, Gatita. —Y dio un sonoro ronquido.

Ainelen estaba muda de la impresión. ¡Por todos los Pillanes!, ¿será eso verdad? El corazón le latía furioso como si hubiera corrido la maratón de San Silvestre, y se hizo la pregunta del millón de dólares: ¿qué sentía en realidad por David? Tenía que ser sincera consigo misma, cuando estaba con él, todo era simplemente más sencillo, natural y tranquilo, y le quería mucho. En comparación con lo que había sentido en sus relaciones anteriores... No podía ni siquiera comparar, él era tan diferente a todos los hombres que había conocido, y a decir verdad, lo que sentía por él era único también.

De pronto, como si todo el caos convergiera en un solo punto haciendo que todo tuviera sentido, lo descubrió. Sí, lo amaba, de una manera inocente y a la vez carnal, amaba su corazón puro y su forma de ser, amaba su tartamudeo y su risa, amaba su tristeza, y amaba su llanto y sus miedos también.

Lo amaba, sencillamente lo amaba. Lo adoraba, como una idiota lunática con Alzheimer, porque desde que lo conoció, se olvidó de todos los hombres que habían desfilado desastrosamente por su vida adulta. Él era el único que ocupaba su mente y su corazón.

—Yo también te amo, David —admitió de manera casi inaudible. Iba a dejar sembrada esa confesión en la tierra fértil de los sueños de él—. David, despierta —dijo con un tono de voz más fuerte y firme para despertarlo de verdad.

Él abrió los ojos con lentitud, y parpadeó para enfocar la vista, sonrió al ver Ainelen, se le iluminó el rostro con tan solo mirarla.

—Hola —saludó él con la voz rasposa—. ¿Q-qué hora es? —interrogó mientras se incorporaba en la cama y se restregaba los ojos.

—Son las siete y cuarto, debo irme al hospital. ¿No te molesta quedarte solo?

—N-no, para nada. M-mejor me levanto yo t-también, hoy t-tengo muchas cosas que hacer. C-cancelar el contrato de arriendo, ver lo de la licencia m-médica, ir a f-fonoaudiólogo. Ver si p-puedo recuperar el semestre en el instituto... N-no sé si me va alcanzar t-todo el día. Me hace falta «La M-Marilyn».

—¿Quién es la Marilyn? —«¿De dónde salió esa *mina*?», se preguntó, con una oleada de celos que alcanzó a disimular en la voz.

—M-mi motocicleta —explicó—. T-tengo que enviarla al mecánico. La necesito p-para trabajar y trasladarme.

Ainelen respiró aliviada, y sonrió.

—¿Hoy vuelves a la casa de Ana?

—Sí, t-tengo que hacerlo… —Suspiró—… Te v-voy a extrañar —admitió sabiendo que iba a ser así, se imaginaba estando solo y ya la echaba de menos.

—Yo también —A Ainelen se le encogió el corazón, era raro, no quería separarse de él—, ¿tienes mi número, cierto?

—C-creo que no, ¿m-me lo das? —Tomó el móvil que estaba en la mesa de noche y se lo entregó a ella para que anotara su número.

—Claro que sí, no faltaba más. —Recibió el aparato e ingresó su contacto, y luego marcó para que le quedara registrado en el móvil de ella. Una vez que repicó un par de veces, cortó y devolvió el celular a su dueño—… Ya te lo dije, tendrás que echarme a patadas de tu vida.

David miró la pantalla y se rio, el nombre del contacto de ella era «Gatita».

—Hablas demasiado cuando duermes, Gatito —bromeó Ainelen. El secreto de lo que sentían se lo guardaría como un tesoro en su corazón.

—S-sé que soñaba contigo, p-pero no recuerdo mucho… para variar —comentó rascándose la cabeza y levantando las cejas.

—«Los sueños, sueños son», como dijo Calderón de la Barca… Debo irme, voy a llegar atrasada. Solo asegúrate de cerrar bien la puerta cuando salgas. —Ella hizo el ademán de levantarse y él se lo impidió tomando su mano.

—Espera…

David se inclinó hacia ella y la besó dulcemente, necesitaba sentirla una vez más, asegurarse de que era real y no producto de su imaginación o de sus sueños. Por un momento pensó que había sido una fantasía onírica lo sucedido la noche anterior y quería confirmar los hechos sintiendo la carnosa y tentadora boca de ella. Ainelen devolvió cada suave caricia con los labios, intentando transmitir los sentimientos que albergaba en su alma.

—N-no te despidas nunca sin un b-beso, Gatita.

—Lección aprendida, hablamos a la noche —propuso con una sonrisa mientras se levantaba de la cama, las piernas le temblaban, incluso los besos suaves y tiernos le afectaban enormemente.

—Q-que tengas un buen día.

—Adiós, Gatito. —Ainelen se despidió con un gesto con la mano y salió de la habitación. David volvió a recostarse en la cama y se tapó los ojos con el antebrazo con una amplia sonrisa dibujada en los labios.

—Me haré viejo junto a esa mujer, lo sé.

Capítulo 19

La jornada de ambos estuvo plagada de actividad. Ainelen tuvo un día complicado por no decir que fue un infierno. La jefa de enfermería parecía que le faltaba su cuota de vitamina P, o un abrazo, o tal vez una sopita de pollo caliente y alguien que le dijera «*nanai, nanai*». Tal vez le hacían falta todas las opciones enumeradas anteriormente, el asunto es que estaba desquitándose con todas las técnicos del turno y Ainelen aguantaba estoica cualquier salida de madre de la jefa o de algún paciente cascarrabias.

A veces, en medio de sus labores, se le venía el recuerdo del cementerio y el misterioso primo de su padre, y no sabía qué pensar, todo ese episodio la inquietaba, entristecía y le distraía en partes iguales. El único aliciente era dedicar sus pensamientos a David, su maravillosa boca y todo el cuerpo que rodeaba esa boca. Le hacía falta verlo, escucharlo, sentirlo, solo habían pasado unas horas y ya lo extrañaba.

Por su parte, David tuvo un día maratónico, primero, fue a dejar sus cosas donde su madre, quien lo miraba de manera inquisidora, pero no le hizo ninguna pregunta acerca de lo que pasó durante los dos días que estuvo con Ainelen. La señora Ana era una mujer muy sabia, sabía cómo empujar a su hijo y cuándo dejar que actuara solo, para que él, finalmente, hiciera lo que ella quería, y definitivamente esta vez no lo iba a presionar, había algo en David que había cambiado en un nivel muy profundo y positivo. Estaba muy feliz de ver que su hijo empezaba a ser el mismo de siempre, era como un estar despertando al fin de un mal sueño.

Al terminar sus asuntos en casa de su madre, David fue al instituto, pero el resultado fue regular, había perdido más de tres semanas de clases y tenía la opción de: reprobar todo el semestre y empezar de nuevo el año siguiente, o intentar salvarlo, y eso implicaba, no faltar ni un día más y llorar lágrimas de sangre estudiando, y jugar con la calculadora para no reprobar por inasistencia.

Así que se encontraba en una encrucijada tremenda, sacrificar su tiempo en una tarea que ante el más mínimo fallo se iría al carajo, o ser paciente y esperar un poco más y hacer las cosas con calma, lo que significaba perder el dinero que había invertido en pagar el semestre.

La siguiente escala del día fue dejar su motocicleta en el taller mecánico para que arreglaran a «La Marilyn». Pobrecita, iba a estar una semana en reparación y le iba a costar un ojo de la cara, ¿lo bueno?, como había estado ahorrando dinero para casarse con Ingrid, y ese plan ya estaba totalmente descartado, tenía más que suficiente para pagar sin problemas el arreglo de su fuente laboral.

Si todo salía bien, podría estar de nuevo trabajando en una o dos semanas más, así que todo estaba marchando con un pronóstico alentador. David aprovechó que estaba en el sector y pasó a sus dos trabajos y se entrevistó con sus respectivos jefes para poder reincorporarse a sus funciones, pronto tendría que decidir con cuál se quedaba, porque no quería reventarse como lo estaba haciendo últimamente, quería tener una vida, no sacrificarse inútilmente y más de la cuenta, porque estaba seguro de que su oportunidad de tener algún futuro mejor, en algún momento llegaría.

Al final del día, fue a su primera sesión con el fonoaudiólogo para empezar su tratamiento para recuperar sus capacidades de comunicación, a David no le hacía ninguna gracia estar tartamudeando todo el tiempo, sobre todo frente a Ainelen, quería decirle tantas cosas, pero se le atascaban y no querían salir.

Ella tenía un espíritu arrollador que lo ponía nervioso, y le hacía sentir que era el hombre más valiente de la tierra. Ansiedad y valentía, eran las emociones que sentía al mismo tiempo. A veces sentirse así le daba un poco de miedo, en el fondo sabía que Ainelen tenía el poder suficiente para hacerle llegar al cielo y también de hundirlo hasta el infierno. ¿Qué hubiera sido de ellos si no la hubiera conocido mientras estaba con amnesia?, se preguntaba, probablemente no habría sido tan abierto con ella y las cosas no habrían pasado más allá de algo profesional. Él se habría encerrado en sí mismo, su corazón estaría endurecido como una piedra y no habría dejado entrar a nadie.

Hubiera sido una lástima, no la habría encontrado, ni tampoco habría descubierto a la excepcional mujer que era ella, tan llena de matices, luces y sombras. Ainelen lo tenía cautivado con su manera de ser, estaba completamente hechizado desde la primera vez que sintió su aroma y su cálida y dulce voz, en medio de las tinieblas, en el olvido. Si no hubiera sido por ello, su corazón no habría sanado, ni habría tenido la oportunidad de ver todo con otro prisma… No estaría enamorado de nuevo, de una manera diferente, poderosa, como nunca antes.

Durante semanas había olvidado por completo a Ingrid gracias a su accidente, y en ese mismo lapso Ainelen había conquistado su corazón, primero en sus sueños y en sus pocos momentos de conciencia, y después en el mundo real, y ya a estas alturas había traspasado un punto en que sus sentimientos no podían dar marcha atrás.

David estaba saliendo de la consulta médica satisfecho, la primera sesión con el profesional fue muy productiva, inconscientemente David ya estaba haciendo ejercicios muy buenos para poder superar su tartamudez, la música y practicar lo qué quería decir colaboraban mucho en el proceso de recuperación. Le enseñaron ejercicios de respiración y vocalización que debía realizar, y le aconsejaron relajarse y no presionarse. Él iba bien encaminado y si no forzaba nada, los resultados serían favorables en poco tiempo. Estaba optimista y contento, y eso ayudaba mucho en su autoconfianza.

Miró la hora en su móvil, eran las siete de la tarde. «¿Qué estará haciendo ella ahora?», se preguntó. Tenía ganas de verla, hablar con ella, besarla, reír. Todo eso y más. Buscó a la «Gatita» entre sus contactos y simplemente marcó, mientras inspiraba profundamente para relajarse… y fue como un *déjà vu*.

—¡Hola, Gatito! —escuchó David la risa coqueta de ella desde el otro lado de la línea, y sonrió al instante. La voz de Ainelen a través del celular se sentía como una caricia—. ¿Cómo estás?

—Bien, ¿y tú? —Exhaló, bien esta vez no tartamudeó.

—Estoy mejor ahora que te escucho —respondió con sinceridad—. Estaba descansando, fue un día de mierda en el hospital, pero ya estoy en casa. ¿Cómo estuvo tu día?

—O-ocupado. —cerró los ojos molesto, porque esta vez fue inútil no atascarse—. Muy, muy ocupado, p-pero bien aprovechado.

—¡Qué bueno! Me alegro… —Ainelen se quedó en silencio, había extrañado mucho a David durante el día, pero estaba en la duda de si decirlo o no, hacía mucho tiempo que no decía esas palabras, demasiado tiempo a decir verdad—... Te eché de menos.

—Yo también... mucho. —David sonrió aún más, hacía mucho tiempo que no escuchaba algo así, había olvidado la sensación de saber que la otra persona te extrañaba. No podía evitar que su corazón latiera más rápido, estaba contento—. ¿T-te puedo ir a ver, Gatita?

—¡Por supuesto!, me encantaría, te espero —aceptó entusiasmada, era la primera vez que ella no tenía que pedir que la visitaran.

—N-nos vemos en un r-rato, entonces... u-un beso. *Bye*.

—Besitos, adiós, Gatito.

David cortó sin dejar de sonreír y siguió su camino, se encontraba relativamente cerca del departamento de Ainelen. Se dio cuenta de que estaba al lado de un supermercado y decidió ir a comprar un helado de chocolate y galletas oblea para acompañar. Quería terminar lo que dejó inconcluso aquella noche, y le pareció oportuno hacerlo ahora.

Empezó a caminar entre los pasillos del supermercado buscando la sección de congelados y su móvil empezó a vibrar en su bolsillo, miró el contacto, y el número no lo conocía, deslizó el dedo por la pantalla y contestó.

—¿Aló?

—Buenas tardes, ¿hablo con David Velasco? —preguntó el desconocido.

—Con él... ¿c-con quién hablo? —replicó mientras observaba las estanterías refrigeradas buscando los helados.

—Soy Miguel Geisse, nos encontramos ayer en el cementerio.

—L-lo recuerdo. —David se detuvo en medio del pasillo para prestar atención—, hola, Miguel. ¿E-en qué le puedo ayudar?

—Quisiera saber cuándo me podré reunir con Ainelen.

—P-pues, no lo sé... No puedo decidir por ella, debo consultarle primero —contestó mientras volvía a caminar por el pasillo, estaba todo condenadamente frío.

—Es importante la información que debo darle... es sobre sus padres. No puedo decir más por teléfono —reveló a medias y ansioso.

David dejó de caminar en el acto, no sabía si esa información realmente existía o si era simplemente para hacer que Ainelen accediera a reunirse con Miguel. Estaba metido en todo un predicamento.

—N-no le puedo prometer nada, p-pero hablaré con ella. Yo le llamaré en cuanto Ainelen quiera concertar una reunión.

—Muchas gracias, estaré atento. Necesito que sea pronto, antes de la lectura del testamento —acotó.

—P-pierda cuidado, tendrá novedades. Que tenga buenas tardes.

—Hasta pronto y gracias de nuevo.

David se quedó pensativo mirando el aparato, habían muchos secretos que rodeaban la existencia de Ainelen que ni ella misma conocía, y eso lo inquietaba porque no quería verla triste y desolada como el día anterior.

Se desprendió un poco de la incómoda sensación que le recorría el cuerpo y continuó con su misión, en cuanto llegara al departamento de ella, hablaría sobre el llamado de Miguel.

Rápidamente encontró la sección de helados, eligió el que parecía ser el más delicioso y que tuviera almendras, y luego fue en busca de las galletas y seleccionó las de sabor vainilla que eran las que le gustaban a él. David sonrió espontáneamente, quería contemplar la cara de Ainelen cuando viera el enorme envase que contenía esa delicia de chocolate congelada.

A la salida del supermercado tomó un taxi para llegar más rápido, lo hizo por dos motivos, para que el helado no se derritiera y porque con cada minuto que pasaba ansiaba besarla, estaba sediento de ella. De pronto se había vuelto una necesidad vital sentirla de algún modo. Era extraño, en el pasado se había sentido así, pero no con la intensidad que Ainelen despertaba en él, era algo más visceral, carnal y profundo a la vez. Con ella se sentía sumergido en un océano de sensaciones del que se estaba volviendo adicto.

Apenas llegó al edificio donde ella vivía, se fue directamente a las escaleras y subió corriendo, el ascensor era una pérdida de tiempo y él solo quería llegar de una buena vez. A la altura del tercer piso comenzó a jadear, le quedaban dos pisos por subir y maldijo su mal estado físico. Continuó sin aminorar el ritmo, y llegó a la ansiada quinta planta, al fin.

Tocó el timbre, respirando agitado, y esperó… uno, dos, tres segundos… y la puerta se abrió súbitamente, y emergió Ainelen dichosa, con una sonrisa en los labios lanzándose a sus brazos como si no lo hubiera visto en doce años, en vez de doce horas. David soltó la bolsa que traía y le abrazó con el mismo ímpetu, estaba sorprendido. Era la primera que una mujer lo recibía de esa manera tan efusiva y calurosa, le hacía sentir… amado.

Ainelen lo besó con ansia y desesperación, cómo deseaba sentir su calor, sus labios y extraviar sus dedos entre todo ese cabello negro que tanto le gustaba. Abrió su boca para darle la bienvenida y perderse en él y en todas las sensaciones que le provocaba. David estaba embriagado con ella, y saboreó ese beso dulce y ardiente, de principio a fin.

—Hola, Gatita —saludó él con una sonrisa y sin dejar de abrazarla—. A-Así dan gusto las bienvenidas.

—Hola, Da... —Ainelen se interrumpió al sentir algo helado cerca de sus pies y miró el suelo—. ¿Qué traes ahí?

—Ah, esto. —Levantó la bolsa, y la abrió para mostrarle su contenido—. ¿T-te gusta?

Ella sonrió de oreja a oreja y asintió entusiasmada cuando vio el helado y las galletas. Estaba fascinada con el sencillo detalle de David, ella no necesitaba comer helado, por lo menos no en ese momento. Pero él le demostraba que estaba pensando en ella, que se preocupaba de los pequeños placeres de la vida y compartirlos con ella.

—Gracias, eres un sol.

—L-lo sé —dijo socarrón mientras entraba por fin al departamento de Ainelen.

—Un sol arrogante, debo decir, voy a servir este rico helado, es mi favorito... —Ainelen entró en la cocina y desde el interior se escuchaba el ajetreo—. ¿Cómo te fue hoy? —preguntó en voz alta.

—B-bien pero necesito tomar d-decisiones —contestó él entrando en la cocina también, mirando cómo ella preparaba las copas de helado.

—¿Decisiones? Muy complicado volver al mundo real, ¿no? —dijo mientras servía una copa

—N-ni tanto, pero lo que m-me complica es... E-el sacrificio, no sé si valdrá la p-pena —comentó apoyándose en el quicio de la puerta

—Bueno, por lo que me has conversado... —Se chupó los dedos que tenía embetunados en helado—, te estabas reventando por juntar dinero y darle una casa y boda a todo trapo a la suripanta... y no sirvió de nada.

—P-por eso mismo... N-no quiero dejar de verte por no tener tiempo... —expresó apesadumbrado, con solo la idea de no verla y sentirse solo por las noches, hacía que se le apretaran las tripas—. El semestre en el instituto se me va a p-pique si falto dos días más, no sé si pueda continuar este año.

—Entonces no lo hagas —determinó decidida y lo miró de soslayo—. David, todas las cosas deben tener el lugar que merecen y su tiempo justo —aconsejó de frente, mirándolo a los ojos—. Vienes saliendo de un montón de cosas complicadas, y yo creo que debes tomártelas con mesura. Ya no tienes porqué sobre exigirte por tener dinero y sacar una carrera. Lo harás algún día, tienes toda la vida por delante, total, tú no eres del tipo que se queda quieto por mucho tiempo —declaró volviendo a sacar helado del envase para servir la otra copa

—P-pero, no podré titularme este año y...

—Y nada va a pasar, el mundo no se va acabar y yo no te querré menos por eso —argumentó convencida y firme—, prefiero verte tranquilo sin esa carga innecesaria. Te titulas el otro año y ya.

—¿Me quieres, Gatita? —preguntó con el mismo tono de voz suplicante de la mañana, cuando dormía. David y Ainelen lo sintieron como un *déjà vu*... «Otro más», pensó él.

—¿¡Cómo no ve voy a querer!?, dime ¿cómo? —confesó casi reprendiéndolo por preguntar algo así y se acercó a él—. Te quiero mucho, Gatito. Eres de ese tipo de personas que se meten bajo la piel al instante. Tendría que ser de piedra o no tener corazón para no sentir algo por ti —aseveró sonriendo desenfadada, y le manchó un poquito la nariz con la cuchara que tenía restos de helado.

David, mientras se limpiaba con la palma de su mano, tenía la sensación de que había tenido antes esa conversación, ¿o lo había soñado? A veces confundía qué era fantasía y qué era realidad, y es que con Ainelen sentía que todo era tan simple y sin complicaciones, sin presiones, sin exigencias. Ella no lo comparaba con el resto, no le decía «Mi amigo tiene esto», «El novio de mi amiga tiene esto otro», «Fulanito de tal se compró tal cosa», «Mi jefe tenía dos carreras universitarias antes de los treinta, y ahora gana una millonada»... A Ainelen solo le importaba que él estuviera bien, eso le caló profundo en su corazón, le hacía sentir que era valioso. Todo parecía un sueño con ella, un maravilloso sueño del cual no quería despertar.

—¿Eres real? —preguntó casi sin darse cuenta de que lo había dicho en voz alta.

—Soy bastante real, David —manifestó suspirando—. Esto es muy real.

—¡¡¡Leeeen!!! —vociferó una voz de hombre, aporreando la puerta con ferocidad—. ¡¡¡Abre la puerta, perra!!!

Ainelen se tensó por completo, y abrió los ojos asustada. La cuchara se le resbaló de las manos y el helado quedó repartido en el suelo. Todo su cuerpo temblaba sin poder controlarlo.

Esa voz era demasiado familiar… horriblemente familiar.

Era Tomás.

Capítulo 20

—¿Q-quién es? —preguntó David a Ainelen, acercándose a ella con suavidad y cautela. Le tomó la mano y sintió que ella temblaba.

—Tomás, mi ex —respondió ella masajeando su frente, externalizando con ese gesto toda su frustración y nerviosismo.

—¡¡Abre la maldita puerta!! —Tomás seguía golpeando con puños y patadas—. ¡¡¡Sé que estás ahí, puta y la re concha de tu madre!!! —insultó a viva voz—. ¡¡¡Dile a ese *hueón* que te estás culeando que te deje abrir la puerta!!! —Pateó nuevamente con más fuerza haciendo retumbar todo el departamento—. ¡¡¡Tú eres mía, perra!!! ¡¡¡Me perteneces!!!

—Mejor llamemos a los carabineros... —dijo Ainelen no muy convencida—. ¡David, no!

Para él, escuchar cómo ese hombre insultaba a su Ainelen de manera gratuita, fue la gota que rebalsó el vaso, y como si hubieran abierto una jaula dejó salir a su lado más animal y menos civilizado. Si había algo que no perdonaba David eran los insultos y las agresiones a las mujeres, y mucho menos a la suya. Salió de la cocina hecho una furia, dispuesto a estamparle un puñetazo en la sucia boca de ese infeliz.

Abrió la puerta con violencia y sin mediar previo aviso propinó un certero golpe en la mandíbula del hombre que desprendía un asqueroso olor a alcohol y cigarro. Tomás se tambaleó llevándose la mano a la zona donde le habían descargado el puño, sintiendo un dolor agudo y el sabor metálico de su propia sangre. No alcanzó a recuperarse y sintió otro golpe que le hizo crujir la nariz, quebrándola en varios pedazos, haciendo que el dolor que se expandiera por todo su rostro, la sangre espesa y caliente bañó su boca de manera automática y cayó pesadamente al suelo.

—Deja a Ainelen en paz —siseó David furibundo, sosteniéndolo de la solapa de su fino traje—. Tú no eres su dueño. Ella es libre de hacer lo que desee. —Y lo soltó bruscamente, haciendo que ese repulsivo hombre se azotara la cabeza contra la pared.

—Ella es mía, siempre lo será —replicó Tomás escupiendo sangre—. Tarde o temprano me la volveré a fo...

No alcanzó a terminar la oración, David le propinó un puntapié en el abdomen dejándolo sin respiración. Le haría pagar todas las que le hizo a Ainelen, una por una; por hacerle llorar, por herirla, engañarla, insultarla. Lo odiaba con toda su alma, tenía unas ganas de seguir golpeándolo, pero se contuvo de no matarlo. El imbécil estaba totalmente ebrio. No era una pelea justa, el hijo de perra, con suerte se sostenía en pie.

Tomás lo miraba iracundo, el hombre que había visto entrar al departamento de ella, era mucho más grande de lo que se veía a la distancia. Quería ver a Ainelen, y averiguar si se le había pasado el enojo con él, pero lo que nunca imaginó es que había sido reemplazado en un abrir y cerrar de ojos.

Estaba espiando a su ex prometida y fue como una patada en los testículos presenciar cómo ella recibía a ese infeliz, y los celos lo cegaron. Recordó en ese momento que ella una vez intentó darle la bienvenida de esa manera y él la apartó diciéndole «No hagas eso, estoy cansado, deja eso para las películas». Ahora lo entendía, cuando ves las cosas de espectador y bastante alcoholizado todo se vuelve terriblemente claro, era cosa de ver la cara de felicidad de ambos. Pero no se iba a rendir tan fácilmente, no señor. Ainelen siempre sería de él, esa mujer estaba destinada a ser suya, y de nadie más. Volverían a estar juntos sin importar lo que pasara.

—¡¿David, estás bien?!... —Ainelen salió para ver el estado de él, no habían pasado ni treinta segundos, todo había sido muy rápido—. ¡Por todos los Pillanes, le moliste la cara!

—Es solo la nariz, no está muerto. Ganas no me faltaron, pero este maldito está borracho.

Tomás se levantó con dificultad, ya estaba acostumbrado a la sensación de tener alcohol en el cuerpo, miró a su ex prometida. Estaba más linda que nunca, pero en sus ojos oscuros había reprobación y lástima.

—Vete, Tomás. No quiero verte más en mi vida —declaró dolida y enojada por toda la escena montada por él. Ella no podía creer que había amado a Tomás, él estaba dando a conocer su peor faceta de una manera degradante.

—Es mentira, yo sé a qué estás jugando —increpó Tomás sin poder dar crédito a lo que presenciaba, era imposible. Él estaba seguro de que Ainelen estaba intentando sacarle celos con ese cretino.

—No juego con las personas, eso lo haces tú. Aléjate de mí, no vuelvas más…

—Eso lo dices ahora…

David ya no quiso seguir siendo testigo ese intercambio. Sabía que ella venía saliendo de una relación, y sin embargo, los celos lo estaban carcomiendo. Los imaginó felices como pareja y se le revolvió el estómago. No estaba seguro si ella todavía sentía algo por Tomás y esa duda lo estaba matando, porque él la quería… la amaba y no deseaba perderla, no quería perder de nuevo, no otra vez.

—Basta, ándate o llamo a carabineros —amenazó ella—. A tu mujercita y su familia no les hará gracia tener que sacarte del calabozo y saber que estuviste aquí.

Tomás era un hombre cobarde, y con esa amenaza no quiso tentar más a su suerte, ya tendría otra oportunidad de encontrarse a solas con ella. No siempre estarían el amiguito maricón y el otro imbécil haciéndole de súper héroe. Se limpió la nariz y la boca con la manga de su traje y se levantó.

David acercó a Ainelen a su lado en una especie de marcación de territorio y ella se aferró a él confirmando lo que decían sin palabras. Tomás volvió a escupir sangre y tomó el ascensor, que afortunadamente no demoró en abrir las puertas y se fue.

Los dos se relajaron en ese mismo instante y suspiraron de manera profunda, sabían que ese hombre, por lo menos ese día, no volvería.

—Entremos… —propuso Ainelen, David besó su cabeza y se internaron de nuevo en el hogar de ella.

Ella entró en la cocina para limpiar el helado que estaba derretido en el suelo, necesitaba moverse, hacer algo, no pensar en Tomás. Pero era absurdo, se sentía profundamente culpable de haberse relacionado con él, se sentía estúpida. Estaba tan arrepentida de toda su historia, todavía no se explicaba cómo se enamoró de él. Intentó reprimir sus lágrimas, pero su esfuerzo fue estéril y comenzó a sollozar mientras recogía el desastre regado en el suelo con un trapo húmedo. David la observaba desde la puerta, pero en cuanto la vio llorar se acercó a Ainelen e impidió que siguiera limpiando, la levantó y la abrazó.

Dejó que ella llorara, podía intuir el motivo, pero las dudas se cernían sobre su corazón como sombras que no le permitían ver todo con claridad. Se sentía perdido, amaba a Ainelen, pero no estaba seguro de que ella algún día lo amara a él. No quería nada a medias, no podría soportarlo.

—Ya, Gatita… ya pasó. Estoy aquí. No llores por él… —consoló aunque le doliera pensar en ello.

—No lloro por él… Fui tan tonta… —se lamentó sollozando contra su pecho—. Fui una estúpida…

—No digas eso, por favor… Todos cometemos errores. Eres humana, tienes el derecho a equivocarte. —David, con todo la angustia de su alma, declaró—. No puedo reprocharte que todavía sientas algo por él…

—¡No, David, no! —interrumpió vehemente—. No siento nada por él, nada. Se murió, no existe…

—¿Estás segura? —David, no sabía qué hacer, de pronto estaba tan inseguro y se lo cuestionaba todo.

—¿Cómo te hago entender, que ya no lo quiero?... ¡¿Cómo?! —Y siguió llorando más desconsolada, ¿qué más tenía que hacer, acaso su palabra no valía para él? Era absurdo que él pensara que ella sentía algo por Tomás.

—No lo sé… yo… —David ya no podía más, se rindió, no podía dudar de ella. Ainelen no era Ingrid y eso debía metérselo bien en la cabeza. Tomó la cara de ella entre sus manos y la miró a sus ojos enrojecidos por el llanto—. Perdóname, Gatita, soy un idiota. Esto va tan rápido que me cuesta desprenderme de todo lo malo que viví… No es una tarea fácil. Te encontré de una manera tan inesperada y no te quiero perder, me da miedo que dejes de quererme y que te vayas con otro.

—¿Y tú crees que yo no siento lo mismo? —dijo molesta rompiendo el contacto con él—. David, es la primera vez que me pasa esto… También tengo miedo, ¿qué no escuchaste hace un rato que te dije que te quiero?... ¡Te quiero, David, te quiero!

—¡Pero yo te amo! —confesó desesperado, sobrepasado completamente de todo—. No quiero que me quieras, ¡quiero que me ames! —Otra vez, esa sensación, de que todo lo había vivido. Otro *déjà vu*.

—¡Ya lo hago!, estoy cagada de miedo… por eso dije que solo te quería, porque me aterra que esto que nació tan rápido, se acabe de la misma manera. Me agobia la idea de que un día te levantes en la mañana y sientas que ya no me amas, y te quedes conmigo por lástima, porque estoy sola en este mundo, ¡sola!

Ambos se quedaron en silencio, respirando agitados, desafiándose con la mirada que estaba vidriosa de lágrimas que pugnaban por salir. Estaban casi a grito pelado declarándose sus miedos y sus sentimientos. La adrenalina corría a una velocidad vertiginosa por sus venas, mezclándose con esa avalancha de emociones que se apoderaba de sus corazones. La visita de Tomás removió todo aquello que llevaban oculto en sus almas y los empujó a externalizar eso que los destrozaba por dentro de manera inconsciente. Ese miedo que solo se hacía presente en las pesadillas o en algún pensamiento fugaz que desechaban al instante.

David se acercó a Ainelen tomó su cara entre sus manos y la besó con una pasión y una ternura que ella nunca había sentido en un solo beso. Él era demandante y a la vez suave, sus labios húmedos y cálidos la invitaban a saborear el momento, a entregarse y rendirse ante él. Y así lo hizo, Ainelen le entregó su alma y su vida a ese hombre que irrumpió en ella del modo más excepcional e insólito.

—Ya no estás sola… Estoy contigo porque te amo.

—Yo no soy ella… no te dejaré por nadie porque te amo.

—Te amo —dijeron al mismo tiempo esbozando una sonrisa, y se fundieron en un abrazo lleno de promesas, esperanzas y su propio corazón, eran lo único que tenían para ofrecer y lo único que importaba en realidad.

—¿Estamos bien? —preguntó David, sintiéndose más liviano. Era libre.

—Estamos bien —aseveró Ainelen más tranquila y serena—… ¿Quieres helado? —ofreció para retomar el ambiente que estaban viviendo antes de la interrupción de su ex—, me lo trajo el joven de las pizzas, se demoró un siglo en traer el pedido, pero llegó igual —bromeó—. Por lo menos trajo mi sabor favorito, ¡y con galletas!

—Ahhh, sí lo conozco. Me dijo que estás loquita por él, lo andas persiguiendo por todas partes, pareces sicópata.

—¡Pesado!

Ambos rieron, sí, ahora todo estaba bien, y debían estarlo, porque lo que se avecinaba iba a poner a prueba todo ese amor que albergaban en sus corazones.

Capítulo 21

—Ya no tartamudeas —observó Ainelen apoyada en el pecho de David. Estaban los dos comiendo helado sentados en el sofá en L que reinaba en el living, viendo una película vieja de Jerry Lewis y Dean Martin.

—F-fue la adrenalina del momento. No se quita de m-manera mágica.

—Y yo que pensé que había obrado un milagro declarándote mi amor.

—D-de a poco estoy hablando mejor… —En ese momento recordó el asunto que tenía pendiente—. Oye, hace un p-par de horas m-me llamó Miguel, quiere reunirse contigo cuanto antes.

—Tengo que esperar a lo que pueda averiguar Marcelo. —Suspiró acomodándose un poco más. David era calientito y acogedor—. Tengo un mal presentimiento sobre todo esto.

—Yo t-también, pero no precisamente de Miguel.

—Esperemos un poco más a Marce. No perdemos nada.

—L-lo sé y estoy de acuerdo, pero Miguel m-me dijo que tenía información sobre tus padres.

—¿Cómo?, ¿qué tipo de información?

—No me dijo nada m-más. Todo esto es muy raro.

El celular de David empezó a sonar, miró la pantalla, y sonrió. Era su madre, ya se imaginaba qué tipo de conversación iba a tener con ella. Dejó su copa vacía de helado en la mesa de centro y contestó el llamado.

—Hola, mamá —saludó mientras rodeaba a Ainelen con un brazo.

—Hola, hijito, ¿todo bien?

—Sí, ni un p-problema.

—Qué bueno, estaba preocupada, te desapareciste en la mañana y no he sabido nada de ti en todo el día —reprendió con cariño.

—P-perdón, se me olvidó llamar, p-pero no te preocupes, me fue bien hoy. Estoy en el d-departamento de Ainelen, vine a ver cómo está —informó acariciando la suave piel del brazo de ella.

—¿Ah sí?, qué bien... Ya *po'h* y cuando se van a poner las pilas ustedes dos. Tú no visitas a nadie porque sí. Te conozco. —Ahí estaba Ana, dando sus empujones a su hijo.

David rio a carcajadas, Ainelen no podía escuchar lo que Ana decía, pero la risa de él era contagiosa y ella estaba tentada de hacerlo también.

—Las cosas que dices... Es u-una visita de cortesía, le d-debía un helado —justificó con un tono neutral de voz.

—Chiquillo leso, saliste más lento que tu papá. Se demoró un año en declararse y eso que andaba baboso por mí...

—D-desde que te vio, y perdió un año por tonto —interrumpió, se sabía la historia de memoria—. L-lo sé, en eso somos diferentes... ¿Quieres saludar a tu nuera? —David le entregó el móvil a Ainelen que estaba aguantando la risa por la jugarreta de David.

—¿Qué?... pero, pero... —La señora Ana estaba confundida, a veces David tenía la capacidad de desconcertarla con sus bromas.

—Hola, Ana, ¿cómo está? —saludó Ainelen contenta.

—Hola, *mijita*. David es un pesado, juega con los sentimientos de esta pobre alma.

—No, es cierto, usted es técnicamente mi suegra desde... ayer —aseguró con una risa cristalina. En cierto modo debía agradecerle su papel de celestina.

—Y yo que pensaba que ustedes eran un par de caracoles. Al fin este *cabro* me hace caso, me alegro mucho por ustedes dos —expresó contenta por su hijo y esa joven que siempre supo que era una buena mujer.

—Gracias, Ana. Estamos los dos bien, no se preocupe.

—Cuídamelo, es un buen hombre.

—Lo sé, es fácil amarlo —manifestó sonriendo—, en eso es igual a usted. La quiero mucho, Anita.

—Ay, mi niña, no me digas esas cosas que me vas a hacer llorar... Mejor pásame a ese mocoso para despedirme.

—Cuídese, Ana. Nos vemos pronto.

—Adiós, mi niña.

—Mamá...

—*Cabro* chico de porquería —intervino con la voz radiante de alegría—, ¡te lo tenías bien guardado, eh! Si sigues así me vas a hacer abuela en nueve meses más —bromeó—. Cuídala, no seas idiota, y no regreses muy tarde a casa.

—N-no sé si vuelva hoy...

—Gracias por no ser tan explícito con tus planes, hijo, pero ya imagino que harás. Nos vemos mañana.

—Nos vemos, adiós, m-mamá.

David cortó el llamado con una sonrisa en los labios, qué bien se sentía estar así, era como estar en casa al fin después de un largo viaje. Cuando estaba con Ingrid ese tipo de conversaciones con su madre no existían, estaba siempre tenso y a la defensiva.

—Admiro mucho a Ana, conversábamos mucho cuando tú dormías. Se ve más joven de lo que es en realidad.

—Es la mejor, m-menos mal que no me malcrió.

—Serías terrible si tuvieras el síndrome de hijo único —aseveró guasona—. ¿Así que no sabes si vuelves hoy a tu casa? —preguntó haciéndose la loca.

—N-no sé... ¿M-mañana qué turno tienes?

—Se repite el de hoy, entro a las ocho de la mañana —respondió incorporándose y dejando su copa de helado vacía en la mesa de centro.

—Mmmmm... ya que estoy terminando algunas tareas inconclusas. —Tomó por la cintura a Ainelen y la sentó a horcajadas sobre su regazo—... Podríamos. —Le besó aquel vértice donde se une el hombro con el cuello y aspiró su aroma, esa mezcla única de su piel y jazmines, y ella gimió gustosa dándole su aprobación para continuar—... Terminar. —Deslizó sus manos por debajo de la camiseta de ella para acariciar su espalda y notó que no llevaba sostén y eso aniquiló cualquier remota intención de solo jugar—... Lo que empezamos ayer...

Al instante Ainelen sentía que su sangre hervía, David la volvía completamente loca y encendía sus más bajos instintos. Quería arrancarle la ropa y fundirse con él en uno solo ser, rápida y salvajemente. Pero él tenía otros planes, deseaba darse un festín con ella y lo disfrutaría segundo a segundo.

Empezó a quitar la camiseta de ella, rozando su piel con los nudillos, y maravillado observaba como se le erizaba la piel a Ainelen. La prenda quedó tirada en el suelo y él se quedó hipnotizado viendo los turgentes y generosos pechos de ella, coronados con sus pezones carnosos y erguidos, que lo incitaban a reclamarlos y marcarlos como suyos. Tomó las muñecas de ella y las inmovilizó a sus espaldas, levantando aún más sus senos como si ella se los estuviera entregando como ofrenda. Se veían maravillosos, apetecibles, deliciosos. Lamió el contorno redondeado dejando una estela de calor y humedad y luego succionó jugueteando con su lengua para estimular aún más ese botón tan sensible. Ainelen sentía pequeños espasmos eléctricos que le recorrían su cuerpo hasta llegar a su clítoris que palpitaba al mismo ritmo frenético que su corazón y le hacía abrir las piernas de manera involuntaria. Estaba sin posibilidad de escapar mientras David se alimentaba de sus pechos y de su cuello una y otra vez, devorándola a su antojo. Estaba tan excitada que sus caderas se movieron en busca de alivio y placer, frotándose cadenciosamente sobre la enorme y evidente erección de él que luchaba por salir. Lo sentía duro y dispuesto. A ella se le hizo agua la boca y comenzó a moverse con más brío para torturarlo, tanto como él lo hacía con ella, que estaba jadeante, húmeda y vacía.

David levantaba las caderas para encontrar el ritmo de Ainelen y sin darse cuenta soltó las manos de ella, liberándola del sensual castigo al cual estaba sometiéndola. Al verse sin ataduras, ella tomó el borde de la camiseta de él y se la quitó desesperada por sentir su piel morena y desnuda. Lo abrazó y el calor que desprendía le hacía arder de anticipación, todo él era perfecto, fuerte, duro y varonil. Lo besó apasionadamente, entrelazando sus lenguas que aún tenía reminiscencias del sabor del helado, dulce y pecaminoso. Ainelen jadeaba mientras acariciaba el torso de David enterrando sus dedos, surcando su maravillosa musculatura que se contraía y relajaba con el contacto.

Siguió descendiendo hasta encontrar el botón del pantalón de él y lo desabrochó para luego bajar el cierre mitigando la presión que ejercía sobre la acerada longitud. Ainelen acarició el pene por sobre la ropa interior, y él siseaba de deseo y echaba la cabeza para atrás, entregándose al momento. Su miembro sí que era enorme, sobrepasaba el límite que demarcaba la banda elástica de la prenda, dejando al descubierto el vibrante y grueso glande. Ella se relamió con tan solo la idea de lamer la punta roma y carnosa, e instó a David a que se quitara por completo el pantalón junto con el bóxer que llevaba puesto.

Él obedeció rápidamente y en un solo movimiento levantó las caderas y se despojó de su ropa, estaba deseoso por llevar a cabo esa fantasía, quería ver cómo ella lo envolvía con su boca y sentir como llegaba hasta el fondo de su garganta. Se quedó mirándola a los ojos, expectante, Ainelen se arrodilló entre sus piernas tomó su erección con ambas manos y lo guió directo a su boca. Succionó la punta, una, dos veces, y David ya se encontraba a punto de estallar, respiraba entrecortado y tensaba sus marcados abdominales.

Sentía que casi moría en el instante que entró por completo entre los labios carnosos de ella, sintiendo que llegaba hasta el final y empuñó la larga cabellera castaña para poder mirar mejor. Ella era maravillosa, su pene entraba y salía de su boca húmeda y caliente, a un ritmo lánguido y sobrecogedor, y al mismo tiempo, en cada acometida Ainelen potenciaba la estimulación con una de sus manos que se aferraba a su miembro y seguía el mismo ritmo de penetración, y con la otra, acariciaba delicadamente sus testículos, haciéndole enloquecer y llevarlo al extremo.

—Eres una diosa, me la chupas exquisito, Gatita —murmuró David, que estaba completamente fuera de sí. Nunca antes había disfrutado tanto del sexo oral, jamás había tenido una compañera tan entregada y dedicada a él. Se notaba que Ainelen disfrutaba tanto como él. Era una fantasía que ahora recién podía realizar a cabalidad, sin culpas, sin sentir rechazo. Era un momento que por siempre recordaría en su corazón.

Ainelen estaba fascinada, le encantaba sentir como le daba placer a su hombre, le excitaba escuchar sus siseos y gemidos, y cómo intentaba mantener el control de sus embestidas para no acabar luego, David le daba la pauta para dejarlo justo en el límite y así prolongar el momento y poco a poco él redujo la intensidad de los movimientos para retrasar su eyaculación. Eso iba a dejarlo para el final, porque David deseaba perderse en el acuoso interior de ella, y ella ansiaba ser llenada por él.

—Por favor, dime que trajiste preservativos, Gatito —preguntó ansiosa, mientras se quitaba el delgado pantalón de pijama junto con su ropa interior.

—En el pantalón, bolsillo trasero, billetera, hay tres.

—Eres optimista, me gusta —celebró, estaba segura de que los utilizarían todos esa noche.

Ainelen buscó donde David le indicó y ahí estaban. Rompió uno de los empaques y con precisión deslizó la funda a lo largo de la erección, ella admiró su obra, le encantaba el pene de él, era perfecto, grande, grueso y recto. Se montó, estaba lista, abierta y preparada para su invasión, pero le fue negado ese gusto. David la sujetó de la cintura para impedir que bajara. Primero la penetró con un dedo, haciéndola gemir, lo hizo con una lentitud agonizante, y sin previo aviso usó otro dedo más manteniendo la cadencia.

—Estás tan mojada… eres exquisita. —Chupó un pezón, cómo le encantaba saborear a su mujer, era más de lo que esperaba.

—Basta, te quiero adentro —suplicó—. Me vas a matar.

—Si no hago esto, Gatita, no lo conseguirás, soy demasiado grande… Te deseo tanto, déjame hacerlo a mi manera, solo quiero que lo disfrutes todo —rogó con la respiración entrecortada, e introdujo un tercer dedo—. Dios, estás tan apretada.

—Por favor… —pidió en un hilo de voz—, hazlo… no lo soporto…

David finalmente cedió y guió con lentitud su miembro al centro cálido y húmedo de su amada. Milímetro a milímetro fue invadiendo su interior y sentía como se impregnaba de su néctar, estaba apretadísima, era increíble la sensación de ser rodeado por ella.

Ainelen era perfectamente consciente de cómo él se abría paso dentro de ella hasta tocar el fondo de su ser. Él tenía razón, usar sus maravillosos y largos dedos le facilitó el camino para recibirlo, estaba colmada de la carne de él y solo ansiaba llegar al momento de poder cabalgarlo con frenesí, estaba a punto de quemarse y arder en el fuego que los estaba consumiendo.

David se retiró unos centímetros, y volvió a embestir, tomó las caderas de ella y la instó a moverse junto con él, Ainelen se sujetó de su cuello y siguió el ritmo que él le estaba marcando, una, dos, tres, cuatro, cinco veces y aumentó la velocidad de la exquisita fricción de su clítoris sobre el sexo de él. David cerró los ojos gozando con fruición los deliciosos movimientos de ella. Sus gemidos y jadeos le estaban haciendo perder la razón. Era sensacional, tan expresiva, tan sensual. Una mujer de verdad, un volcán voluptuoso que estaba hecho para gozar.

Ainelen no aguantó demasiado tiempo y atravesó el límite que la separaba del orgasmo, se enterró aún más sobre él y lo cabalgó frenéticamente apretando su intimidad, arrastrando a David junto con ella, haciéndolo estallar a la vez que ella gritaba, poseída por el profundo y devastador orgasmo que la arrasaba por completo, alucinada de cómo él se descargaba en su interior dando un ronco y gutural quejido.

—Te amo, David —dijo ella con un suspiro entrecortado—. Eres maravilloso.

—Yo… también… te amo —respondió aún agitado—. Gracias, Gatita. Mi diosa… te amo.

Ambos se quedaron en silencio, abrazados con fuerza, recuperando el aliento. Sus latidos lentamente volvían a la normalidad. El impacto del acto que acababan de consumar los tenía sin habla, anonadados de la intensidad y la entrega que se regalaron, era como si hubieran esperado toda la vida para estar juntos y que todo lo que habían vivido a lo largo de sus existencias era para llegar a ese momento, y tener la certeza de que se pertenecían por completo, estaban destinados a no separarse jamás.

Capítulo 22

—D-despierta, Ainelen... despierta —susurró David, al oído de Ainelen—. T-tu alarma sonó dos veces...

—Dame cinco minutitos más, Gatito —respondió somnolienta—. Me duele todo el cuerpo...

—E-eso se llama resaca sexual —bromeó socarrón—. S-son diez para las siete...

—¡Miiiierrrdaaa! ¡Es tardísimo! —exclamó mientras se levantaba como un resorte de la cama, y él reía a carcajadas—. ¡No te rías, que no es gracioso! —reprendió mientras iba corriendo desnuda en dirección al baño para ducharse. David también se levantó y fue tras de ella para compartir la ducha y ahorrar agua. Sí, claro, ahorro.

Había transcurrido una semana en que pasaban sus días o noches juntos, dependiendo del horario de ella. Era casi imposible que estuvieran separados a menos que fuera por trabajo, trámites o compartir con Ana. Durante esa semana, David canceló el contrato de arriendo de su antiguo departamento, continuó con las sesiones con el fonoaudiólogo, y decidió finalmente posponer su semestre hasta el año siguiente. Su «Marilyn» estaba como nueva y lista para volver a la acción, de hecho, esa misma mañana él se reincorporaba a su trabajo de correspondencia rápida, y finalmente renunció a la pizzería.

Estaba poniendo en práctica el consejo de Ainelen, iba a tomarse todo con calma, porque todo tenía un tiempo, un momento y un lugar. Le estaba dando el lugar que merecían a las cosas porque prefería aprovechar el tiempo con la mujer que amaba, una mujer que lo amaba a él sin esperar algún beneficio económico que pudiera darle en el futuro.

—N-no sé porque te urges tanto por la hora, s-si te voy a dejar a tu trabajo en «La Marilyn» —argumentó David mientras enjabonaba la espalda de Ainelen.

—Tienes razón, lo había olvidado... ¡Oiga! Ese camino to-davía no está preparado —increpó ella al sentir un dedo curioso que vagaba entre sus nalgas—. Todavía no, campeón.

—L-lo sé... pero algún día ese culito será mío, Gatita—ame-nazó seductor acariciando el trasero de ella que estaba resbaloso por el agua y lo apretó posesivo arrancándole un gemido tentador a Ainelen. Pero lamentablemente estaban con el tiempo justo—. Ya, suficiente agua p-por hoy, esta cosa que tanto te gusta está d-despertando, y no puedo llegar tarde mi primer día. —Cortó el agua de la ducha y dio una sonora nalgada a ella.

—¡Ay, bestia! Te voy a cortar el suministro de orgasmos, si sigues haciendo eso —advirtió ella mientras se secaba el cuerpo con una toalla y le pasaba otra a David.

—¡Ja! —respondió sarcástico—. Inténtalo.

Ainelen sonrió, el muy condenado tenía razón, se había vuelto adicta a él y era muy difícil que se negara a hacer el amor y perderse una sesión de orgasmos enloquecedores junto a él.

—¿Y cuándo vas a usar ese anillo vibrador que tenías es-condido en tu antiguo departamento? —preguntó cambiando le-vemente de tema. David dejó de secarse el pelo y la quedó miran-do con cara de no saber nada—. No te hagas el idiota, estaba en tu velador junto con unos preservativos.

—Ahhh... ese... ¿De verdad quieres probarlo?, ¿no te mo-lesta que lo haya tenido de antes? —Recordó que un día lo compró, pero nunca tuvo la oportunidad de usarlo, a veces era por la falta de tiempo, y la suripanta muchas veces decía que estaba cansada y solo hacía el amor por cumplir. Eso lo mataba, era como si ella nunca estuviera con él en esos instantes. Bueno, ahora todas las piezas encajaban, a veces se sentía mal por ello, era humano des-pués de todo, cuando te hacen daño a veces el dolor vuelve por unos momentos cuando recuerdas al causante. David inspiró, y exhaló deshaciéndose de esa sensación y le sonrió a la mujer que tenía al frente, ella era amor del bueno.

—No seas ridículo, lógico que no me molesta, en esa época no nos conocíamos, y en todo caso está nuevo. Ni siquiera debe-rías preguntarme si quiero probarlo, Gatito. Si quieres hacer algo conmigo solo debes hacerlo... siempre y cuando no sean tríos, no me gusta compartir.

David sonrió de una manera que transmitía inocencia y provocación, extraña mezcla, era como si le hubieran dicho a un niño que podía comprar todos los dulces de la confitería y comer a destajo hasta tener un coma diabético.

—C-cuando resucites de tu turno de veinticuatro horas de amor, lo p-probaremos, Gatita.

—Esa es la actitud, amor —celebró guiñando un ojo.

Media hora después estaban bajando por el ascensor para llegar al estacionamiento subterráneo, lugar donde aguardaba «La Marilyn». David se puso los guantes de cuero, le entregó un casco rojo a Ainelen y luego se puso el suyo que era nuevo y también era del mismo color, se montó en el asiento en un movimiento seguro y fluido, e hizo partir el potente motor.

Ainelen se subió, se aseguró de tener pertenencias bien firmes y se aferró la cintura de él. Era la primera vez que viajaba en una motocicleta, y siendo sincera estaba muy nerviosa y esperaba que David fuera un conductor confiable. «La Marilyn» era bastante grande, negra, con asientos de cuero, piezas cromadas y con una calavera en el manubrio.

—¿Lista?

Ella asintió y levantó su pulgar. El motor rugió un poco más fuerte y salieron del estacionamiento a una velocidad que para ella era casi como viajar en el tiempo pero que en la realidad era bastante moderada. A medida que Ainelen se acostumbraba a la rapidez, se empezó a relajar y a disfrutar del trayecto, las calles, las personas, todo se veía diferente era casi como volar. David estaba contento, echaba de menos conducir su motocicleta por la ciudad y se sentía feliz de compartir ese momento con ella.

Llegaron al hospital con tiempo de sobra, a Ainelen le esperaba el dichoso turno extra largo y no se iban a ver por veinticuatro horas. De mala ella gana se quitó el casco y se lo devolvió a su dueño haciendo un mohín que a David lo llenó de ternura.

—Nos vemos mañana, Gatito —se despidió Ainelen con la certeza de que iba a extrañar mucho a David, y lo besó como si se fuera a acabar el mundo.

—Hasta m-mañana, Gatita... te voy a echar de menos —aseguró rozándole la nariz con la suya—. Cuídate.

—Tú también —dijo ella sonriendo, no había más remedio, se dio media vuelta y se internó en el hospital para un nuevo e interminable día de trabajo.

David esperó a que ella desapareciera de su vista, cómo amaba a esa mujer, y era su mujer. Sonrió contento, echó a andar el motor y se perdió en medio de la ciudad.

Ainelen estaba en su descanso comiendo un sándwich con sus compañeras de labor. Bromeaban y se quejaban del cansancio que implicaba trabajar por tantas horas. El celular de ella comenzó a vibrar. Era Marcelo, Ainelen salió de la habitación donde estaba para hablar con un poco más de privacidad y contestó.

—Hola, *guachita* —saludó él—. ¿Cómo te trata la vida?

—Maravillosamente, Marcelito… —respondió con una gran sonrisa—, ¿y tú? Últimamente estás medio desaparecido.

—El trabajo y unos problemillas personales… —Inspiró y exhaló cansado—. Pero eso no es lo importante. Te llamaba porque quería hablarte de Miguel Geisse.

—¿Averiguaste algo? —interrogó interesada por las noticias que tenía su amigo.

—Nada sucio, el tipo está más limpio que las manos de un cirujano a punto de operar. Así que no hay peligro de encontrarse con sorpresas cuando te reúnas con él.

—¿Estás seguro? —preguntó un tanto incrédula.

—No te estaría dando carta blanca, si no fuera lo contrario.

—Gracias, Marcelo, eres un sol.

—Lo sé… ¿y cómo va tu asunto con el comatoso? —preguntó guasón—. Me dices que ando desaparecido pero a ti no te he visto ni las plumas.

—Todo va perfecto… —Suspiró—. Nunca había sido tan feliz en mi vida.

—Me alegro mucho por ti, *guachita*. Se te nota en la voz… No sabes lo contento que me pone oírte decir eso.

—Y a propósito de felicidad, ¿progresan las cosas con Carlos?

—Las cosas se han vuelto… complicadas —respondió vacilante—. Necesito conversar contigo… es importante.

—Mañana temprano termino mi turno. Si quieres nos tomamos un café, en la tarde, en mi departamento —propuso preocupada por su amigo, ahora era su turno de apoyarlo.

—Suena perfecto para mí… Bien, vuelvo al *laburo*. Cuídate y mándale mis saludos a David, y dile que si te hace sufrir, aunque sea un poquito, le voy a patear ese perfecto trasero que tiene y se lo dejaré pegado con la nuca.

Ainelen rió por la amenaza, sabía perfectamente que Marcelo era capaz de eso y de mucho más, pero tenía la esperanza de que eso nunca ocurriría.

—Le daré tu mensaje, cuídate y nos vemos mañana.

—*Au revoir, guachita.*

Ella al cortar el llamado tenía una sonrisa en el rostro, decidió que debía finiquitar cuanto antes el asunto de Miguel Geisse, y todo el misterio de la información que poseía y que se suponía que debía conocer antes de la lectura del testamento de su padre. Llamó a David, pero no contestó el celular y salió el buzón de voz.

«Estás hablando con David Velasco. En este momento no puedo contestar, si eres la Gatita te devolveré el llamado apenas pueda, si no, deja tu mensaje después de la señal…».

Sonó la señal, y Ainelen dejó su mensaje.

—David, soy tu gatita, necesito que llames a Miguel Geisse, por favor. Me reuniré con él pasado mañana, Marcelo no encontró nada turbio… No manejes demasiado rápido. Te amo.

A los cinco minutos sonó la notificación de un mensaje entrante en su móvil, David le dejó un *WhatsApp.*

«Gatita, acabo de llamar a Miguel. El miércoles a las seis de la tarde iremos a su oficina. No quiero que vayas sola, te voy a acompañar, lo que es importante para ti, lo es para mí.

Perdona por no contestar el teléfono, pero estoy con más trabajo que un esclavo y he estado conduciendo todo el día. Me lo estoy tomando con calma, no voy rápido. Te amo <3 <3»

Ainelen inspiró profundamente, ya no podía seguir posponiendo todo, que fuera lo que tenía que ser, lo único que le confortaba y aliviaba era que David iba a estar con ella. Ya no estaba sola, y no importaba que sucediera en el futuro, él siempre iba a estar a su lado.

Capítulo 23

Al día siguiente terminaron las veinticuatro horas de trabajo de Ainelen, fue una jornada maratónica, pero fructífera. Dentro de lo difícil que era su profesión, lo que le impulsaba a seguir ligada a la medicina era la satisfacción de ayudar a las personas a recuperarse de sus dolencias y superar sus problemas de salud gracias a sus cuidados. Le gustaba entregar algo más que un tratamiento, ella les dedicaba algo de su tiempo y conversaba con sus pacientes aunque fueran un par de minutos y darles algo de calor humano que a veces era tan necesario en ese trabajo.

Desde hacía mucho tiempo que ella no se sentía tan tranquila y a gusto con su vida. Estaba cansada, terriblemente cansada y a la vez estaba con tanta energía y ganas de ver a David. Definitivamente no eran suficientes las breves llamadas telefónicas y los mensajes de *WhatsApp*. Si antes no le gustaba el turno eterno, ahora menos. Era una verdadera lástima que él estuviera a esa misma hora trabajando.

Llegó a su departamento, le envió un mensaje a David, avisando que ya había llegado, se desnudó para vestirse con la camiseta que usó la primera noche que pasó con él, y se desplomó sobre la cama agotada, y en un abrir y cerrar de ojos se sumergió en un sueño profundo.

El celular sonaba a lo lejos con insistencia, Ainelen sintió un aroma familiar y no provenía precisamente de la camiseta, se giró y ahí estaba él, durmiendo al lado de ella… ¿Qué hora era?, miró hacia la ventana y ya estaba cayendo la noche, diablos había dormido demasiado. Se estiró y al moverse despertó a David que al verla sonrió somnoliento.

—Hola —saludó él susurrando, con el rostro iluminado.

—Hola... —Dio un bostezo largo junto con un gran estirón felino—. ¿Llegaste hace mucho, Gatito?

—N-no en realidad, llegué hace solo unos... —Miró la hora en el reloj despertador—, diez minutos, te veías tan tranquila que me acurruqué a tu lado y me quedé dormido...

—Estaba zeta, ni siquiera te sentí. Me despertó el celular, si no es por eso, paso de largo hasta quizás qué hora. —Tomó el aparato para ver por qué sonaba tanto, vio que tenía una llamada perdida de Marcelo y en el acto, marcó su número de vuelta. Sonaron dos tonos...

—Hola, *guachita*. ¿Estás en tu depa?

—Sí, estaba durmiendo... ¿vas a venir?

—Estoy a cinco minutos, llamaba por si las moscas, quiero evitar verlos haciendo algo interesante.

—¿Y cómo sabes que no estoy sola?

—Llámalo intuición masculina, que aunque no lo creas la tenemos, pero no la usamos para nada.

—Intuición masculina, eso me suena a leyenda urbana.

—Mujer de poca fe, nos vemos en cinco.

—Nos vemos, *chau*.

David miraba a Ainelen cómo se comunicaba con Marcelo, su relación era entrañable, pero irónicamente no sentía celos de él, al contrario, el amigo de su gatita era un hombre de confianza. Recordó la noche que los conoció, qué lejana se sentía esa remembranza, habían sucedido tantas cosas y ahora era tan feliz. Ainelen solo le daba paz y tranquilidad a su alma.

—Marcelo va a venir en un rato... —anunció Ainelen, en el momento que sus tripas hacían acto de presencia rugiendo como un animalito—. Estoy cagada de hambre, no he comido nada en todo el día.

—T-te voy a preparar algo rápido, hago unas sopas instantáneas que te mueres —propuso él animado.

Ainelen rio por el panorama gastronómico de David, bueno, no le iba a cortar las alas si se ofrecía tan entusiasta por alimentarla.

—Me encantaría, tengo una de carne con fideos de caracolitos en la despensa.

—V-va a quedar de miedo. No hay nada como una sopa para reponer energías. —Le dio un beso rápido en los labios y se fue en dirección a la cocina.

Ainelen se quedó un momento más en la cama con una sonrisa dibujada en su rostro, realmente se sentía muy dichosa. David era tan diferente a los demás, solo esperaba que con el tiempo eso que tan bonito que tenían no se desvaneciera. Ese amor que sentía era como encontrar algo que no tenía idea de que era lo que más anhelaba en la vida, y estaba convencida de que era capaz de hacer de todo por mantenerlo vivo. Cerró los ojos por un momento dejándose llevar por lo bien que se sentía tener llenito el corazón.

Sus pensamientos se distrajeron de pronto por la música que sonaba suavemente, David había puesto un disco de Lucybell que interpretaba «Mataz». «Qué buena canción», pensó ella. A sus fosas nasales llegaba el aroma que provenía de la cocina, definitivamente no olía a sopitas instantáneas, más bien olía a maravilla culinaria. Ainelen se levantó de la cama y se dirigió a la cocina, pero el sonido insistente del timbre desvió sus intenciones.

—¡Ya voy, ya voy! —exclamó ella—. Ni que trajeras mucha plata —masculló. Abrió la puerta y ahí estaba Marcelo esbozando una sonrisa, pero no se veía como siempre, su cara indicaba que estaba más bien torturado, y unas profundas ojeras hacían gala bajos sus ojos claros—. Hola, Marce. ¿No se supone que tienes las llaves del reino, para qué tocas el timbre?

—Hola, *guachita*. La última vez que usé las llaves del reino casi me fui de culo con el espectáculo de sexo explícito de ustedes dos. Me dejaron traumatizado de por vida —saludó abrazándola con suavidad intentando aparentar buen humor, pero Ainelen lo conocía muy bien y no la podía engañar fácilmente—. ¿Cómo estás?

—Parece que mucho mejor que tú, pasa. Tienes cara de que un camión te pasó por encima varias veces.

—Qué rico huele… —comentó al entrar al departamento ignorando deliberadamente el comentario de su amiga—. ¿Qué estás cocinando?

—¿Yo?, nada. Es David, según él está haciendo una sopita instantánea.

—Dudo mucho que sea una sopa común y corriente.

—Opino lo mismo… —Ainelen se quedó quieta estudiando fijamente los ojos de Marcelo—. Escúpelo ¿qué es lo que te pasa?

—Bueno… —Se sentó en el sofá del living—. Estoy en un predicamento… —Se quedó unos segundos en silencio, no sabía por dónde comenzar. Suspiró y decidió que empezaría a relatar por la raíz de su problema—… Tú sabes que llevo un par de meses saliendo con Carlos... y... bueno... él y yo nunca hemos... —Tosió incómodo—. Mejor siéntate. —Ainelen obedeció sin quitarle los ojos de encima—... no hemos tenido relaciones... Él siempre evadía el tema y ante ayer discutimos... —Inhaló profundamente, estaba nervioso—. Y me lanzó una bomba, me confesó que antes era mujer... o sea nació como mujer pero siempre se sintió como hombre. Él se operó, y está hace tres años con hormonas... y me dijo que me ama, pero que no podía seguir ocultándome su secreto... Yo prácticamente salí arrancando. No sé qué hacer, estoy más confundido que la mierda... No me lo esperaba, pensaba que le pasaba cualquier otra cosa menos eso...

—¡Por Antú y todos los Pillanes, Marcelo! —exclamó sorprendida—. No me lo puedo creer, estoy impactada... Es que en las fotos que he visto de ustedes... bueno, él no tiene ningún rasgo femenino, sino todo lo contrario, un hombre muy atractivo y masculino... Me mataste.

—Te lo juro, no sé qué hacer —dijo agarrándose la cabeza, Marcelo estaba totalmente perdido.

—¿Lo amas? —interrogó ella suavemente, preocupada por su amigo, nunca lo había visto tan mal por alguien.

—Pues... sí. Lo amo mucho —reconoció exhalando el aire que retenía en sus pulmones.

—¿Entonces, cuál es el p-problema? —preguntó David desde la puerta de la cocina vestido con un delantal rosa con lunares blancos de Hello Kitty—. P-perdón no pude evitar parar la oreja y escucharlos.

Marcelo miró a David, ignorando su atuendo de cocinero, era raro hablar con otro hombre de sus emociones, Ainelen era su única amiga y él parecía realmente interesado en su problema, la pareja de Ainelen era un hombre muy singular. Tal vez le vendría bien su opinión también.

—Lo que pasa es que... —titubeó—... mierda... Él no se ha operado por completo, solo fue algo cosmético... y no le alcanzó para lo principal... Es demasiado costoso, hay que viajar al extranjero para encontrar a un cirujano experimentado, y averigüé que a veces la cirugía no sale del todo bien... —confesó con una mezcla de sentimientos, Marcelo se encontraba confundido, destrozado, avergonzado. Estaba cansado, no dormía desde el día anterior.

—Mmmmm... v-voy a ser bien burdo para explicar tu problema —dijo David—, a ti lo que te complica es el hecho de que el hombre que tú amas, en vez de tener pene, tiene vagina. P-para mí es bien simple la solución, si hay amor de verdad, da lo mismo que orificio uses, porque tu amas a una persona por su forma de ser, no por su aparataje. Eso se arregla en el camino —argumentó—. Tengo una duda, y no es por ser morboso pero, ¿has tenido sexo alguna vez con una mujer?

—Ni siquiera para probar... mierda, tengo miedo, ¿y si no me gusta?

—Esa respuesta n-no la tengo... —Se encogió de hombros—. Marcelo, en este momento te estás dejando llevar por el prejuicio y lo desconocido, y eso da miedo, es lógico. Si lo amas de verdad, inténtalo, pero si no es así, si el miedo es más grande que tu amor, déjalo libre para que encuentre a alguien quien lo ame tal como es. Ponte en su lugar, si es difícil para ti, imagínate cómo lo es para él. Nació con un cuerpo que no le pertenecía, él siente como hombre, actúa como hombre, piensa como hombre, pero estaba encerrado en un cuerpo de mujer. La gente tiende a mezclar peras con manzanas, una cosa es identidad sexual y otra muy diferente es la orientación, y definitivamente, Carlos debe estar destrozado por tu rechazo... —El silencio invadió el lugar, nadie era capaz de decir nada—. ¿Alguien quiere sopa?

Ambos asintieron boquiabiertos y David volvió a la cocina para servir los platos.

Ainelen estaba total y absolutamente asombrada por la forma de pensar de David, y Marcelo estaba de una pieza, en su vida había conocido a un hombre como él. Quién lo diría, nadie hubiera imaginado que él podía dar cátedra de amplitud de criterio y empatía.

Marcelo reflexionó, quizás David tenía razón y solo debía intentarlo, se sentía un poco estúpido por haber salido arrancando como si Carlos tuviera la peste y la culpa se lo estaba comiendo vivo.

—Está servido, sopa instantánea a lo Velasco, receta propia —invitó David para aligerar el ambiente—. Hay marraqueta para acompañar, las sopas son mejores si se toman con pan.

Se sentaron a la mesa y probaron. Increíble, estaba realmente delicioso.

—¿Qué diablos le echaste a esto? —preguntó Marcelo—. Se nota que es instantánea por los trocitos de carne falsa pero tiene un sabor muy bueno —alabó probando otra cucharada.

—Le eché verduras de verdad, cebolla, ajo, zanahoria y apio y un poco de orégano —respondió orgulloso de su acierto gastronómico—. Está bueno, ¿cierto?

—Está delicioso, David, y lo hiciste en un ratito —dijo Ainelen—. Exquisito —Mordió un trozo de pan marraqueta, y siguió tomándose la sopa como si la hubiesen tenido amarrada.

Siguieron cenando sin hablar, era un desperdicio dejar que se enfriara la comida por conversar. La música seguía sonando y eso amenizaba la atmósfera. Marcelo se sentía a gusto por compartir con su amiga, ¡y qué demonios!, David también se estaba ganando su amistad y confianza, era un hombre digno. Era perfecto para Ainelen, y en cierto modo, se parecía mucho a Carlos, y eso le provocó una tremenda nostalgia y decidió que lo intentaría, por amor, haría lo que fuera.

—Mañana me voy a reunir con Miguel —interrumpió el silencio Ainelen.

—Muy bien, mantenme al tanto de todo, por favor. Los testamentos los debe aprobar un juez primero, y luego da la autorización para leerlos. ¿Sabes quiénes son los otros herederos?

—Ni idea, eso lo sabré en la reunión… David me va a acompañar.

—Me parece perfecto… —Tomó la última cucharada de su plato y dio un aplauso—. Mis felicitaciones al chef, parece que el delantal de Hello Kitty da poderes especiales.

—El rosado tiene su encanto —dijo David siguiendo el chiste—… ¿Quieren más sopa, un té, un café? —ofreció David al ver que todos habían vaciado sus platos.

—Yo quiero más sopa —pidió Ainelen.

—Te encantan las repeticiones —declaró socarrón levantando las cejas—. N-no sé por qué no me sorprende.

—Demasiada información, don comatoso —bromeó Marcelo—. Para mí es suficiente por hoy, me retiro indignado de este lugar, tengo una conversación pendiente con Carlos —resolvió levantándose de la mesa—. Deséenme suerte… chao, *guachita.* —Besó en la mejilla a su amiga—. Nos vemos, compadre. —Le dio un abrazo con una sonora palmada en la espalda a su nuevo amigo.

—Suerte —desearon ambos de corazón a una sola voz.

Marcelo abrió la puerta dándole una última mirada a la pareja que le sonreía y que estaba tomada de la mano. Pensó que sería genial compartir con Carlos una cena con ellos… si es que él lo perdonaba por ser tan tarado.

Capítulo 24

Ainelen daba vueltas y vueltas en la cama, no podía volver a conciliar el sueño. Eran las seis de la madrugada, había dormido unas cuantas horas y una pesadilla la despertó. La ansiedad por la reunión que se llevaría a cabo ese mismo día le estaba poniendo los nervios de punta.

—¿Q-qué pasa, Gatita? —interrogó David medio dormido y la abrazó por la cintura—. Estás muy inquieta.

—No puedo seguir durmiendo, me bajó la *neura* por lo de Miguel —respondió susurrando—. No te preocupes, intenta dormir un poco más.

—T-tarde para decirme eso, ya estoy completamente despierto... —Rio de un modo provocador que ella ya conocía a la perfección—. ¿Sería muy malo si te doy algo para los nervios? —preguntó mientras recorría la piel desnuda de ella, descendiendo, desde su cuello hasta llegar al sensible punto donde encontraba siempre la gloria. Ainelen suspiró abriendo sus piernas con pereza—. Aprovechemos que estamos despiertos y que todavía tengo tiempo antes de ir al trabajo... Abre el cajón del velador —ordenó con voz hipnótica.

Ella acató en el acto la demanda de él, encendió la lámpara que emitía una tenue luz y descubrió que en el interior estaba el anillo vibrador, lubricante y preservativos, todo un arsenal sexual, y una sonrisa felina surcó su rostro.

—Eso es para después, pero primero... —David se deslizó por debajo de las sábanas y se abrió paso entre los muslos de ella. Con delicadeza, uno de sus dedos abrió sus pliegues que ya estaban húmedos por la anticipación y le regaló una larga lamida caliente que recorrió toda su intimidad y la hizo estremecer. Ainelen jadeó con el contacto de la lengua de él, que le hizo olvidar todo lo que la desosegaba y se entregó al momento.

Él siguió con las caricias, una y otra vez se abría paso entre su carne inflamada, mojada y resbalosa. Ella jadeaba y animaba a su hombre a seguir con la sensual tortura acariciándole la cabeza y levantando sus caderas. David introdujo un dedo en su interior a la vez que succionaba su clítoris con parsimonia, se estaba tomando su tiempo, no había prisa, la quería abierta, relajada y dispuesta.

Ainelen sentía que en cualquier momento iba a explotar, cada vez se acercaba más y más a ese momento en el cual sentía que moría de gozo. Otro dedo más en su interior, y el ritmo aumentó, su respiración se aceleró y David no se detenía. Ella sentía esa lengua maravillosa en todas partes, y no pudo evitar empezar a embestir contra la boca de él para obtener lo que deseaba, relajaba y contraía su interior con abandono y sin cesar.

Una succión sublime al mismo compás de sus embestidas, otro dedo más dentro de ella y la presión deliciosa que se agigantaba velozmente, hasta que ya no soportó más, y la hizo estallar por completo, olas y olas de lava caliente invadieron su cuerpo e hicieron que diera un grito ahogado al mismo tiempo que arqueaba su espalda intentando retener el placer que la desbordaba por completo.

Lentamente Ainelen se relajó, David reptó por sobre el cuerpo de ella hasta encontrar su boca y la besó con frenesí compartiéndole el sabor de su éxtasis, estaba complacido con su resultado... de hecho era la primera vez que le resultaba y estaba fascinado por la respuesta de Ainelen, tan sensible, tan receptiva, tan hembra y eso lo tenía a punto de explotar, sentía que su miembro no podía estar más duro e hinchado, solo bastaría con un roce y moriría.

—Eres exquisita, Gatita... —Ella todavía respiraba agitada y sus brazos y piernas estaban totalmente laxas—. ¿Quieres seguir jugando?

—Dame —dijo jadeante—. Un minuto... fue demasiado...

—S-solo un minuto, mientras tanto... —Tomó de la mesa de noche el anillo, el lubricante y un preservativo—. Vamos a preparar esto, en una de esas te arranco otro de esos griticos que me encantan.

Esparció generosamente con la mano el gel frío a lo largo de toda su dureza. Se sentía malditamente bien, apresó su miembro y comenzó a estimularlo, bajando y subiendo sin apurarse, con la presión justa para no correrse. Ainelen observaba como él se daba placer y deseó tenerlo en su interior, mágicamente el cansancio y el sopor se desvanecieron y nuevamente el deseo se apoderó de su cuerpo.

—Ponme el anillo, Gatita… sé cuidadosa.

Ainelen deslizó el aro de silicona recorriendo toda la erección, cuando llegó a la base, la banda ya ejercía una presión considerable. David le entregó el preservativo a ella, se había vuelto adicto a ver como enfundaba su pene, era un cuadro erótico que le encantaba observar.

Él encendió el anillo y comenzó a vibrar, era una sensación extraña pero tremendamente estimulante, estaba seguro que el encuentro iba a ser rápido y potente.

—Ponte de rodillas y apoya tus manos en el respaldo de la cama. —David se transformaba a la hora del sexo, decía lo que quería y cómo lo quería, era un hombre con iniciativa, y así era porque Ainelen se lo permitía, no le ponía trabas, peros o negativas. Ella recibía con ansia todo lo que él le entregaba y a la vez le daba la libertad a ella de expresarse como quisiera, así que obedeció la sensual orden de David. Él se colocó detrás de ella, se arrodilló y la tomó por las caderas—. Abre las piernas, preciosa —susurró con voz grave.

Él acarició el sexo de ella embadurnando lubricante, dejándola más mojada y anhelante, y guió su pene hacia su cálido interior, penetrándola sin detenerse, sintiendo cómo se abría para él. Ainelen gimió, era increíble la sensación que vibraba dentro de ella, en su clítoris, profundamente en todas partes. David comenzó a embestirla a un ritmo lento, pero con cada estocada aumentaba más la velocidad hasta convertirse en algo primitivo y bestial.

—Tócate, siénteme, Gatita… —susurró con la voz estrangulada—. Dios, siempre estás tan apretada…

Ainelen se soltó del cabecero y comenzó a tocarse para llegar al cielo, nunca antes había vivido un momento tan erótico. Las manos de él estaban ancladas a sus caderas, enterrándose dentro de ella, sintiendo como él entraba y salía, una y otra vez, y esa vibración maravillosa que no cesaba nunca.

—Estoy cerca, Gatita… No lo soporto más, llega conmigo… te siento… Dios…

—Yo… también… juntos… Oh, David…

Ainelen siguió el ritmo castigador de él con sus dedos sobre su sexo estimulando su clítoris, hasta que empezó a sentir cómo el éxtasis se construía poderoso en su interior, erizando la piel de todo su cuerpo, apretando rítmicamente los músculos de su vagina y apresando el palpitante miembro que empezó a contraerse de manera evidente. Lo sabía, ese era el segundo previo al clímax de él, y ese pensamiento fue suficiente para catapultarla junto a David a un estallido que los hizo gritar sin dejar de moverse, extendiendo todo el placer por sus cuerpos, inundando la madrugada de jadeos y quejidos. Ainelen no podía parar, y él tampoco se detenía, no lo haría hasta que ella se lo ordenara, iba a seguir hundiéndose en su interior hasta que dijera «no más».

—No más... David... detente, por favor —suplicó.

David obedeció y dejó de moverse paulatinamente hasta quedar inmóvil por completo, apagó el minúsculo vibrador del anillo, y abandonó el cuerpo de ella para deshacerse del preservativo y del juguete. Ainelen se desplomó sobre el colchón y se ovilló como si de esa manera pudiera retener el demoledor orgasmo que había vivido. Él imitó su posición detrás de ella y la encerró entre sus brazos, la mejor forma para descansar después de hacer el amor.

—¿Estás b-bien, Ainelen? —preguntó él aspirando el aroma de ella en su cuello.

—Mmmmm —respondió ella satisfecha.

—Te amo... gracias.

—Yo también te amo... ¿Por qué siempre me lo agradeces, Gatito? No te hago ningún favor haciendo el amor contigo.

—S-siempre voy a agradecer el haberte encontrado —respondió con emoción—, por tenerte a mi lado, que me ames, que te entregues sin reservas, que no coartes mis deseos y me dejes ser... libre. Este es el mejor m-momento para darte las gracias, por estar en mi vida —declaró aferrándose aún más a su cuerpo.

—Gatito... —Ainelen enternecida por las palabras de David se giró para estar frente a él—. ¿Qué sucedió contigo en el pasado?, ¿nunca antes te habías sentido así?

—Es raro... t-todas mis relaciones fueron fugaces antes de estar con Ingrid. Yo siempre fui una persona introvertida. Mi primera novia me duró hasta el momento que tuvimos relaciones sexuales, parece que no le gusté, pero tampoco me dijo nada, al día siguiente solo terminó conmigo, era inexperto y tal vez demasiado joven... no sé qué sucedió en realidad. —Inspiró profundamente—. Y-y así fueron, pasando una tras otra, tenían sexo conmigo un par de veces y me cortaban. Tal parecía que yo era el problema y era pésimo en la cama... —relató volviendo a aquella época—... Eso t-todavía sigue siendo un misterio para mí... ninguna me decía de frente los verdaderos motivos. Me cansé de escuchar tantas veces el famoso «no eres tú, soy yo»… Los hombres también escuchamos esas excusas baratas. —Rio sin ganas y recordó con tristeza girándose de espalda, mirando el techo. Internándose en sus recuerdos que estaban escondidos y que creía olvidados—. A-así fue mi vida durante el colegio y luego en el instituto… Un tiempo después me enteré por accidente de que yo era una especie de apuesta entre las *minas* para ver quién aguantaba más al tipo de la verga enorme… —Tragó un poco de saliva, para disolver el nudo que estaba comenzando a apretar su garganta y suspiró—. Eso dolió, ¿sabes?, esa fama no me hacía sentir orgulloso, tal vez a otro tipo de hombre sí, pero a mí no. Me sentía avergonzado cuando pasaba al lado de una mujer con la que me vi involucrado sentimentalmente. Odiaba sus sonrisas y las murmuraciones que decían a mis espaldas cuando pensaban que no las escuchaba.

»Finalmente decidí cortar por lo sano, me cambié de sede de instituto y no volví a salir con nadie más durante un par de años… Eso fue hasta que llegó ella a mi vida, fue la primera relación duradera que tuve. Tal vez me aferré mucho a Ingrid por lo mismo no me di cuenta de sus cambios… —conjeturó con un poco de pena por su historia—. Lo que puedo rescatar es que por lo menos ella tenía la delicadeza de decirme las cosas que le desagradaban de mí y así yo no cometía errores. Esa regla aplicaba en todos los aspectos de nuestra relación, así que como podrás suponer eso corría también para el sexo, el cual puedo resumir en dos posiciones, ella arriba o yo arriba… Así que imagínate cómo me sentí cuando la descubrí chupándosela a su jefe como si fuera un manjar de los dioses… Ella me decía que le daba asco el s-sexo oral… A lo mejor yo era el que le daba asco… no sé.

Ainelen no podía decir nada, debía reconocer que lo primero que le llamó la atención de él fue precisamente lo «bien equipado» que estaba, pero bien sabía eso no era lo más importante. Lo que ella realmente apreciaba de David era que él tenía un corazón enorme y un infinito amor para entregar.

Estaba totalmente sorprendida de que eso que era un motivo de orgullo para algunos hombres, era una condena para él. Perfectamente David pudo haberse aprovechado de su condición de ser más dotado que el promedio, pero él era una buena persona, y se sentía incapaz de jugar con los sentimientos ajenos, era un hombre ingenuo, y poseedor de una bondad que siempre lo iba a dejar en desventaja frente a alguien que solo lo quería para el rato o por una apuesta.

Acarició su rostro con ternura, David escondía muchas cosas en su corazón, que con el tiempo iba a seguir develando, ella quería sanar sus heridas, y estaba descubriendo que él tenía muchas. Pero no importaba cuánto tiempo le iba a tomar, total tenían toda la vida por delante.

—C-contigo todo es diferente, siempre fuiste diferente —continuó él—. Ahora comprendo todo el miedo que tenía, no era solo el hecho de que m-me habían engañado o lo rápido que estamos yendo, sino que también no quería ser de nuevo una especie de récord en el historial sexual de alguien.

—Oh, mi amor —dijo compasiva, sintiendo el dolor de él como propio—. Te amo, David... adoro como eres y amo cada cosa que viene de ti... Nunca olvides eso por favor —declaró acariciando el negro cabello de él—. Mi mamá siempre me habló del destino, que todos teníamos a una persona, un alma gemela esperando, sufriendo, anhelando por el momento de estar juntos. Ahora encuentro que sus palabras tienen tanto sentido. Todo este tiempo te estuve esperando a ti y solo a ti... llegaste en un momento en que yo no tenía nada, ni familia, ni pareja y mis sueños tirados a la basura... Me devolviste eso y más, tengo ganas de vivir, de vivir mi vida contigo... incluso estoy pensando en volver a ejercer mi profesión... no ahora, pero pronto... cuando termine lo del testamento.

—Gatita, eso es increíble. Estoy m-muy orgulloso de ti —dijo con una sonrisa radiante y le dio un beso largo y cargado de emoción—. Te amo, no me canso de decírtelo.

El sol comenzaba a asomar por la ventana, regalando los primeros rayos tibios, cosa extraña para esa época del año, el otoño estaba en su plenitud. Ainelen se volvió a quedar dormida, hoy podía darse ese lujo pues era su día libre. David se levantó de la cama para prepararse para una nueva jornada de trabajo, observó a aquella mujer que tanto amaba. Estaba pensando seriamente en que era verdad eso de las almas gemelas, él ya no imaginaba su vida sin ella.

Capítulo 25

Ainelen se encontraba en las afueras del edificio corporativo ubicado en el sector de clase alta de la ciudad. Se sentía extraña y fuera de lugar, toda la gente que transitaba por el sector era de aspecto caucásico y no podía evitar sentir que la miraban de manera despectiva. Tal vez era su imaginación pero por un momento se sintió minúscula y solo quería escapar. Pero no iba a dejar que esa sensación la invadiera, levantó el mentón y enderezó su espalda orgullosa, ella no tenía de nada de qué avergonzarse.

David la observó a lo lejos, mientras estacionaba su motocicleta. Se veía preciosa con ese vestido rojo que se ajustaba a su cuerpo lleno de curvas proporcionadas, no era esquelética o flaca en exceso, era suave y femenina. Resaltaba entre todas esas mujeres pálidas e insípidas que miraban de reojo la larga cabellera azabache y la piel tersa y morena de su mujer. Se acercó a Ainelen que ya lo había divisado observándola embobado, y la saludó con un beso cálido y casto.

—¿Estás lista?

—Sí, preparada para lo que venga. —Tomó la mano de él y entraron a la mole de acero y concreto.

—Don Miguel, llegó Ainelen Lemunao —informó por el intercomunicador la secretaria.

—Dígale que pase. Ya terminó el horario de trabajo, Josefina, puede retirarse, no necesitaré nada más.

—Muchas gracias, don Miguel, que tenga buenas tardes.

—Descansa, Josefina, hasta mañana.

Miguel se reacomodó en su asiento y esperó que la puerta se abriera. Primero entró Ainelen y luego David tomados de la mano, los observó con detenimiento, verlos de esa manera le hacía recordar a su primo y a Millaray, en esa breve época en que fueron realmente felices. Se levantó de su asiento y les ofreció la mano como saludo, ambos se la estrecharon de manera firme y segura. Les ofreció ponerse cómodos y ellos se sentaron en un sofá que se veía más confortable que las sillas que estaban frente al escritorio de él.

—Gracias por venir, Ainelen —dijo Miguel mirándola y sentándose en el sillón que estaba frente al sofá—. Dios, eres idéntica a Millaray.

—Es la segunda vez que me dice lo mismo —acotó ella a la defensiva—. ¿Cómo conoció a mi mamá, Miguel?

—Bien, no sé por dónde empezar —respondió él un poco nervioso—. No sé qué tanto sabes de la historia de tus propios padres.

—A decir verdad, sé muy poco. Se lo facilitaré, comience por el principio...

Millaray Lemunao nació en Temuco con el nombre de Rayén Antinao. La niña quedó huérfana a tierna edad de cinco años y fue criada por su hermana mayor y su esposo. Era una chica de carácter dócil y obediente, pues fue siempre fue tratada como una carga, más que como un familiar querido, así que procuraba no causar mayores problemas a su familia que le hacían el favor de mantenerla y educarla, motivados más por el deber que por un real amor fraternal.

Cuando cumplió diecisiete años comenzó a salir con un hombre mayor que ella, se llamaba Gerardo Arenas, tenía treinta años, militar y viudo. En su primer y último acto de rebeldía, Rayén llegó dos horas tarde de una cita que tuvo con él, llegando a las diez de la noche. Su hermana y su cuñado la obligaron a casarse, porque asumieron que había llegado tarde por haber tenido relaciones sexuales con él, suposiciones totalmente infundadas. Gerardo aun sabiendo que eran falsas las acusaciones, pues no le había tocado un cabello a su novia, aceptó casarse sin poner ningún pero.

Desde que dejó su firma en el registro civil, comenzó la pesadilla para ella, el hombre del cual estaba enamorada se transformó en el dueño y señor de su vida, y le reveló su verdadera naturaleza. Rayén tuvo que hacerse cargo de la casa, de la crianza del hijo de tres años que tenía su esposo de su matrimonio anterior y estar siempre dispuesta para sus obligaciones maritales, las cuales eran para ella solo un trámite en que abría las piernas y su marido se descargaba rápidamente sin una pizca de amor o delicadeza.

No pasó mucho tiempo y Gerardo la empezó a golpear hasta porque volaba una mosca, el hombre sufría de celos enfermizos y le hacía escándalos hasta por la frecuencia con la que pasaba el cartero frente a su casa. No la dejaba trabajar, ni siquiera podía salir a comprar sola. Todo era motivo de bofetadas, vejaciones, violaciones y humillaciones, incluso frente al niño que criaba.

La vida de Rayén era un infierno, su marido siempre le decía que le pertenecía y que ella no valía un peso sin él. Era un hombre desquiciado, machista y manipulador, pero todo terminó por derrumbarse para ella cuando perdió el hijo que esperaba a causa de una golpiza propinada por Gerardo en el aniversario número dos de su matrimonio. Fue hospitalizada por la gravedad de sus lesiones y esa fue la única oportunidad que tuvo para escapar, y lo hizo. Había reunido algo de dinero y empeñó su argolla de matrimonio y los aros de oro que siempre llevaba.

Se fue con lo puesto a otra ciudad, lejos de él, pero libre y sin golpes. No le importó vivir en la calle por un tiempo. Durante años su rumbo era errante, saltaba de un trabajo a otro, por miedo a ser descubierta por Gerardo, que al ser militar en esa época, tenía todo el poder para encontrarla, y más aún cuando ella se enteró por casualidad que él pertenecía a la Central Nacional de Informaciones, más conocida como CNI.

Corría el año 1983, y fue en ese entonces que conoció a Eugenio. Ella tenía veinticinco, y él treinta y cinco años, Rayén trabajaba de secretaria en una de sus emergentes barracas de madera, y la atracción fue instantánea y se enamoraron perdidamente.

Sin embargo, era un amor imposible, Eugenio estaba casado hacía muchos años con Lucía Wolf, un matrimonio por conveniencia principalmente, ya que todos sus familiares eran parte de la comunidad alemana radicada desde hacía generaciones en el sur de Chile. Estaban unidos por muchos motivos pero nunca por amor. El padre de Ainelen no sabía nada de ese sentimiento hasta que conoció a Rayén.

Se convirtieron en amantes ante la imposibilidad de anular el matrimonio de él, en esa época no existía el divorcio en Chile así que su mujer se negó tajantemente a darle la nulidad. Eso era una vergüenza y un estigma en el mundo en que ella vivía, donde todo giraba en torno a las apariencias, la posición y el dinero.

La familia de la esposa de Eugenio eran los principales inversores y accionistas del rentable negocio que encabezaba, y si él abandonaba a su mujer, retirarían sus inversiones, el negocio quebraría, y quedaría en la calle, así de simple.

Eugenio estaba entre la espada y la pared, él estaba dispuesto a dejarlo todo por Rayén, era un riesgo tremendo, pero justo en esa época Gerardo descubrió el paradero de ella y la relación que mantenía con Westermeier, y estuvo a punto de hacerla desaparecer, así como muchas personas desaparecían en esa época. Eugenio alcanzó a interceptar la camioneta donde la llevaban los soldados, y asumiendo el peligro de que lo hicieran desaparecer junto con ella, los sobornó para que liberaran a Rayén y mintieran sobre su paradero.

La osada estrategia resultó y la escondió en el mismo fundo donde nació y vivió Ainelen. Rayén se cambió el nombre y los apellidos para desaparecer del mapa, y así nació Millaray Lemunao. Eugenio no podía renunciar al dinero de la empresa porque así perdía el poder que tenía para proteger a Millaray y a su hija. Era peligroso que las descubrieran, tanto por Lucía y la familia de ella, como por Gerardo Arenas.

Cuando el régimen militar dejó el poder en 1990, los padres de Ainelen pudieron respirar más tranquilos, la CNI se disolvió y ya no tenían el poder que ostentaron durante tantos años. Pero Gerardo Arenas era astuto y consiguió posicionarse en el mundo político y se convirtió en alcalde, luego diputado, y finalmente senador.

La calma siempre se veía perturbada cada vez que ese hombre salía elegido en algún cargo público, porque eso solo significaba que tenía cada vez más poder, estatus, dinero y contactos. Millaray estaba segura de que si Gerardo se enteraba de que estaba viva en alguna parte no cejaría en buscarla hasta hacerle pagar el crimen de haberlo abandonado.

Esa fue la vida que conoció Ainelen, dejarla en la ignorancia de su verdadero origen y circunstancias, fue la forma de protegerla para el día en que saliera al mundo, porque de eso estaban seguros Eugenio y Millaray, Ainelen debía ser libre. Por eso mismo y con todo el dolor de su alma Eugenio no pudo darle su apellido, hubiera sido condenarla a la perdición a ella, a su madre y la protección que significaba el fundo.

—Eugenio era como un hermano para mí, por eso conocí a Millaray y parte de su historia. Toda esta información la fui reuniendo de acuerdo a lo que me contaba mi primo a través de los años. Algunos detalles me fueron revelados en los días que estaba agonizando tu padre, como el nombre de la persona con la que estuvo casada tu madre.

Ainelen no podía creer la historia que le relataba Miguel, estaba muda de la impresión, y apenas podía digerir la integridad de la información que le estaban dando. Todas las piezas del maldito puzle que era su vida encajaban a la perfección. Todas las respuestas estaban ahí.

—Usted dijo que se llamaba G-gerardo Arenas... ¿es el mismo ex senador Arenas? —preguntó David que siempre estaba mucho más informado que Ainelen.

—El mismo, el año pasado fue desaforado gracias al escándalo del senador Goycolea, ¿lo recuerdan? El imbécil mandó a matar a una forense para tapar el crimen de su hijo, y afortunadamente, la chica se salvó por un pelo y todo se destapó, haciendo que cayeran varios con él, incluyendo a Arenas. Ahora está pasando una buena temporada en Punta Peuco. Se le vinieron encima hasta los de Derechos Humanos porque torturó a mucha gente cuando era de la CNI.

—¿Por qué me dicen esto ahora?, ¿por qué no antes? —interpeló ella con los ojos anegados en lágrimas, la historia de sus padres era demasiado triste, ahora todo tenía sentido para ella, tanto tiempo equivocada y con tanto resentimiento contra ellos y resultaba que lo habían hecho a propósito para que ella tuviera una vida normal fuera del fundo.

—Siempre estuvo el peligro —aseguró con pesar en su corazón a Miguel Geisse, siempre estuvo resignado al papel de observador y apoyo para su primo y Millaray en todo lo que podía—. Arenas era un tipo de temer, él proporcionó el contacto del sicario a Goycolea. Cuando tu madre falleció, pensamos que todo había acabado, pero tu padre no quiso exponerte. Después que Arenas quedó condenado a diez cadenas perpetuas, y todos sus fondos congelados Eugenio pudo respirar en paz, pero su enfermedad se agravó y ya no se recuperó.

—¿De qué estaba enfermo mi papá? —preguntó sollozando. Si antes le dolía haber perdido a sus padres, ahora el dolor era el doble ya que conocía su truncada historia. Todo lo hicieron por amor, y por estar juntos de la única manera en que les fue permitido en esta vida.

—Tenía una insuficiencia coronaria... La salud de mi primo empezó a deteriorarse después de la muerte de Millaray. Eso lo mató en vida, no pudo asistir a su funeral por estar en el extranjero, y luego de eso no quiso acercarse a ti, ni perturbar tu vida. Él siempre estuvo resignado a observarte a la distancia, pero te amaba como nadie. Siempre fue su afán proteger a tu madre y a ti. Él también movió todos sus recursos para encontrar la cura de la enfermedad de Millaray pero nunca la encontraron. —A Miguel también le estaba costando hablar, sus ojos estaban vidriosos por ver el sufrimiento de su única familia viva aparte de su esposa e hijos, a la que solo pudo ver desde lejos.

Ainelen intentaba mantener la entereza, pero se estaba desmoronando de a poco, David la abrazó y le besó la cabeza, y ella estalló en un llanto desgarrador que ahogaba escondiendo su rostro lleno de lágrimas en el pecho de él. Se sentía vacía y a la vez llena con un enorme dolor por sus padres, por el sacrificio que hicieron y que ella nunca pudo entender ni apreciar por no saber la verdad.

—Hija, tú no eres culpable de nada. —Intentó consolar Miguel—. Tus padres asumieron el riesgo que significaba ocultarte toda la verdad, yo siempre me opuse a ello... pero bueno, Eugenio y Millaray no quisieron tentar a la suerte de que, por algún u otro motivo, se descubriera que eras hija de ellos, tanto por Gerardo Arenas, como por la esposa legal de mi primo y la familia de ella. Tú eras lo más importante para ellos.

Ainelen seguía llorando, no podía contener tantas emociones, y ahí estaba David sosteniéndola, haciéndole sentir que ya no estaba sola, que todavía lo tenía a él y un pedacito de familia que nunca imaginó que tenía. Pasaron largos minutos en que ella lloraba, asimilando, perdonando, entendiendo... Era algo muy duro de superar.

—¿Tengo hermanos? —preguntó ella en medio de sus sollozos.

—Tuviste uno mayor... pero falleció cuando tenía dieciocho años en un accidente automovilístico. Fue el único hijo que tuvo con su esposa, antes de conocer a tu mamá... Cuando Millaray entró en la vida de Eugenio, él no volvió a dormir en la misma cama que Lucía, por ende, no tuvieron más hijos.

—¿La familia de mi mamá? ¿Tuvieron algún contacto con ella después que escapó? —preguntó secándose las lágrimas como podía, David le entregó un pañuelo desechable que tenía en el bolsillo de su chaqueta.

—No tenemos idea, en realidad Millaray nunca habló de ellos —explicó Miguel—. Siempre tuvo resentimiento hacia su hermana y su cuñado por haberla obligado a casarse como si ella se tratara de un mueble viejo. Lamentablemente, en esa época las cosas eran muy diferentes a como lo son ahora, nosotros vivimos en un país que aún no avanza en muchas materias, imagina que en los setenta tenían casi la misma mentalidad que a principio de siglo, era casi impensado que una mujer trabajara o se valiera por sí misma, y las pocas mujeres que eran independientes prácticamente eran tratadas como parias por el resto de la sociedad.

Ainelen asintió, resolvió que no tenía más familia, pero así y todo ya no estaba sola.

—¿Cuándo leerán el testamento de mi papá? —preguntó ella, más compuesta y segura.

—La próxima semana… Como podrás suponer ahí estará la viuda legal de tu padre, tú y yo. Eugenio me pidió que te contara toda la verdad, porque te quería preparada para ese día, nunca se sabe con qué dardo venenoso apuntará Lucía. Legalmente no te puedo decir nada sobre lo que estipula el testamento hasta que llegue el día de la lectura.

—Bueno, creo que esto me deja en mucho mejor pie que no saber nada… Gracias por todo y perdón por hacerte esperar tanto por esta reunión.

—No hay problema, hija… Tenías tus motivos. Eugenio me advirtió de todo, él te conocía muy bien, sabía que irías a despedirte de él a última hora. Por eso pude encontrarte sin dificultad, de lo contrario, me habría tomado mucho tiempo y no te habría podido contactar a tiempo.

Ainelen esbozó una sonrisa, de a poco empezaba a sentirse completa, por lo menos ahora conocía la verdad, la que siempre le hizo falta para comprender todo lo que la rodeaba.

Se prometió a sí misma ser feliz, en honor al sacrificio de sus padres, ella nunca más estaría triste por el pasado. Amaría e iba a disfrutar de la vida hasta la última gota, juró por la memoria de sus padres que no iba a desperdiciar ni renegar del regalo que le habían entregado Eugenio y Millaray, la libertad de elegir.

Capítulo 26

Ainelen y David caminaban de la mano por la ciudad, ella necesitaba relajarse un rato, después de la reunión que sostuvo con Miguel Geisse, su primo en segundo grado pero que se comportaba más bien como un tío. Uno que nunca tuvo, pero que ahora, gracias a la verdad que le fue revelada, la invitaba a conocer a su familia para cuando estuviera preparada emocionalmente.

Cuando salieron del edificio ella se sentía como otra persona, estaba callada. Mentalmente estaba encajando la historia de sus padres y como ella percibía esa desconocida historia. Tenía en la boca un sabor agridulce, saber toda la verdad, pero ser la última en enterarse y no poder abrazar a sus padres aunque sea una vez más para decirles que ya no había nada de qué preocuparse, que los entendía, y que la perdonaran por todo el daño que les hizo involuntariamente basada en la ignorancia en la que fue criada. Esperaba que ellos, dónde quiera que estuvieran en ese momento, la vieran que estaba avanzando, y que su sacrificio no fue en vano, iba a luchar para que eso no sucediera.

—¿Estás b-bien, Gatita? —preguntó David ante el mutismo de ella.

Ella asintió con la cabeza, y esbozó una sonrisa triste. David comprendía que para su Ainelen no era fácil lo que estaba viviendo. Saber la verdad de golpe y conocer toda la trágica historia de su familia, era un trago difícil de asimilar. Solo esperaba que ella no se encerrara en sí misma, dejándolo afuera. Él deseaba que ella se apoyara en él, y que le pidiera todo lo que quisiera, porque se lo entregaría todo sin dudar.

David se dio cuenta de que estaban frente a una *gelattería*, agradeció su suerte, y guió a Ainelen al interior de local. Ella estaba tan absorta en sus pensamientos que no había notado dónde estaba, hasta que David se puso frente al mostrador para hacer su pedido.

—D-dos copas de helado, una de chocolate blanco, chocolate negro y chocolate suizo, y la otra de p-pistacho, lúcuma y tiramisú.

Esperaron cinco minutos, hacía frío y casi nadie pedía helados, así que el servicio fue bastante rápido. David recibió las copas y buscó una mesa libre para servirse, daba lo mismo si ella comía o no, solo deseaba subirle el ánimo de alguna manera y esa era la mejor que conocía.

Se sentaron en silencio, frente a frente en una mesa pequeña que estaba en un rincón íntimo. David enterró la cuchara en una de las bolas de helado y disfrutó cómo de deshacía en su boca.

—E-está buenísimo, come, Gatita.

Ainelen parpadeó y salió del trance en el cual estaba sumida, y dejó de actuar como si estuviera en piloto automático. Tomó su cuchara y empezó a comer de su helado, David tenía razón, estaba buenísimo.

—Gracias, Gatito.

David le sonrió como respuesta y con su mano libre, tomó la de ella y comenzó a acariciar sus nudillos con el pulgar.

—S-siempre voy a estar contigo, Ainelen, no lo olvides.

—Lo sé —aseguró suspirando, sonriendo con timidez—, ¿sabes?, estaba pensando… Ahora me doy cuenta de que tú eres única relación emocional que me ha resultado fácil a lo largo de mi vida.

—¿Cómo f-fácil?

—A pesar de que nos conocimos en circunstancias atípicas, el estar contigo me ha resultado fácil, nos llevamos bien, amarte es la cosa más sencilla del mundo. Nunca antes había estado tan tranquila. Con el pasar de los días se me ha ido quitando ese miedo terrible a que te transformaras en alguien frío, y que finalmente te aburrieras de mí.

—D-deberías saber a estas alturas del p-partido que no tengo nada de frío, sino todo lo contrario —declaró enarcando una ceja y sonriendo me medio lado.

—¡Ridículo! No estoy hablando de sexo.

—Yo no he d-dicho nada sobre sexo, eres tú la de mente sucia —acusó con una sonrisa natural y seductora—... y volviendo al tema de conversación, es muy f-fácil que me ames porque soy un tipo m-muy adorable y realmente irresistible.

—Estoy hablando en serio, David —amonestó con una sonrisa franca y amplia.

—Yo no, Gatita… ha sido un día demasiado serio y m-me gusta más cuando sonríes. ¿Ves?, ya estás sonriendo de verdad. —Comió otro bocado celebrándolo con un «mmmmm», y luego inspiró profundo mirándola a los ojos—. Sé que es complicado para ti, yo creo que nunca podría ponerme en tu lugar al cien p-porciento, pero créeme que te entiendo…

»N-no quiero que le des demasiadas vueltas al pasado, te conozco y tienes una horrible tendencia a autocastigarte severamente. N-nada de lo que le sucedió a tus viejos fue culpa tuya, el destino, las circunstancias y las decisiones que tomaron, forjaron los cimientos de tu existencia, los cuales tenían una estructura muy diferente a lo que pensaste durante toda tu vida. Es difícil cambiar los p-paradigmas, pero no imposible. —Se quedó unos segundos en silencio y Ainelen lo observaba atónita—. Es muy fácil decirlo, lo sé, pero el pasado hay que dejarlo donde está, reconcíliate con él y luego déjalo ir.

David a veces la desarmaba con ese tipo de declaraciones, él era capaz de ver muchas cosas en ella, de las que no era demasiado consciente, cosas que sus antiguas parejas nunca le dieron importancia, y él, en tan poco tiempo ya conocía los niveles más profundos de su alma.

—Gracias, Gatito. ¿Estás seguro que estás estudiando para ser ingeniero? Pareces sicólogo.

—Soy un hombre muy observador. —Se encogió de hombros—. S-siempre estoy pendiente de ti, aunque no te des cuenta… Solo quiero verte feliz, me mata verte triste… —David desvió la vista, le había llamado la atención una voz familiar en la entrada del local y la reconoció—. ¿Pero qué hace mi mamá acá?

Ainelen se giró para mirar, y sí, efectivamente era Ana… acompañada por un hombre alto que aparentaba tener su misma edad, ella estaba sonriente colgada del brazo del él. Luego volvió a mirar a David y sus cejas casi llegaban al nacimiento de su cabello de tanto que las había levantado de la sorpresa.

Al igual que su hijo, la cara de Ana fue de sorpresa cuando vio que habían coincidido de local, bueno, eso ella no se lo esperaba, tampoco estaba haciendo algo malo, pero no por eso dejó de sentirse nerviosa.

David observaba que ella le susurraba algo al oído a su acompañante y luego él asintió y dirigió su mirada hacia donde estaban él y Ainelen, y sonrió. La pareja dirigió sus pasos a la mesa de ellos y el hijo de Anita se removió un poco incómodo por la extraña situación.

—¡Mira que sorpresa tenemos aquí! —exclamó Ana intentando aligerar su ánimo y el ambiente en general—. Hola, hijo. —Besó a David en la mejilla sonoramente quien todavía estaba perplejo—. Hola, mi niña preciosa —saludó a Ainelen dándole el mismo beso sonoro en la mejilla de ella—. Les presento a Alberto, mi pareja de baile en el club de tango.

—Ana, me ha hablado muchísimo de ustedes, es un gusto conocerlos al fin. —Alberto los saludó estrechándole la mano a David y a Ainelen, su voz era calma, grave y profunda, casi un bálsamo auditivo.

—¿Podemos acompañarlos? —preguntó Ana.

—Claro, ni siquiera debería preguntar eso, Anita —respondió Ainelen que por debajo de la mesa le dio un golpecito en el tobillo a David para que reaccionara— David, trae un par de sillas, por favor.

Él inmediatamente se levantó y puso dos sillas para los nuevos comensales, un mesero se apareció, les tomó el pedido a Ana y a Alberto y se marchó. Un silencio que era imposible de llenar reinó en la mesa.

—¿D-desde cuándo vas a clases de tango, mamá? —interrogó David con curiosidad.

—Desde hace unos… —Miró hacia arriba sacando la cuenta mental y respondió—: Casi siete meses.

—Ah... Empezaste cuando me fui de la casa…—comentó lacónico con una punzada de culpa y algo que no supo identificar.

—Ajá, no me iba a quedar tejiendo pañitos a crochet esperando a que la soledad me comiera —replicó Ana desenfadada—, así que me apunté en clases de baile. Tu padre, que en paz descanse, tenía dos pies izquierdos y era tieso como una tabla, así que el único baile que tuvimos fue un desastroso vals cuando nos casamos.

—¿Y usted, Alberto, tiene sentido del ritmo? —preguntó Ainelen para saber un poco más y darle un respiro a David que todavía estaba estupefacto, pobrecito se le notaba en la cara.

—Me defiendo con dignidad… ahora —respondió él amablemente—. Al principio le pisaba los pies a todas las señoras, y a la clase siguiente buscaban cualquier excusa para que no bailara con ellas. Bueno eso fue hasta que apareció Anita. —La miró embelesado como si fuera su salvadora—… Ella me devolvió todos los pisotones, era peor que yo.

—Pero ahora ya bailamos mucho mejor, ¿no? —acotó cómplice.

Ainelen sonreía al verlos, eran una bonita pareja y David todavía no salía de su estado de asombro, era raro ver a su madre tan coqueta con un hombre que no era su padre... Dios, era tan raro como ver un pez con hombros. Era evidente que ellos eran más que buenos amigos, había que ser retrasado mental y ciego para no notarlo.

Conversaron los tres animadamente y David solo se mantenía al margen observando en silencio haciendo como que el helado era mucho más interesante de comer en vez de conversar, y siempre se las arreglaba para tener la boca llena para evitar hablar. Ainelen consciente de la falta de habla y poco entusiasmo por parte de él para integrarse al buen ambiente, le dejó los tobillos morados de tanto llamarle la atención para que dejara de ser tan infantil.

—Ainelen, ¿cuándo me vas a devolver a mi hijo?, desde que salió del hospital con suerte lo veo —manifestó Anita sarcástica, y como siempre, en su papel de celestina dándole empujoncitos a ambos—. Yo no sé por qué David no pesca sus cosas y se va para tu casa definitivamente. —Ambos abrieron los ojos como platos ante el descarado «empujoncito»—. No me pongan esas caras, a mi hijo lo veo un par de días a la semana y reparte su tiempo entre el trabajo y su relación contigo... No quiero decir que sea malo, a mí me encanta verlos juntos, pero me parece ilógico que las cosas de él estén en mi casa, siendo que prácticamente vive en la tuya. Es una soberana pérdida de energía. Los tiempos cambian y ustedes están bien grandotes para jugar a los *«pololitos»*.

Ambos sonrieron un poco incómodos por las palabras de Ana, en realidad no se habían dado cuenta de que pasaban tanto tiempo juntos, y es que era tan natural estar así, y si lo pensaban mejor, la mamá de David tenía mucha razón, prácticamente estaban viviendo juntos desde que él salió del hospital. Era extraño y maravilloso a la vez haber encontrado aquello que siempre les fue esquivo a ambos, una relación sincera, sin mentiras, o segundas intenciones de por medio y donde siempre imperaba la confianza.

Un amor verdadero.

Cuando la improvisada velada terminó, David y Ainelen se fueron caminando en busca de «La Marilyn» para volver a casa. Ahora era él el que iba inmerso en sus pensamientos y el silencio.

—¿En qué piensas, Gatito? —preguntó ella con curiosidad, ya casi podía ver como los engranajes del cerebro de David giraban sin cesar.

—¿Es malo que me sienta un poco m-molesto con mi mamá? —interrogó más bien para sí mismo, que para que Ainelen le respondiera.

—Supongo que es natural, debe ser raro saber que tu mamá es una mujer que disfruta de la compañía de otro hombre que no sea tu padre…

—Yo no sabía nada… ¿p-por qué me lo ocultó? —preguntó dolido.

—Si te pones a pensar, en esa época no hablabas con ella gracias a la suripanta, y Ana en ese entonces solo buscaba una salida para su melancolía y soledad. Es obvio que no sabías nada, ni tenías porqué —explicó intentando ponerle lógica a la situación—. Las cosas han tenido una velocidad de vértigo entre nosotros y con suerte has estado con ella… me siento hasta un poco culpable por ello.

—He sido m-muy egoísta, ¿cierto?

—Creo que los dos lo hemos sido, solo nos preocupamos de lo nuestro y dejamos a Ana de lado… debemos compensarla… ¿Qué te parece si la invitamos a tomar once, y que vaya con Alberto?

—P-pero, pero, pero, ¿por qué con él? —replicó con un tono lastimero de voz.

—Porque es evidente son más que amigos y debes apoyarla, no convertirte en su enemigo. Ana tiene tanto derecho como tú a ser feliz como se le dé la regalada gana. No puedes pretender que ella viva llorando a tu papá hasta que muera, ella es una mujer con un espíritu muy joven. No hay que permitir que se marchite por culpa de la soledad —enfatizó firme—. Sobre todo ahora que vivirás conmigo de manera definitiva —concluyó muy resuelta.

—Te estás tomando a pecho lo que dijo mi mamá —dijo guasón.

—Pero si ella tiene razón, ¿para que darle tantas vueltas al asunto? Tus visitas con elástico han terminado por convertirse en una exquisita convivencia. Sin ir más lejos, hay ropa tuya en mi closet, tus calzoncillos están mezclados con mi lencería en el cajón de ropa interior y tu máquina de afeitar está al lado de la mía… puedo seguir enumerando los hechos, pero ¿para qué? Mi lógica es innegable, además, ya estás completamente convencido. Mírate la cara, te delatas solito con esa sonrisa de felicidad que tienes.

—¿Y si no q-quiero? —preguntó intentando mantener un tono serio.

—Tú te lo pierdes… pero en realidad te mueres por mí.

David rio a carcajadas, no podía rebatirle nada a la lógica de Ainelen, era innegable, porque en realidad, lo único que quería era empezar lo más pronto posible para pasar el resto de sus días con ella.

Capítulo 27

Los días transcurrieron con mayor tranquilidad para Ainelen, pero a medida que se acercaba a la fecha de la lectura del testamento, su estado zen se iba haciendo humo. Angustia no era precisamente la palabra para describir el ánimo de ella sobre ese día, sino más bien curiosidad, una profunda curiosidad sobre el legado que ella heredaría.

Una buena medida de distracción fue la paulatina mudanza de David, que de a poco iba llevando sus pertenencias al departamento de ella. Las cosas de ambos iban mezclándose, fusionándose y amoldándose al nuevo espacio. Acordaron hacer un fondo común con ambos sueldos y Ainelen sería quien administrara todo. David era un convencido de que las mujeres eran mucho más metódicas con esas cosas, y prefería a todas luces, delegar esa tarea a Ainelen, ya que llegó a la conclusión de que a pesar de poseer un poder de ahorro envidiable, era un pelín desordenado con los gastos en general.

David iba avanzando con su terapia con el fonoaudiólogo y su tartamudez se empezaba a convertir algo del pasado, tal vez era por su tremenda fuerza de voluntad o simplemente era porque estaba feliz con su nueva vida y en paz.

Invitaron a Ana y a Alberto a pasar la tarde con ellos el día sábado. David ya estaba resignado a que su madre estaba rehaciendo su vida amorosa, quería verla contenta y sonriente. No iba a negar que la idea le resultaba un poco incómoda. Para los hijos, en general, los padres son amebas asexuadas que conciben a sus retoños por obra y gracia de las cigüeñas y repollos mágicos, y él no era la excepción. Ainelen era fiera partidaria de la nueva relación de Ana, así que a David no le quedó otra más que aceptar. Ni loco se iba a pelear con las mujeres de su vida, ellas cuando se unían eran cosa seria, ni siquiera hacía el intento de provocarlas.

Sin embargo, y a pesar de todas las reticencias de él, esa tarde fue especial, una grata conversación, una once deliciosa, y una improvisada clase de tango. David, afortunadamente, no había heredado los dos pies izquierdos de su difunto padre, y logró aprender con relativa facilidad algunos pasos de baile. Alberto demostró que era un buen hombre, también era viudo, desde hacía seis años, sus hijas lo obligaron a hacer algo que lo distrajera porque siempre andaba triste y lo inscribieron en las clases donde conoció a Ana.

—Anita fue como un soplo de aire fresco para mi vida. Nunca imaginé que encontraría a alguien como ella en el ocaso de mis días —declaró Alberto mirando a Ana, le brillaban los ojos de emoción.

—Alberto, usted es un romántico —halagó Ainelen, se había declarado fan incondicional de él—. Anita es una suertuda —dijo coqueta.

—Ay, mi niña, no digas esas cosas, que se me suben los colores a la cara…

—¿Alguien quiere un café? —ofreció David haciendo gala de sus cualidades evasivas. Ya se acostumbraría en algún momento, total… Roma no se hizo en un día.

—No, hijo, gracias. Ya es tarde y debemos marcharnos. Tenemos un compromiso en el club más rato. La próxima semana vayan a mi casa a almorzar —invitó Ana entusiasmada.

—Ha sido un placer estar con ustedes hoy. Gracias, Ainelen, me han hecho sentir como en casa —aseguró Alberto, que no le era indiferente el discreto escrutinio de David, pero prefirió hacerse el loco, era natural que el hijo de su amada Anita fuera reacio al cambio—. Si quieren, dense una vuelta por el club de tango si desean seguir aprendiendo. David tienes un talento natural para el baile.

—Gracias, Alberto por la invitación —agradeció David con sinceridad estrechando su mano. Maldición le estaba cayendo demasiado bien Alberto, debía reconocerlo.

Se despidieron con cariño, prometiendo que irían el próximo fin de semana a almorzar. Esperaron a que la pareja entrara al ascensor y luego ellos cerraron la puerta. Suspiraron al mismo tiempo. Estaban cansados.

—Mañana ordenaremos esto —sentenció Ainelen—. Estoy muerta.

—Yo también… solo deseo tener tu culito pegado a mi paquete y dormir hasta que se me hinche la pana.

Ainelen estalló en carcajadas, a veces David tenía unas formas muy gráficas y folclóricas de expresar sus deseos.

—Eres tan romántico —ironizó—, ¿de dónde sacas tantas cabezas de pescado juntas?

—Desde el fondo de mi tierno corazón. —Le dio una sonora nalgada y Ainelen dio un respingo—. Vamos a la cama.

Ainelen llamó durante esos días a Marcelo, pero el número de él estaba muerto, le dejaba mensajes, le envió correos. Cero, nada de nada. Ella empezó a inquietarse, la última vez que lo había visto, estaba bastante complicado en su relación con Carlos. Era muy extraño no tener novedades de él, ni de tener respuestas a sus intentos por comunicarse. Incluso David, le dejó un par de mensajes, pero nada.

Ni una señal de vida.

Era lunes, faltaban dos días para la lectura de la última voluntad de Eugenio Westermeier, Ainelen estaba trabajando, era uno de esos raros días tranquilos en que todo salía bien y todo el mundo estaba de buen humor. La vida le sonreía.

Ese día fue todo lo contrario para David, lo enviaron con paquetes equivocados, unos chistositos le desinflaron una rueda de «La Marilyn», el jefe no se había comido su galletita de marihuana así que andaba con un humor de los mil demonios y finalmente, y como guinda de la torta, se encontró con Ingrid, era la nueva secretaria de una pequeña empresa contratista. Por poco y no la reconoce.

—B-buenas tardes, señorita, vengo a dejar un paquete para… —Leyó los datos del destinatario—. Ramón Salazar Domínguez…

—Aquí es… Hola, David —saludó ella.

—¿Ingrid? —La miró sorprendido, solo se dio cuenta de que era ella por la voz, se había teñido el pelo negro y se veía más delgada y se podría decir que estaba bastante demacrada. David sintió una profunda lástima por ella—. Hola, ¿puedes poner tu RUT y firma aquí? —Le entregó el paquete y la documentación, no sabía cómo comportarse, estaba sumamente incómodo—. ¿Cómo has estado? —preguntó optando por la diplomacia y la buena educación.

—Bien —respondió lacónica mientras firmaba—. ¿Y tú?

—Muy bien…

—Qué bien, se te nota… Toma… —Ingrid entregó el documento de vuelta, también estaba incómoda, y a la vez se sentía fatal, a lo largo de esas semanas se desangró de dolor y arrepentimiento. Al ver a David tan bien sentía que se encogía el corazón, ¡diablos!, se le notaba que él era muy feliz, mucho más que cuando estaba con ella. Nunca lo había visto de esa manera, ni en su mejor época. Se preguntaba hasta cuando le iba a doler pensar en lo que perdió. Porque seguía doliendo, a veces sentía que nunca más se iba a recuperar. El vacío y pesar que tenía en el pecho era horroroso. «Es lo que merezco, y más, por todo lo que le hice», pensó ella.

—Gracias. —Dobló el papel y se lo guardó en uno de los bolsillos de su chaqueta—. Cuídate, que tengas buen día.

—Tú también…

David salió de la oficina tranquilo y seguro, Ingrid no dejó de mirarlo hasta que cerró la puerta tras de sí.

—Adiós, David… Algún día, espero ser feliz igual que tú… algún día.

Martes. Ainelen decidió llamar nuevamente a Marcelo, si no contestaba hoy, lo iba a ir a buscar de una oreja a la fiscalía, lugar donde él trabajaba. Marcó preocupada su número telefónico. Un tono… ¡Al fin!.. Dos tonos…

—Hola, *guachita* —saludó Marcelo desde el otro lado de la línea. Ainelen respiró aliviada.

—¡Me tenías preocupada, saco de pelotas! ¡¿Por qué no contestabas el teléfono?!

—Yo también te quiero… ¿por qué tanta violencia, mujer?

—¡Serás pelotudo! He estado toda la semana llamándote y tu cagada de teléfono estaba muerto, te mandé correos, mensajes, señales de humo y telegramas. Hasta David te mandó un par de mensajes.

—Perdón, perdón, perdón, perdón, perdón —rogó él vehemente—. Estuve desconectado.

—¿Tenías lo dedos quebrados acaso que no pudiste devolver ningún mensaje?

—Estuve fuera del país, un viaje relámpago, ayer volví. Fue todo rápido e inesperado.

—Bueno, por lo menos estás de una pieza, ya estaba empezando a ver las noticias por si aparecías en una bolsa descuartizado, y tú sabes que no soporto verlas ni leerlas.

—Tremenda imaginación que te gastas, *guachita*… Estoy bien… muy bien de hecho.

—Pues que bueno… —Ainelen esperó a que Marcelo hablara, pero él se quedó callado—. Ya *po'h*, hazme un reporte, no tengo todo el día.

—¿Por teléfono? —preguntó inquieto, estaba en el trabajo y tenía poca privacidad.

—Ahora, Marcelo —exigió con un tono que a él no le daba derecho a negarse.

—Espera… —Salió de su oficina y rápidamente se metió en el baño, Ainelen escuchaba todo el ajetreo de fondo, y luego sintió que el cerraba una puerta, y luego otra—. Ya, odio hablar desde el baño, me tienes sentado en el inodoro y te lo digo solo para que te hagas la imagen mental de la posición en la que me encuentro —especificó, su voz se escuchaba con una resonancia extraña—. Salí de viaje con Carlos, —comenzó a relatar en voz baja—, fuimos a Argentina.

—¿En serio?, ¡qué bueno! Entonces, ¿todo bien entre ustedes?

—Fui un retrasado mental, un *gil* retrógrado. —Suspiró profundamente—. Esa misma noche que estuve con ustedes, fui a ver a Carlos y conversamos largo y tendido, arreglamos lo nuestro… Pensé que lo había perdido, pero él me perdonó todo, tiene un corazón de oro.

—Ohhh, Marce… no sabes cuánto me alegro por ustedes.

—David tenía razón, *guachita*. Me dejó una enseñanza muy importante, y casi lo pago muy caro por mi estupidez.

—Supongo que pasaron al siguiente nivel entonces.

—Por eso viajamos, así nomás, pedí vacaciones y partimos sin mirar atrás… Buenos Aires es una ciudad preciosa, deberías ir algún día…

—Detalles, Marcelo Riquelme, detalles —exigió con curiosidad.

—¿No me digas que quieres los detalles escabrosos?, no es muy educado de tu parte.

—No seas remilgado, no quiero los detalles escabrosos, solo quiero saber si fue bueno para los dos.

—Al principio fue… extraño. No te lo voy a negar… Pero después… Mierda, ha sido la experiencia más maravillosa de mi vida, él es extraordinario.

—A esos detalles me refería… Estoy súper contenta por ti, al fin eres feliz.

—Y yo que pensaba que las palabras «feliz» y «Marcelo» nunca iban a ir en la misma oración… ¿y cómo va todo por allá?

—Han pasado infinidad de cosas, pero eso es para cuando nos tomemos un café… Mañana es la lectura del testamento de papá…

—Entonces finalmente hablaste con Miguel Geisse.

—Así es… pero todo salió bien, mejor de lo que pude haber imaginado.

—Me dejas intrigado.

—Te lo mereces, por ingrato. No creas que esta te la vaya a perdonar tan fácilmente.

—Hieres mi corazón, *guachita* vengativa… pero no me engañas, me estás ocultando algo grande, te conozco, escúpelo.

—David y yo estamos viviendo juntos.

—¿Qué?, ¿tan rápido?, ¿qué onda con este *cabro*, tan loquita te tiene?

—Las cosas han sido así. ¿Nunca te has sentido como que no quieres desperdiciar tus días sin la persona que amas?

—Creo que te entiendo perfectamente, nunca te había visto de esta manera, tan feliz y relajada. Estás cambiada… Debo reconocer que David es un tipo que no tiene nada que ver con la clase de hombre del cual siempre te enamorabas. Yo creo que si lo hubieras conocido en otras circunstancias, no lo habrías pescado ni en bajada.

—Eso, amigo mío, se llama destino.

—Ainelen Lemunao… ¿Estás hablando como tu madre?, eso ni yo me lo creo.

—Bueno, hay cosas en las que ella tenía mucha razón, en realidad, todo lo que ella decía terminó siendo una verdad incuestionable.

—Creo que tenemos mucho de qué hablar, nos merecemos una buena taza de café… o unas cuatro. Veámonos el fin de semana, ¿vale?

—Es un hecho.

—Ya, te voy a colgar, estar demasiados minutos sentado acá me están provocando convulsiones y me dieron ganas de ca…

—¡Cállate, cerdo!, ¡por Antú, no seas tan explícito!

—Ay, ahí vino un retorcijón, este viene grande… te dejo… —dijo como si estuviera pariendo y remató con una risotada —… Chao, loquilla, un besito —se despidió con cariño.

—Chao nomás, cochino —replicó Ainelen riendo también.

Colgó el teléfono tranquila y suspiró profunda y largamente, ya no había nada que la inquietara en su vida, mañana leerían el testamento de su padre, y después de ello… No, no iba a pensar en nada más, que fuera lo que el destino le tuviera deparado.

Capítulo 28

Ainelen entró en las dependencias del bufete de Miguel Geisse para la lectura del testamento de su padre. David la acompañó pero no podía entrar junto con ella pues solo debían estar presentes los herederos.

—Todo saldrá bien —animó él dándole un abrazo reconfortante—. Estaré esperándote aquí, Gatita.

Ella asintió en silencio y lo besó.

—Te amo, Gatito

—Te amo, entra que ya es hora.

Ella atravesó el vestíbulo y se anunció con la secretaria de Miguel, quien de inmediato la hizo pasar. Al entrar en la oficina, miró a quienes ya estaban presentes en la habitación; sentado en su escritorio estaba el primo de su padre y albacea, y frente a él, estaba una sentada una mujer que vestía de luto y que aparentaba unos sesenta años, exudaba elegancia, sofisticación y una frialdad que podría detener el calentamiento global. «Ella debe ser Lucía», pensó Ainelen.

—Buenos días, Miguel —saludó con amabilidad.

Miguel hizo contacto visual con ella y sonrió, la otra mujer se dio vuelta para ver quién era, y al ver a Ainelen no pudo ocultar su cara de espanto, a esa mujer ya la conocía pero era imposible que se viera así de joven. No podía ser, ni siquiera debería estar con vida.

A Ainelen le hubiera encantado tener una cámara fotográfica para inmortalizar ese momento, porque la cara de la vieja era de antología, pareciera que hubiera visto un fantasma.

—Bien, ya estamos todos los que deberían estar. Procedamos.

Con voz solemne Miguel comenzó a leer la introducción del testamento que era más bien los datos legales de su padre y el notario, lo típico en los documentos. Cuando terminó de leer, se quedó en silencio por unos segundos y miró a Lucía y a Ainelen, y luego procedió a con lo importante.

«PRIMERO: *Declaro que nací en la ciudad de Osorno con fecha 29 de junio de 1947 y que mi nacimiento se encuentra inscrito bajo en número 3456 del Libro correspondiente del Registro Civil de la ciudad de Osorno, Circunscripción Osorno, del mismo año.*

SEGUNDO: *Declaro que soy hijo legítimo de don Rudolph Westermeier Wolf y de doña Helena Grob Goeth ambos fallecidos.*

TERCERO: *Declaro que fui casado en únicas nupcias, con doña Lucía Mercedes Wolf Schindler. De este matrimonio nació Elías Westermeier Wolf quien está fallecido.*

CUARTO: *Declaro que es mi hija natural: Ainelen Rayén Lemunao Lemunao, y que, además, en este acto, la reconozco y que a partir de este momento se inicien las acciones legales para que sea su padre legítimo y su apellido paterno sea Westermeier, esto último en el caso de que ella lo desee.*».

Un grito ahogado no pudo reprimir Lucía y miró con cara asesina a Ainelen, quien no le quitaba la vista de encima a Miguel intentando no sonreír.

—¡Miguel, explícame de dónde salió esta *guacha*! —exigió Lucia interrumpiendo la lectura. Estaba totalmente fuera de sí y había olvidado todas sus estúpidas reglas del decoro y las buenas costumbres.

—¿Es que no acabas de escuchar? —respondió Miguel, molesto por la interrupción y por el mal trato de Lucía hacia la hija de su primo—. Ainelen es hija de Eugenio, lo acaba de reconocer en el testamento.

—¿Quién es la madre de esta mujer?

—Soy la hija de Millaray Lemunao —aclaró orgullosa—, pero tal vez le suene más el nombre de Rayén Antinao.

—No puede ser, ¡es imposible!, esa mujer debería estar... —dejó la frase en el aire, la rabia le estaba haciendo hablar de la cuenta

—¿Muerta? —continuó Ainelen, que no le pasó desapercibida la información de más que estaba dando Lucía—, mi mamá está muerta, señora, pero falleció hace cuatro años. Tal vez vivió más de lo que usted esperaba.

—¿Podemos continuar, Lucía?, y no vuelvas a interrumpir por favor. Esto no es un circo —reprendió Miguel, aunque por dentro igual se estaba regodeando con la cara que puso Lucía y su descontrol—. Continuemos…

«QUINTO: *Declaro, como bienes de mi propiedad, todos los que aparezcan como tales a la fecha de mi fallecimiento; y especialmente, los siguientes: Acciones de la empresa maderera W&W S.A.*

SEXTO: *Es mi voluntad que la mitad legitimaria de mi herencia, se le asigne a mi hija Ainelen Rayén Lemunao Lemunao, en la forma y proporción determinada por la ley, sin perjuicio de los derechos que corresponden a mi cónyuge doña Lucía Wolf Schindler.*

SÉPTIMO: *Instituyo herederos en la cuarta parte de mejoras, a mi hija Ainelen Rayen Lemunao Lemunao.*

OCTAVO: *Instituyo herederos, de una cuota del 20% de mi herencia, con cargo a la cuarta parte de libre disposición, a mi hija Ainelen Rayén Lemunao Lemunao.*

NOVENO: *Con cargo a la cuarta parte de libre disposición, instituyo el siguiente legado:*
  a) *Dejo a don Miguel Geisse Grob la suma de $ 50.000.000.*
  b) *Dejo a doña Ainelen Lemunao Lemunao, las siguientes especies, un automóvil marca BMW Serie 5 Sedán, patente BFRD10*

DÉCIMO: *Designo como Albacea fiduciario a don Miguel Geisse Grob a quien, con cargo a la cuarta parte de libre disposición, se le entregarán la suma de $ 20.000.000 a fin de que, con todos ellos, cumpla los encargos secretos que le he encomendado.*

DÉCIMOPRIMERO: *Designo albacea, con tenencia y administración de bienes, a don Miguel Geisse Grob.*

DÉCIMOSEGUNDO: *Designo partidor de mi herencia al Abogado don Miguel Geisse Grob.*

El Notario certifica de que el testador se encuentra en su sano y entero juicio y que el testamento anterior fue leído en alta y clara voz por el escribano suscrito, a la vista del testador y de los testigos, en un solo acto, ininterrumpido, siendo testigos doña Sandra Rivera Rojas cédula nacional de identidad y rol único tributario número 9.385.432-0 domiciliado en Av. Libertad número 678; don Alfonso Pavez Quintero cédula nacional de identidad y rol único tributario número 7.898.532-3 domiciliado en Av. Libertad número 678, y doña Cristina Pavez Rivera cédula nacional de identidad y rol único tributario número 13.940.116-4 domiciliado en Av. Libertad número 678; mayores de edad, hábiles para testificar, conocidos del testador y del Notario autorizante por haber exhibido las respectivas cédulas.».

—Eso es todo —declaró Miguel—. Como bien sabes, Lucía. Eugenio solo tenía a su nombre la casa en la que vives, la casa de veraneo en Pucón, una cuenta de ahorro y las acciones. Esa es la única herencia y que se repartirá en los porcentajes indicados.

—No es posible, Eugenio debería tener más. Cómo voy a compartir mis propiedades con esta… mujer

—Es todo lo que hay, Lucía. En mi poder están todos los títulos de dominio y las acciones. Eugenio no tenía nada más, y no son «tus propiedades», por si no sabes sumar Ainelen es dueña de casi el 75% de la herencia, si quieres que sean tuyas, deberás comprarle su parte una vez que hayan hecho la posesión efectiva.

—Voy a impugnar este testamento…

—Te advierto que es una pérdida de tiempo, ¿tú crees que el juez que aprobó esto es un imbécil?, ¿o que un abogado va a intentar poner en entredicho este testamento con tan pocos bienes? Haz la maldita posesión efectiva y luego pregúntale a Ainelen si quiere vender su parte.

Lucía estaba totalmente espantada y humillada. Estaba totalmente segura de que todo lo de Eugenio iba a pasar a sus manos.

—Mis abogados te contactaran, Miguel. Esta situación es impresentable… —amenazó saliendo de la oficina dando un portazo.

—Como quieras, Lucía —masculló Miguel.

Ainelen estaba en silencio, pensó en el fundo, y se preguntó a nombre de quien estaban esas tierras, no dijo nada, no hubiera sido prudente hablar frente a Lucía. Eugenio una vez más la sorprendía, pensaba que estaba podrido en plata y propiedades, o sea, ella igual asumía que era considerable la cantidad de dinero en que estaba todo avaluado, pero no era lógica toda esa situación.

—Hija, sé que es un poco complicado todo, pero bueno, eres dueña de casi el 75% de todo lo que estaba a nombre de tu padre, iniciaré los trámites para que hagas la posesión efectiva lo antes posible.

—Gracias, Miguel. En realidad no me interesa nada de esa herencia… tal vez voy a vender todo lo que pueda…

—Será como tú decidas… Eugenio también me dejó una carta para ti, la escribió hace seis meses, cuando empezó a agravarse su enfermedad. —Miguel abrió una caja fuerte que estaba detrás de un retrato, sacó un sobre grande, uno pequeño y unas llaves de auto y otros documentos—. Toma, la única condición es que debes leerla en tu casa. Acá están las llaves del automóvil que está en el estacionamiento, y ya está a nombre tuyo. Y también te entrego los documentos correspondientes a tu herencia incluyendo las acciones.

Ainelen recibió todo como si fuera una autómata, estaba anonadada, su papá le había dejado una carta, eso sí la sorprendió. Miró el sobre, las manos le temblaban, estaba escrita a mano, era la primera vez que veía la letra de su padre, era de trazos firmes y legibles.

—¿Ya hemos terminado aquí?

—Sí, ahora sí. Es todo, cualquier duda que tengas me llamas o vienes para acá.

—Gracias de nuevo, Miguel.

—Ha sido un placer, hija.

Salió de la oficina y se encontró con David, él estaba leyendo una revista, muy concentrado, pero en cuanto notó que ella estaba mirándolo, dejó la revista de lado y se levantó para ir a su encuentro. El rostro de ella tenía una expresión indescifrable.

—¿Cómo estás, Ainelen?

—Bien, estoy un poco impactada nomas.

—Se te nota en la cara. ¿Pasa algo malo?

—¿Sabes conducir un auto?

—Ehhhh… sí, ¿por qué me lo preguntas?

—Ahora tengo uno, está en el estacionamiento, pero no sé manejar.

—¿Quieres que nos vayamos en tu «carruaje»?

—No, mejor vamos en «La Marilyn», necesito aire.

—Mañana vengo a buscar el automóvil entonces.

—Me parece perfecto.

—¿Era Lucía esa mujer que salió hecha una furia?

—Sí, en casa te cuento todo, amor, solo debo procesar lo que ha sucedido hoy... Además, mi papá me dejó una carta, debo leerla allá.

—No perdamos más tiempo entonces.

Al llegar al departamento Ainelen se sentó en el sofá, mientras que David colgaba las llaves, se quitaba el morral, la chaqueta de cuero y dejaba los cascos de la motocicleta encima de la mesa de centro. Se sentó junto a Ainelen, y ella estaba mirando los sobres y las llaves de auto.

—Estoy nerviosa, Gatito. No quiero leer... me da miedo. —Inspiró profundo para infundirse valor, ella no era una niña, debía enfrentar todo lo que se le venía—. Pero tengo que hacerlo.

—Y yo estaré a tu lado. Siempre, mi gatita —declaró abrazándola.

Ainelen tomó el sobre y se quedó observándolo por unos segundos, y lo rasgó con cuidado por un costado, sacó la misiva y la desdobló. Leyó el enunciado en voz alta y las lágrimas inmediatamente se hicieron presentes haciendo que se le quebrara la voz, tomó aire y continuó...

«Hija mía, mi pequeña Ainelen:

Para cuando leas esta carta probablemente ya estarás enterada de toda nuestra historia familiar de principio a fin. Solo espero que nos perdones a tu madre y a mí, fue lo único que pudimos hacer para mantenernos unidos y protegidos, y darte la libertad que nosotros no pudimos lograr.

Quiero decirte lo que no pude decir en todos estos años: Te amo, hija, desde lo más hondo de mi alma. Eres lo más preciado que me ha regalado la vida, y te suplico que me perdones por ser un bastardo frío contigo. Quería que me odiaras y de esta manera no revelaras a nadie por accidente nuestro lazo, no quería que por nada en el mundo te pasara algo... no a ti. No lo hubiera soportado por segunda vez, perder un hijo, es un dolor que no se lo doy a nadie. Pero al verte libre, haciendo una vida normal, siento que todo valió la pena. Siempre te observé en secreto, presencié todos tus logros, incluso cuando te recibiste de médico, no sabes lo feliz y orgulloso que me sentí de ti, al ver como mi única hija se abría paso por sus propios méritos. Por favor, hazle un favor a este viejo que te adora, vuelve a ejercer tu profesión, Rayén también lo hubiera querido así.

A estas alturas, y si todo salió bien, ya debieron leer mi testamento. Por ley no puedo nombrar herederos universales, si no créeme que lo hubiera hecho. Pero las leyes se pueden torcer un poco a nuestro favor sin necesidad de romperlas. Antes de que tu madre enfermara, pusimos las tierras del fundo a tu nombre, por lo que esa propiedad ya es tuya. La casita de tu madre la he mantenido en perfectas condiciones y todo está tal como cuando ella nos dejó.

Siempre tuve una vida austera y a lo largo de estos años todo el dinero que no gasté, lo ahorré en una cuenta que está a tu nombre, hasta el último día todo mi dinero fue a parar ahí, esa es mi verdadera fortuna. Miguel debió entregarte los documentos y datos en un sobre sellado. Confía en él, es casi mi hermano. Probablemente Lucía intentará comprarte los bienes y acciones que te heredé en el testamento, véndeselos, no importa el precio. Tengo la certeza de que no querrás conservar nada de eso, te conozco. No te preocupes, el valor de esos bienes no son ni siquiera la quinta parte de lo que tienes en el banco. Que ella se quede con todo y se pudra en su sucia empresa, lo del testamento lo hice para que pasara un muy mal rato. Solo te pido un favor, cuando vendas tu parte hazte de rogar un poco, Lucía no merece tu misericordia, porque ella no la tuvo conmigo, ni siquiera cuando Elías, tu medio hermano, falleció. Usó el dinero y la influencia de su familia para mantenerme atado a ese matrimonio que nació muerto. Ella delató a Rayén a la CNI, acusándola falsamente de ser comunista e integrante del MIR para que la hicieran desaparecer, por eso el ex esposo de ella la encontró. Lucía, me lo confesó entre carcajadas mientras pensaba que yo dormía en una de mis tantas recaídas en la clínica por mi enfermedad.

Sé que no puedo compensar con dinero todo el dolor que te causamos, pero mi alma descansará en paz sabiendo que puedo darte algo de tranquilidad para tu vida sin pasar necesidades. Confío en tu criterio para hacer el bien y lo que estimes conveniente, después de todo, en tus venas corre sangre Westermeier. Pronto esa injusticia será reivindicada, porque ya no hay peligro para ti si llevas el apellido que te corresponde por derecho.

Hija mía, solo te quiero pedir un último favor, el más importante de todos: Haz los trámites necesarios para trasladar a Rayén de cementerio, quiero que ella esté a mi lado, aunque sea en la muerte. Te lo suplico, hazlo, mi niña, no sabes cuánto lloré cuando me enteré de su muerte, y hasta el día de hoy lo sigo haciendo, nunca superé su pérdida. Nunca. Ella era la única que me mantenía en pie y me ayudaba a soportar observar tu vida desde lejos. Sin ella, ya nada tuvo sentido de nuevo.

Te amo, hija. Vive, sé feliz, ama y perdona. Esta vida es una sola.
Tu padre que te adora hoy y siempre.».

Cuando ella dejó de leer, la carta estaba manchada por las lágrimas que caían. Estaba sentada, llorando en silencio, y David estaba a su lado. Él la abrazó y ella se refugió en su pecho, y sus sollozos se transformaron en un destrozado lamento. A Ainelen le dolía el alma de tristeza, le faltaba el aire, le costaba un mundo respirar.

Al leer las palabras de puño y letra de su padre, sintió que él estaba a su lado hablándole. A pesar de que habían pasado dieciséis años, todavía recordaba su voz, grave y ceremoniosa y sus hermosos ojos azules. No le importaba la herencia ni el dinero que le había dejado, lo que de verdad la estaba desgarrando era haber leído tantas palabras de amor, las que nunca escuchó y que ahora necesitaba leerlas una y otra vez para reproducirlas en su mente con la voz de Eugenio. Esa carta se había convertido en su tesoro más preciado y el recuerdo más tangible de su padre.

David no sabía qué más hacer, salvo estar con ella y darle lo que ella necesitara de él, no dejaba de abrazarla y darle su calor. Palabras de consuelo y amor brotaban de sus labios, que ella oía a lo lejos, y que a la vez era un bálsamo para su corazón y su tristeza. No estaba sola, tenía a David, a Marcelo, a Anita, incluso a Miguel… No, ya no estaba sola.

Poco, a poco Ainelen se fue calmando, la tempestad emocional que acababa de vivir fue amainando dejando entrar la luz de la tranquilidad como si fueran los rayos del sol entre las nubes. Estaba protegida por un calor confortante que emanaba el pecho de David. Él le entregó un pañuelo desechable y ella limpió su cara y su nariz. Se quedaron en silencio compartiendo ese momento que había partido en dos la vida de Ainelen.

—Mi papá me amaba… me amaba de verdad… Ahora lo entiendo todo —dijo con tantos sentimientos en su corazón y que se traducían en una voz que se desvanecía con facilidad.

—Lo sé Gatita —afirmó David con la voz quebrada—. Él te amó mucho, sacrificó demasiado…

Ainelen sintió de pronto que su hombro estaba húmedo, miró el rostro de David. Él también lloraba, no lo hacía simplemente por el dolor que atravesaba su mujer, sino por aquel hombre que nunca pudo ser feliz y que su vida nunca pudo estar completa. Se ponía en su lugar y a duras penas lograba entender cómo el padre de Ainelen pudo soportar esa tortura durante tantos años. Simplemente lo hizo por amor.

Y se dio cuenta en ese momento, que si él hubiera estado en el lugar de Eugenio, habría hecho exactamente lo mismo sin dudar, porque de una cosa estaba seguro, por Ainelen y estar a su lado haría lo imposible y más.

Capítulo 29

Los días transcurrieron sin novedad. A medida que avanzaba el calendario, todo volvía a la normalidad en la vida de Ainelen y David. Trabajaban, salían de paseo en moto, se amaban cada vez que podían, conversaban de todo y nada, visitaban a sus seres queridos. Disfrutaban de las cosas sencillas, porque de eso se trababa, de disfrutar.

Marcelo y ella se pusieron al día en una maratónica jornada de confidencias e interminables tazas de café en el living del departamento de ella. Se lo contaron todo, la historia de los padres de Ainelen, el testamento, la carta de su Eugenio, y cómo se estaba desarrollando su hermosa relación con David.

Por su parte, Marcelo le relató cómo se reconcilió con Carlos y del viaje relámpago que hicieron para sellar su relación. La verdad era liberadora, y para ellos fue una verdadera bendición, no habían cadenas ni omisiones que enturbiara ese amor, que ahora crecía libre, sin prejuicios ni reglas sobre qué era normal o no. Simplemente era amor.

Ambos coincidieron en que estaban en un momento de sus vidas en que solo respiraban felicidad, algo que les había sido ajeno a lo largo de sus vidas. Era extraño ser feliz, y a la vez apreciaban mucho vivir ese instante, sabían de muy de cerca lo que era no serlo, estar incompletos, pensar que nunca iban a ser suficientes para nadie.

Ya no era así, nunca más. Sus vidas nunca más volverían a ese estado de tristeza.

—¿Puedo ver los documentos que te dejó tu viejo?, quiero asegurarme de que todo está en regla —solicitó Marcelo, con genuino interés—. Nunca se sabe…

—No me había preocupado de eso. Ni siquiera he abierto el sobre que los contiene… Espera te lo traigo al tiro.

Ainelen salió de su habitación y revolvió entre sus cosas, en el fondo de un cajón se encontraba el sobre grande. Volvió a la mesa y se lo entregó a Marcelo, quien lo abrió con cuidado y extrajo todos los papeles. Se encontraban las acciones de W&W, el título de dominio del fundo, los papeles del banco de la cuenta que estaba a su nombre y la clave para el sitio de internet y de transferencias. Al fondo del sobre, había una fotografía de su familia, había sido tomada a las afueras de la casa en el fundo. En ella estaban su mamá, abrazando muy feliz a su papá quien estaba embelesado sosteniendo en brazos a una niña de unos tres años que le tomaba el rostro con ternura. Era ella. Ainelen veía la cara de todos los que componían esa instantánea, sin duda en ese segundo estaban viviendo algo muy parecido a lo que ella tenía en ese momento, felicidad.

A Ainelen se le hizo un nudo en la garganta, volteó la fotografía y estaba anotada la fecha, «14 de julio de 1988», era la foto de su tercer cumpleaños. Más abajo como si hubiera sido escrito hace poco decía:

«Este instante me hizo saber que todo valía la pena. Todo. Cada vez que dudaba y me sentía perdido, miraba esta fotografía y la fuerza volvía a mí. Este fue mi faro. Ustedes eran mi luz.».

Se secó las lágrimas rápidamente, ya estaba harta de llorar, pero no podía evitarlo, todo lo que venía de su padre la conmovía. Marcelo le cogió la mano y se la apretó suavemente.

—Quédate con eso, *guachita*. Tu papá y tu mamá fueron felices a su modo.

Ainelen asintió y esbozó una triste sonrisa. Sí, tal como decía su amigo, fueron felices a su modo.

—Bien, supongo que no has revisado cuanto tienes en tu cuenta de ahorro —continuó Marcelo—. Echémosle un ojo para saber a qué te estás enfrentando.

Encendieron la laptop de Ainelen y abrieron el sitio web del banco, ingresaron los datos de acceso y en pocos segundos se desplegó la información.

La cara de Marcelo y Ainelen era de absoluta sorpresa. Ni siquiera escucharon cuando David entraba en el departamento y los quedó mirando extrañado.

—¿Por qué tienen esas caras? —preguntó al ver que nadie notaba su presencia.

Ainelen lo miró y boqueaba como pez fuera del agua, las palabras apenas le salían y solo era capaz de decir «mira» infinidad de veces, le apuntó la pantalla del computador. David dirigió su vista hacia donde ella indicaba y casi le dio un patatús, buscó una silla para sentarse, era increíble.

—Eso es mucha plata, *guachita* —comentó Marcelo todavía incrédulo.

—¿Mucha plata? ¡Esta *huevada* es exorbitante! —exclamó Ainelen hiperventilada.

—Tienes más plata que Bill Gates y Leonardo Farkas juntos —bromeó David nervioso, sí, era demasiado dinero.

—Es imposible tener tanta plata como ellos... —contestó Marcelo—, pero andas cerca —exageró—... esa cantidad es como tener ciento cuarenta millones de dólares. Te faltará vida para gastar esa plata.

Ainelen cerró la laptop bruscamente, era abrumadora la cantidad de dinero que tenía en esa cuenta bancaria, demasiados ceros para su gusto, y era de ella, todo a su nombre. De verdad que le iba a faltar vida para gastar ese dinero, pero ella en el fondo no quería usarlo como una descerebrada, no. Tenía que hacer que valiera la pena.

—Ya veré cómo usaremos ese dinero, lo único que haré de momento será pagar el crédito hipotecario, mis deudas y asegurar el último semestre de David el próximo año. Después de eso, ahí veremos. No voy a ser tan estúpida de andarme comprando cosas a diestra y siniestra. No pienso dejar de trabajar, moriría de aburrimiento —declaró convencida.

—No sé por qué no me sorprende —dijo David—. Estaba pensando en lo mismo, a excepción del pago de mi semestre, eso lo hago yo... —Ainelen iba a protestar pero él negó con su dedo índice—, y no hay pero que valga. Eso lo haré por mi cuenta, Gatita.

—Ya te salió lo macho recio alfa, pelo en el pecho, espalda plateada y hacha de vikingo. Imposible hablar cuando estás en ese plan —reprendió ella guasona, sabía que David iba a saltar como araña cuando dijera algo de pagar sus estudios—. Estúpido orgullo machista —bromeó.

—A mucha honra —replicó sin un ápice de chiste. Hablaba en serio y muy decidido.

—Bien, las discusiones sobre cómo gastar plata se las dejo, yo me retiro indignado de este antro de malvivientes... —Se levantó de su asiento con dignidad y miró a su amiga—. *Guachita,*

¿tienes veinte *lucas* que me prestes? Estoy medio corto de plata, y ya que tienes un par de milloncitos, creo que no te harán daño hacer un poco de caridad con esta pobre alma —dijo estallando en carcajadas, Ainelen ya estaba abriendo la laptop para hacer la transferencia bancaria—. Nooooo, estoy *hueveando*, nunca lo hice y no lo voy a hacer ahora. Me conoces, ¿cierto?

—Idiota, claro que lo hago… pero te salió muy convincente…

—Tengo muchas habilidades ocultas, sobre todo actorales. Me voy. —Le dio un beso en la mejilla a Ainelen de despedida y le dio un abrazo de macho a David, con palmadas en las espalda y todo. Se dirigió a la puerta y dijo—: Se me cuidan, y me refiero a que usen condones. —Y cerró la puerta rápidamente.

—¡Imbécil! —le gritó Ainelen—. Nunca va a dejarme en paz ese tarado.

David, estaba aguantando la risa y Ainelen lo fulminó con la mirada y le borró la sonrisa al instante. Levantó las manos dando a entender su rendición.

—No puedes negar que es gracioso… y mientras más te ofusques, más cuerda le darás a Marcelo.

—Ustedes los hombre son unos…

En ese momento sonó el celular de Ainelen interrumpiendo el momento. Era Miguel.

Ainelen no dejó pasar más tiempo y contestó de inmediato el llamado.

—Hola, Miguel, ¿cómo estás?

—Bien, hija, acá lidiando con los abogados de Lucía, pero no te preocupes, los acabo de despachar con el rabo entre las patas. Probablemente en unos días, esa loca te haga una visita para intentar comprar tu parte de la herencia.

—No me sorprende para nada, mi papá me lo advirtió en su carta.

—Hizo bien en hacerlo, pero bueno, no te llamaba para eso. Quiero invitarte para que almuerces mañana junto con mi esposa e hijas. Al igual que tú, hace poco se enteraron de todo, y desean mucho conocerte. Puedes ir con David si gustas.

Para Ainelen no era muy habitual recibir invitaciones de almuerzos familiares, pero no le dio más vueltas al asunto. Su padre le dijo que confiara en él y lo haría, después de todo, era el único vínculo sanguíneo que tenía. Nunca era tarde para empezar.

—No hay problema, Miguel —aceptó sin vacilar—. Iremos a eso de las una de la tarde.

—Perfecto —celebró contento—, anota la dirección.

—Dame un segundo, voy a buscar algo donde escribir. —Ainelen se dirigió al mueble donde estaba el televisor y sacó un lápiz y un papel—. Ahora sí…

—Las Hualtatas 6384, esto queda en Vitacura. Te estaremos esperando.

—No te preocupes, ahí estaremos sin falta.

David estacionó el automóvil frente a la dirección que les indicaron. Miraron hacia la casa y les llamó la atención de que no tenía nada de ostentosa. De una arquitectura simple y tradicional, la residencia no era gigantesca pero tampoco era pequeña, probablemente daba la suficiente comodidad para todos sus ocupantes.

Bajaron del vehículo y tocaron el citófono. Una voz metálica y femenina contestó, Ainelen anunció su visita, y la puerta se abrió automáticamente. Ingresaron, y Miguel ya se encontraba saliendo de la casa para ir a su encuentro, estaba muy contento, en el rostro tenía dibujada una amplia sonrisa, y con los brazos abiertos los recibió calurosamente.

—Bienvenidos, estoy feliz de tenerlos en mi casa —saludó Miguel dándoles un abrazo a cada uno.

—Gracias por la invitación, Miguel —dijo ella con una sonrisa.

—Gracias… es muy linda la casa, muy sólida —observó David, analizando el tipo de construcción de la que estaba hecha, no podía evitarlo era parte de lo que él estudiaba.

—De las antiguas, aguantó varios terremotos —dijo orgulloso—. Vamos les presento a la familia.

Entraron al hogar y en la sala de estar se encontraba una hermosa mujer de mediana edad y estatura regular, su rostro tenía rasgos similares a los de Ainelen. Vaya, eso sí fue una sorpresa, al parecer a los alemanes les gustaban mucho las mujeres mapuches.

—Te presento a mi esposa Maitén. —La mujer sonrió al ver a Ainelen y la saludó con un abrazo emocionado y luego saludó a David—. Acá está mi hija menor Emma. —La chica la saludó con un efusivo beso en la mejilla, aparentemente tenía unos dieciocho años, muy linda, era una hermosa mezcla entre su padre y su madre. La muchacha no pudo evitar hacerle ojitos a David al saludarlo, y él sonrió tímido y un pelín tenso—. Y aquí está mi hija mayor Ayelén. —Al igual que su hermana menor, la mujer era una preciosura y más aún por su evidente y avanzado embarazo. La saludó con un beso y un abrazo—. Ahhh y aquí está su esposo Tomás, ¿dónde estabas metido, hombre?

Aquel nombre les puso los nervios de punta y un justificado temor les recorrió la espina dorsal a ambos. Ainelen y David con su mejor cara de póker dirigieron sus miradas al hombre que acababa de entrar, implorando al cielo y a todos los espíritus ancestrales que solo fuera un alcance de nombre.

Sus ruegos no fueron escuchados. Sí, era Tomás.

Capítulo 30

Tomás al ver a la pareja, quedó estupefacto, ¿qué mierda hacían esos dos ahí?, y rápidamente relacionó que Ainelen era la famosa heredera de la que tanto hablaba la familia de su esposa. Si hubiera sabido antes que ella era parte de una de las familias más poderosas del país se habría divorciado hace mucho y se habría casado con ella sin dudar. ¿Por qué Ainelen nunca le reveló quiénes eran sus padres? Estaba furioso, pero su rostro no lo reveló.

David sonrió con ironía, Tomás tenía vendada la nariz por los golpes que le dio, cuando en un episodio de genialidad ese infeliz, se atrevió a insultar a su mujer y montar un escándalo. Le ofreció la mano para estrechársela y seguir con la actuación.

—Un gusto conocerte, Tomás —mintió mientras esperaba con la mano en el aire esperando el saludo de ese malnacido.

—Lo mismo digo… —Le estrechó la mano con un fuerte apretón, quería medir fuerzas, y David respondió del mismo modo hasta dejar sus nudillos blancos.

Ese intercambio solo duró un par de segundos, Ainelen saludó fríamente a Tomás también ofreciéndole la mano. El intercambio fue gélido y ella casi de inmediato apartó la mano.

Miguel ajeno a todo, sonreía abrazando a su esposa, sin saber la clase de persona con la que estaba casada su hija mayor. Ainelen sintió que lo correcto era decir la verdad en cuanto pudiera. Tomás era un ser asqueroso, capaz de mentir sin importar nada. Miró a la esposa de él, Ayelén, y había dos posibilidades, que fuera una actriz consumada que podía ocultar un matrimonio de conveniencia y su propio lesbianismo, o que de verdad amaba a Tomás y era también una víctima de él.

La segunda opción parecía ser la verdadera y sintió una profunda lástima por ella. No lo iba a permitir.

—Ahora que la familia está completa, vamos al comedor a almorzar —invitó Miguel con cordialidad.

Todos asintieron y se dirigieron a la larga mesa para disfrutar del almuerzo familiar, bueno, quienes no disfrutarían serían Ainelen, David y Tomás, pero tácitamente concordaron que no era hora de hacer ningún espectáculo, sobre todo por parte de Tomás quien sería el que más perdería si osaba salirse del guion.

La mesa estaba cubierta con un mantel blanco y sobre ella estaban repartidas de manera generosa, ensaladas, vinos y salsas. Los platos estaban servidos con un sencillo pero sabroso almuerzo de arroz con carne al jugo.

—Está delicioso, Miguel. La carne está tan blanda que se puede partir con la cuchara —alabó Ainelen que intentaba aparentar naturalidad, porque la presencia de Tomás le había quitado el apetito—. ¿Quién cocinó?

—Maitén por supuesto, me conquistó por el estómago —respondió orgulloso.

—Yo trabajaba en una de las barracas de Eugenio como secretaria —comenzó a narrar Maitén—, y Miguel cuando iba para allá siempre me pedía una probada de mi almuerzo. Con el tiempo me avisaba sus visitas para que le llevara una ración de lo que fuera, y así empezamos.

—Cocina maravilloso… me saqué la lotería. —Miguel se veía muy enamorado de su esposa y feliz de la hermosa familia que había formado.

—¿Y ustedes, cómo se conocieron? —preguntó Maitén con curiosidad—. Se nota que ustedes llevan mucho tiempo juntos.

David y Ainelen sonrieron por el comentario, a Tomás estaba que se lo llevaba el demonio y tomó un gran sorbo de vino tinto.

—Es una historia muy peculiar, en realidad no llevamos tanto tiempo como piensas. —Inició el relato Ainelen—. Hace casi dos meses, yo estaba comprometida, y me enteré que mi novio de ese entonces ya llevaba un año de casado…

—No te puedo creer —exclamó Ayelén sorprendida—. Pero qué infeliz es ese desgraciado.

—Así es, era la amante y yo no lo sabía —concordó Ainelen—. En fin, mi amigo Marcelo esa noche estaba acompañándome y consolándome, y como sabía que no había comido nada y que los helados eran lo único que me hacían callar, pidió una pizza y el mágico helado por teléfono. Ahí es donde conocí a David, él fue el repartidor que llegó con el pedido.

—Y me trató pésimo —continuó David—. Marcelo estaba desesperado y para colmo de males, el pedido me lo había entregado sin el bendito helado, así que me él pidió de favor que fuera a comprar lo que faltaba, y acepté...

—Pero nunca volvió —intervino Ainelen—. Dos días después me lo encontré en el hospital, estaba en coma. Tuvo un accidente cuando iba de camino a comprarme el helado.

—¡No te puedo creer! —exclamó Emma—. ¡Es increíble!

—Desperté al sexto día del coma —prosiguió David—, y lo primero que veo es a esta hermosa mujer, siempre la escuchaba y sentía su aroma cuando estaba inconsciente, pensaba que era un sueño pero ella estaba ahí de verdad.

—Qué romántico —manifestó Ayelén encantada con la historia—. Parece una novela la historia de ustedes.

—Nos hicimos amigos —continuó Ainelen con una sonrisa recordando los momentos vividos—, pero nos enamoramos rápidamente... y ahora vivimos juntos, no podemos estar separados. Nos encontramos en uno de los momentos más difíciles de nuestras vidas y eso nos unió más todavía. —Con esa declaración Ainelen terminó de relatar. David le tomó la mano y se la besó con ternura.

—Fue el destino —afirmó Miguel totalmente convencido—. Millaray creía ciegamente en eso.

—Y tenía toda la razón mi mamá —concordó Ainelen recordándola con mucho amor.

Omitieron a propósito, a la suripanta, la amnesia y todo lo demás para no extender el relato ni dar demasiados detalles que involucraran al ex de Ainelen más de la cuenta. Con cada palabra de amor que salía de sus bocas, hacía que Tomás se sintiera más y más enfermo de los celos y el odio. Él suponía que todo era una farsa, y por eso los observaba con atención, y ¡maldita sea, ellos se amaban de verdad!

Estaba sintiendo algo muy parecido a tener el corazón roto, pero con la diferencia de que él no tenía corazón, lo que tenía era un músculo que bombeaba sangre, porque él era incapaz de comprender el real significado de la palabra amor, cariño, lealtad. En su alma solo se albergaba el egoísmo, ambición y el deseo de estar siempre por sobre los demás. El amor no importaba, eso era para los débiles, y lo usaba solo para lograr sus objetivos.

David tenía algo que le pertenecía y si ella no era de él, no lo sería de nadie más. Ainelen siempre fue su oscura debilidad, desde que la conoció lo obsesionó al punto de proponerle matrimonio sabiendo que era imposible. Todavía no podía comprender como ella lo olvidó tan rápidamente, su ego estaba herido hasta lo más profundo y le impedía ver todo el daño que causó con su actuar.

El almuerzo trascurrió en aparente normalidad, salvo por los tormentosos y bajos sentimientos de Tomás y la tensión que sentían Ainelen y David. Cada cierto rato él le tomaba la mano y le daba apretoncitos para hacerle sentir a ella que todo estaba bien. Todos los demás, ignorantes de la situación, conversaban y disfrutaban de la tarde, contando anécdotas, conociendo a los nuevos integrantes de la familia y riendo.

—Te amo, estoy contigo —le susurraba David cada vez que tenía la oportunidad. Ainelen sonreía y le acariciaba el rostro. Sí, iban a salir airosos de esta también, se tenían el uno al otro.

Ya eran las siete de la tarde, era buena hora para irse a casa pero Ainelen lo decidió en ese momento. No podía más con el peso que sentía sobre los hombros. Debía decirle la verdad a Miguel sobre Tomás, ella nunca más iba a permitir que la sombra de la mentira cayera sobre su familia, era su deber y ese hombre no se merecía ningún tipo de consideración de su parte.

—Miguel, necesito hacerte unas preguntas acerca de las acciones. ¿Podemos ver eso ahora?, solo tomará un minuto en privado —pidió Ainelen con la mejor excusa que se le ocurrió en ese momento.

—Por supuesto, hija. Vamos a mi despacho —accedió afable sin imaginar lo que se venía por delante.

—David, ¿puedes venir conmigo por favor? —pidió ella, no quería dejar solo a David con Tomás, eso solo traería problemas y tal vez una úlcera gástrica innecesaria.

David asintió, intuía lo que se traía entre manos Ainelen. Ella no le había comentado nada sobre tener dudas por las acciones, de hecho, apenas tocaba el tema de la herencia. Tomás miró de reojo a la pareja, estaba que se lo llevaba el demonio, ahora ella estaba forrada en plata, y él, atado a un matrimonio y un hijo que solo le servían para tener una buena apariencia en sus negocios. Si tan solo hubiera sabido antes que ella era hija del viejo ese. Maldecía su mala suerte.

David y Ainelen entraron al despacho de Miguel y se sentaron en las sillas que había frente al escritorio. Ella estaba nerviosísima y tensa como un alambre a punto de ceder.

—Dime, Ainelen, ¿cuáles son tus dudas respecto a las acciones?

—En realidad, Miguel. Eso fue una mentira —aclaró nerviosa, estaba siendo mucho más difícil de lo que esperaba, no sabía por dónde empezar—. Necesito contarte algo que no te va a gustar para nada.

—Me estás asustando... ¿Qué es lo que está pasando?

—Es sobre Tomás... —Inhaló profundamente—. A él lo conocía de antes...

—¿Pero de qué me estás hablando? —preguntó Miguel sin entender qué era lo que quería decir Ainelen, lo estaba matando la incertidumbre.

—Tomás es la persona con la que estaba comprometida, antes de conocer a David —confesó al fin.

—¿Qué estás diciendo? —interrogó incrédulo, ¿había escuchado mal acaso?, ¿Tomás y Ainelen... juntos?

—Lo que oyes, fui la amante de Tomás sin saberlo, me iba a casar con él, pero habían muchas cosas de él que no me daban confianza, y bueno, lo resolví sacando un certificado de matrimonio. Cuando me enteré que ya estaba casado, terminé de inmediato mi relación con él... Para mí fue un golpe espantoso... —relató con dificultad.

—Él ha ido al departamento a montar escándalos —comentó David—. Fui yo quien le quebró la nariz, cuando empezó a patear la puerta de nuestro departamento y a insultar a Ainelen. Estaba ebrio ese día.

—¡Por dios!... esto es imposible... él dijo que lo habían asaltado —explicaba Miguel mientras se pasaba la mano temblorosa por la frente—... Dios mío, no puede ser... mi hija, mi niña... Ayelén.

—Miguel, cuando descubrí todo, él me dijo que se había casado por conveniencia, porque según él, su esposa era lesbiana y se casó para ocultar la orientación sexual de ella a sus familiares, y ella a su vez, le podía dar los contactos de negocios que podía generar esa unión.

—¡Pero esto no puede ser! Si mi hija fuera lesbiana no tendría por qué ocultarlo, nunca hemos sido unos retrógrados. Definitivamente eso no es verdad. Estoy seguro que ella está enamorada de Tomás, de eso puedo dar fe.

—Entonces esa fue otra mentira más que me dijo para justificar su actuar para que volviera con él... —especuló Ainelen—. De hecho, lo ha intentado en varias ocasiones, pero sus métodos son... horrendos. Es imposible, aunque no hubiera conocido a David nunca habría hecho semejante estupidez. Ese hombre está enfermo…

Miguel no podía creer lo que escuchaba, si bien Tomás nunca fue santo de su devoción, tampoco pensaba que era mala persona, pero ahora le encajaban las piezas. Los constantes viajes de negocios, la frialdad con que trataba a Ayelén, esa mirada que siempre tenía de estar calculando todo, los cambios en el carácter de su hija. Pero, ¿qué podía hacer?, ¿cómo iba a revelarle esa verdad tan cruel?

—Esto es terrible, cómo puedo decirle esto a Ayelén, esta verdad la va a matar… y mi nieto que viene en camino… le puede afectar. No puedo decirle esto… no puedo.

—Miguel, como mujer se lo digo… Uno prefiere siempre saber la verdad por terrible que sea, no subestimes a Ayelén, ella en el fondo debe sospechar que Tomás no es de los trigos limpios… uno siempre lo intuye, siempre —aseguró con un poco de tristeza, el no haber escuchado su voz interior le pasó la cuenta en el pasado—. Solo te pido que no dejes pasar mucho tiempo o será peor.

—Gracias por no ocultarme la verdad, hija… de verdad, gracias.

—Ya he tenido suficientes engaños y secretos en mi vida como para comenzar a fomentarlos —declaró Ainelen con pesar—. No era mi intención arruinar este día para ti… para todos, pero consideré que era lo mejor.

—No sé qué hacer…

—Conversa con Maitén, ella sabrá guiarte —aconsejó Ainelen, Miguel la miró con los ojos vidriosos de preocupación—. Todo saldrá bien.

—Eso siempre me lo decía tu padre… eres igual a él en eso, siempre entregando la palabra precisa... Dios, cómo echo de menos a mi hermano… —se lamentó sollozando limpiándose las lágrimas, Eugenio era fundamental en su vida, y más que primo era su hermano en la práctica.

A Ainelen se le acongojó el corazón al ver a Miguel tan triste y nostálgico, se levantó de su asiento y fue a darle un abrazo, no sabía que más hacer para confortarlo. David observaba todo en silencio, no iba a interrumpir el momento. Admiraba a su mujer, tan decidida y tenaz, a ella nada ni nadie la derribaba, y si eso sucedía, se levantaba con ahínco y volvía a caminar.

Miguel agradeció el gesto de Ainelen, había perdido a su primo hermano, pero había ganado a una prima que era como una hija. Esa nueva hija había sufrido mucho a causa de Tomás, y lamentablemente sabía que Ayelén también iba a sufrir tanto o más, pero era un mal necesario. Tomás era una persona tóxica.

Cuando Miguel se repuso de la impresión, Ainelen consideró que ya era hora de terminar con la conversación y la velada. Salieron del despacho para despedirse de la familia y seguir con la actuación.

Abrazos llenos de cariño, besos y la promesa de volver a juntarse nuevamente en alguna otra ocasión fue el hasta pronto de las mujeres de Miguel. Cuando tocó el turno de despedirse de Tomás se repitió la frialdad y la tensión vivida al iniciar la visita, con la diferencia de que Miguel observaba todo atentamente, y ahí en ese instante, ya no le cabía más duda.

Esta situación se tenía que acabar lo más pronto posible.

Capítulo 31

La lluvia caía intensamente sobre el parabrisas del automóvil, David conducía en silencio y se escuchaba la música de la radio a bajo volumen. Ainelen miraba hacia afuera con la vista perdida, y solo suspiraba de vez en cuando. El ambiente al interior del vehículo estaba con un calor agradable, pero entre ellos, la sensación de la preocupación era lo que hacía que el aire fuera más denso.

—No le des tantas vueltas al asunto, Gatita —David dijo de pronto—. De aquí puedo ver tu cerebro echa humo negro de tanto pensar.

—Estoy muy preocupada —expresó dirigiendo su mirada a su amor. David miraba al frente, concentrado en el camino y en el tráfico—, pero no precisamente por lo que debe revelar Miguel a Ayelén... Lo que me inquieta es Tomás.

—¿Crees que pueda tomar represalias contigo? —preguntó mirándola de soslayo, eso no lo había pensado, pero era razonable la inquietud de Ainelen.

—Pues para qué te voy a mentir. A juzgar por su actuar no me sorprendería que ese lunático me vaya a montar un espectáculo en la casa o en el trabajo.

—Si lo pones en esos términos, es muy alta la probabilidad de que ello ocurra... ¿Qué vamos a hacer?

—No lo sé, no me agrada la idea de tener que estar escondiéndome.

—A mí tampoco... pero preferiría encerrarte en una vitrina de barro antes de que ese infeliz te toque un pelo —dijo medio en broma, medio en serio.

—Voy a llamar a Marcelo para preguntarle cómo tramitar una orden de alejamiento... debí denunciarlo antes... Mierda. —Cómo se arrepentía de no tomar medidas legales en contra de Tomás, ahora era demasiado tarde.

—No se puede llorar sobre la leche derramada... Pero mientras resolvemos eso, no podemos esperar sentados a que ese infeliz se aparezca frente a la puerta del departamento. —David se quedó unos segundos en silencio pensando en una solución—. ¿Y si...? No, mejor no. Olvídalo.

—¿Qué cosa? Dime.

—*Pucha*... sé que no te agrada mucho el tema del dinero que heredaste, pero... ¿y si vamos a un hotel y nos hospedamos ahí hasta que todo pase?... Miguel probablemente va a hablar con su hija en el corto plazo, si es que no lo hace hoy mismo... y va arder Troya, que de eso no te quepa ninguna duda.

Ainelen se quedó unos instantes pensativa, estar fuera del ojo del huracán era una buena alternativa, y por primera vez se sintió afortunada de haber heredado el dinero de su padre y pagar lo que sea por una habitación en un hotel, porque de otra forma no podría escapar tan fácilmente.

—Hagámoslo —resolvió decidida—, esto es una razón más que justificada. Por lo menos hasta que las cosas se hayan calmado. Iremos a casa, empacaremos algunas cosas y nos vamos a un hotel... Mañana pediré las vacaciones en el trabajo para evitar toparmelo allá, aunque de todas maneras, de verdad las necesito.

—Ojalá pudiera tomarme unos días libres también, pero estoy fregado, volví al trabajo hace muy poco tiempo y no me van a autorizar. —Internamente David maldecía haberse tomado sus vacaciones a principio de año, lo hizo por Ingrid, pero ella a última hora desbarató sus planes por «trabajo». Él tampoco podía llorar sobre la leche derramada—. No me gusta para nada dejarte sola.

—No te preocupes más de la cuenta, mi gatito. Si estamos en el hotel, Tomás no tendrá cómo ubicarnos, además, no me quedaré encerrada esperando, aprovecharé las vacaciones para hacer las cosas que tengo pendiente.

—Asunto arreglado, entonces.

—Eso haremos.

En pocos minutos llegaron al departamento, Ainelen llamó a Marcelo para ponerlo al tanto de la situación y para que la orientara sobre la orden de alejamiento. Lamentablemente, eso era de lo más complicado al no tener ninguna prueba ni denuncias previas por agresión o amenazas. Malditas leyes, prácticamente tenía que capturar al infeliz en vídeo y cometiendo delito flagrante para poder interponer una demanda. Pero de todas formas, Ainelen decidió que iba a dejar una constancia en carabineros por si acaso.

David por su lado, llamó a su mamá para que no se le ocurriera aparecerse por el ahí, y le explicó los motivos. Ana insistió que fueran a su casa, pero David no quería exponer a su madre a semejante situación, y además, estaba el pequeño y gran problema de la privacidad. Esa palabra no existe en el diccionario de Ana, claro que este último motivo David no lo expresó a viva voz. Finalmente, ella aceptó a regañadientes, con la condición de que apenas estuvieran instalados le dieran la dirección para visitarlos y acompañar a Ainelen cuando él estuviera ausente.

Empacaron lo necesario, intentando mantener la templanza, ambos intuían que el asunto solo iba a empeorar, ¿cuánto más? Eso no lo sabían, pero preferían prevenir antes que lamentar.

Después de barajar varias alternativas optaron por ir al Park Plaza Santiago en el corazón de la ciudad, ¿el motivo? Estaba bastante alejado del departamento de Ainelen, la ubicación era inmejorable, y uno de los sueños bien ocultos y enterrados de ella era estar en la suite de ese hotel. Siempre lo había visto desde que había llegado a Santiago y toda su vida adulta fantaseó con pasar su noche de bodas ahí. Por desgracia, la razón que los llevaba a ese lugar era una muy diferente a celebrar de manera privada un matrimonio.

David comenzó a sacar la ropa de las maletas y guardarlas en el closet, iban a estar una buena cantidad de días, así que lo mejor era conservar la rutina lo más parecido a estar en casa. Ainelen suspiró al recorrer con la mirada la habitación. Era preciosa, y por un segundo olvidó todo lo malo y sintió que era casi una reina.

—¿Estás bien? —preguntó David abrazándola por la cintura y descansando el mentón en su hombro.

Ainelen sonrió por lo ironías del destino, apoyó el peso de su cuerpo en el ancho pecho de David y cerró los ojos.

—Estoy bien. —Suspiró profundamente—. Solo me parece divertida la situación…

—A mí no me divierte que un psicópata tenga ganas de desquitarse contigo cuando se le venga el mundo abajo.

—Lógicamente no me divierte eso… Es… ¿cómo lo explico?... Estar en esta habitación es casi realizar una fantasía.

—¿Sexual? —preguntó seductor besando su cuello suavemente. David se transformaba con ella, Ainelen le daba la confianza suficiente para sacar a relucir su verdadera naturaleza que tenía oculta gracias a sus innumerables fracasos amorosos.

—Sí y no. —Rio cautivadora. Ella también cambiaba en la intimidad con él, podía confiarle todos sus secretos, y mostrarse tal cual era, sin máscaras, sin temores, siempre ávida por experimentar y amar sin límites—. Desde que llegué a esta ciudad mi sueño era pasar mi noche de bodas en este hotel, si es que algún día me casaba… y hoy estoy aquí, con el hombre que amo pero por un motivo muy diferente al de esa fantasía, eso es lo divertido.

David y Ainelen tenían un trato, uno muy particular, y a veces muy difícil de cumplir. La condición era una sola, «dejar todos los problemas, peleas y enojos fuera del dormitorio», y bajo esa premisa, la suite se consideraba territorio hostil para todos los dramas y amenazas que había en el exterior.

—Ahhhh… Pero podemos realizar parte de tu fantasía… —Giró el cuerpo de ella, y la instó a que le abrazara el cuello. Levantó a Ainelen en brazos como si pesara menos que nada y le dio un casto beso en los labios—. Ahora sí parecemos novios que están a punto de consumar su unión… Y nos ahorramos toda la parafernalia del matrimonio… Eso lo conversaremos más adelante. —Ainelen enarcó una ceja un tanto incrédula ante esa declaración. David avanzó hacia la cama de la suite con una sonrisa en los labios—. Pero podemos ensayar la noche de bodas… Varias veces si quieres.

—¿No crees que hemos ensayado lo suficiente desde que nos conocemos? —preguntó socarrona.

—Nunca es suficiente… —La depositó suavemente en la cama, él se recostó a su lado y empezó a acariciar el vientre de ella sobre la ropa, dibujando círculos alrededor del ombligo—. Además… podríamos probar algún lugar inexplorado… Tierras vírgenes.

—Asumo que has venido preparado…

—Siempre, Gatita. —Su dedo medio e índice empezaron a imitar un par de piernas que caminaban entre los pechos de ella, ascendiendo hacia el cuello hasta llegar a los labios de Ainelen, ella mordió suavemente los dedos curiosos de él cuando intentaron entrar a su boca—. Contigo siempre debo estar preparado… —La besó profundamente enredando su lengua con la de ella—. No seas mala y no me muerdas… Chupa mis dedos, imagina que soy yo.

Ella ya inmersa en el juego erótico, succionó y lamió, con los ojos cerrados, imaginando que era el miembro de él, y jugueteaba lasciva con su lengua entre los dedos que entraban y salían imitando una cadenciosa penetración.

David estaba embelesado mirando a Ainelen, le encantaba jugar con ella, se mojó los labios con unas ganas terribles de ver esa boca envolviéndolo. Estaba duro como el acero, pero ese placer lo dejaría para más adelante.

Retiró los dedos de la boca de ella y los reemplazó por otro beso abrasador, a la vez que abría el botón del pantalón que Ainelen vestía y bajó el cierre. Metió su mano por debajo de la ropa interior y se encontró con que ya estaba empapada, introdujo un dedo dentro de ella y comenzó a estimularla a la vez que masajeaba su clítoris con la palma de su mano. Ella jadeaba y movía sus caderas, dándole la bienvenida a la íntima caricia.

David siempre se tomaba el tiempo de prepararla, para hacerla estallar intensamente. Adoraba tenerla siempre abierta, receptiva y accesible para lo que él quisiera. El calor invadió el cuerpo de Ainelen, sentía que ardía, y el ansia por despojarse de sus ropas la estaba desesperando.

David interrumpió el contacto y se levantó de la cama, ella al sentir su falta abrió los ojos y miró cómo él se desnudaba dejando al descubierto ese cuerpo moreno, natural, perfecto y su mirada se desvió hacia su pene que ya estaba rígido y completamente excitado. Una delicia para todos los sentidos. Otra ola de calor la engulló, y para mitigarla, ella también se desnudó captando toda la atención de él, que la observaba sin disimular su impaciencia por tocarla.

Toda la ropa quedó regada por el suelo, Ainelen se acercó a David y acarició su pecho recorriendo con la yema de sus dedos el precioso tatuaje de «La Catrina» que adornaba su pectoral izquierdo, al mismo tiempo que su otra mano rodeaba la enorme y gruesa longitud, subiendo y bajando lentamente, una y otra vez, haciendo que David tragara saliva haciendo que su manzana de Adán se moviera, delatando sus intentos de contención. Si no se controlaba, él la tomaría de manera brutal y no quería eso en ese momento, porque deseaba poseerla donde nunca nadie lo intentó.

—¿Me vas a dejar tomar tu precioso culito, Gatita? —pidió él susurrando con la voz cargada de erotismo—. Te prometo que lo haré bien... solo guíame, amor.

—Sí —aceptó nerviosa, casi incrédula por su capacidad de recibirlo, pero a la vez con la certeza de que él sería cuidadoso.

—¿Ya estamos seguros, puedo hacerte el amor sin esas cosas? —preguntó, haciendo alusión a los preservativos que le impedían sentirla de verdad.

—Estamos seguros —afirmó ella, se había inyectado la anticonceptiva la semana anterior.

—Mmmmmm, mejor todavía... Móntame, Gatita, quiero oírte gritar...

Enfervorizada por las palabras de David, tomó el control de la situación, lo besó pegando su desnudez a la de él y empezaron a acercarse a la cama hasta que ella sintió el borde detrás de sus piernas, e hizo que cayeran sobre el colchón. Ellos reían sin perder el contacto de sus bocas.

David se acomodó en el centro de la cama y Ainelen gateó sobre él hasta llegar a su prominente erección. Sonrió provocativa, empuñó su miembro y lo guió dentro de ella, sintiendo como él se abría paso en su sedoso y prieto canal. David siseaba y se mordía los labios, la sensación de que ella lo envolvía en esa lava ardiente le estaba haciendo perder la razón. Ancló sus manos en los pechos firmes de su mujer disfrutando del gozo que les brindaba el suave balanceo de las caderas de ella, haciendo fricción justo en ese punto ínfimo y perfecto donde rápidamente encontraba aquella explosión celestial. A Ainelen le fascinaba sentir a David entre sus piernas, él la llenaba a plenitud, la desbordaba con cada sensual acometida que la acercaba inevitablemente al éxtasis.

David tomó de la mesa de noche el lubricante que había dejado ahí para tenerlo a mano, echó una buena dosis en sus dedos y buscó ese apretado orificio escondido entre las suaves nalgas de ella. Embetunó por doquier y Ainelen dio un respingo al sentir el frío del gel resbaladizo.

—Shhhhhh... relájate, preciosa. Estás cerca... te siento. —De a poco, intentaba penetrar con su dedo el tenso ano de ella—. Déjate llevar... solo un poco más. —Ainelen inspiró y recibió esa nueva y extraña, pero buena sensación—. Ya estoy dentro de ti, eres increíble, mi diosa. —El dedo de David embestía al mismo ritmo que ella le imponía, expandiendo de a poco, hundiéndose cada vez más, dándole un nuevo significado a la palabra placer—. Estás tan abierta —susurró complacido, e introdujo otro dedo con facilidad pero de manera sutil.

Ainelen estaba saturada de sensaciones, maravillada por cómo David la tentaba y la empujaba a rebasar sus límites. Su balanceo empezó a cobrar velocidad transformándose en una cabalgada furiosa y animal. Ella enterró sus dedos en el pecho de él, presa del deseo que la anegaba por completo. David comenzó a seguirla en su carrera por alcanzar el clímax, aferrándose con una mano su trasero, enterrando su longitud y sus dedos en lo más profundo de su amada.

Los jadeos y gemidos de ella rápidamente se convirtieron en gritos ahogados, en el momento en que una ola poderosa de placer la golpeó sin previo aviso, que la destruía y la desgarraba de deleite. Su corazón zumbaba frenético en su pecho, David estaba en todas partes; en su mente, en su cuerpo, y en su corazón.

Poco a poco sus embestidas perdían fuerza al mismo tiempo que su poderoso orgasmo remitía hasta hacerla volver a la tierra después de haber tocado el cielo.

Ainelen se desplomó sobre su hombro que sonreía maravillado, porque podía sentir como los latidos de ella le traspasaban el pecho. Ella no podía más, era como si su cuerpo se hubiera vuelto de gelatina, todo le temblaba y su energía la había abandonado.

—Me toca a mí, preciosa, veamos si me puedes recibir ahora que estás bien relajada.

David lentamente retiró los dedos y su pene al mismo tiempo y ella jadeó por el exquisito y pecaminoso abandono. Se sintió vacía al instante y solo quiso ser colmada de nuevo. Él se lubricó generosamente y también a ella, volvió a usar sus dedos para volver a tentarla y prepararla para su invasión definitiva. Ella gemía y se retorcía de gozo, todas sus fuerzas se renovaron con más brío por la nueva estimulación.

—Voy a entrar, Gatita —anunció él con la voz entrecortada, retiró sus dedos y presionó su glande contra ella. Ainelen no sentía que fuera mucha la diferencia y ayudó a David empalándose lentamente, hasta que logró que la punta carnosa entrara por completo—. Muévete de a poco para que te acostumbres… Por Dios, estoy a punto… —Y ya no pudo hablar, solo sisear, estaba haciendo un esfuerzo colosal para no eyacular en ese preciso momento.

Ainelen de a poco fue asimilando el gran tamaño de él, respiraba lento concentrada en bajar cada vez más. Todo era nuevo, se sentía llena y a la vez sentía que algo le faltaba, nuevamente la embargó el imperioso y lúbrico deseo de explotar. David estaba tenso, a punto de romperse ante la lenta y lasciva agonía que significaba para él esperar hasta que ella lo albergara por completo.

—Estoy lista —susurró—. ¿Estás bien?

—P-perfectamente —tartamudeó, estar dentro de ella de esa forma, tan apretada, tan excitante y diferente a cualquier otra cosa que hubiera experimentado antes lo estaba matando lentamente—. ¿No te duele?

—No. —Subió y bajó sobre su miembro y David ahogó un gruñido—. Mmmmm... siento de todo, menos dolor —aseguró con una seductora sonrisa de suficiencia.

En el instante que ella empezó a moverse de manera impúdica, David se aferró a sus caderas, desesperado ante tanto deseo. Para Ainelen era tan maravillosa esa sensación, era otro tipo de placer, más crudo, más bestial, y al mismo tiempo tan íntimo, tan de ellos, era la primera vez que ellos vivían esa experiencia. Una que sin duda volverían a repetir, una y otra vez, durante todo los que les restaba de vida.

Ainelen encontró la velocidad, la fricción y la profundidad perfecta para volver a sumergirse en la plenitud de un nuevo orgasmo devastador, gemía sin control poseída por el fervor. David no lo soportó más, era demasiado y se rompió. Se agarró a la cintura de ella y se dejó llevar por el fuego del clímax que le estaba carcomiendo el alma y estalló derramándose en ella, drenando todo su ser en descargas que le parecieron interminables. Un grito ronco y desbocado emergió de su garganta, que a ella le dio el último impulso para encontrar también esa sensación perfecta que solo lograba con él. Era como saltar al vacío y estallar como una bengala, y le hizo tensar todos los músculos, inmovilizándola mientras el frenesí la engullía. Gritó el nombre de él mil veces sin parar, hasta que se quedó sin aire, sin vida por un segundo, y se derrumbó inerte sobre David, quien apenas recuperaba la respiración.

No hablaron, las palabras estaban de más en ese momento celestial, estaban muertos de cansancio y satisfacción. Él solo atinó a separarse de ella con sumo cuidado y limpió con delicadeza los restos de su unión y luego la abrazó tiernamente.

—Te amo, mi vida, mi Ainelen... Gracias.

—Yo... también —articuló con dificultad, y sin más le besó con suavidad, se acurrucó en su pecho y se durmió profundamente.

David también cerró los ojos, y lentamente cayó en un sueño feliz y reparador. Ninguno fue capaz de escuchar la insistente vibración de sus celulares.

Después de unos minutos llegó un mensaje de Miguel al móvil de Ainelen.

«No pude soportarlo ni un segundo más... Encaré a Tomás frente a mi hija después de que se fueron ustedes. El desgraciado ni siquiera se

tomó la molestia de negarlo, y Ayelén está destrozada… pero tenías razón, ella siempre lo sospechó.

Estoy preocupado por tu seguridad, ese hijo de puta salió vociferando que se iba a vengar de ti. Llámame apenas puedas. David tampoco contesta el celular».

Capítulo 32

A David lo despertó el sonido de la alarma a las seis y media de la madrugada, tenía el cuerpo agarrotado y un sueño descomunal. Había dormido las horas suficientes pero estaba sufriendo una horrenda resaca sexual. Solo deseaba seguir durmiendo al lado del tibio cuerpo de Ainelen. Se incorporó y tomó su móvil, tenía muchas llamadas perdidas de Miguel, luego vio que le había dejado un mensaje…

«Dile a Ainelen que conteste el teléfono… Es urgente».

—Mierda… —susurró, con tan solo leer ese mensaje se le habían disipado todos sus males.

—¿Qué pasó, David? —preguntó ella que había despertado al sentir a David moverse y mascullar.

—Revisa tu teléfono… Miguel me dejó un mensaje, dice que lo llames urgente. No me gusta para nada el presentimiento que tengo.

Ainelen tomó su celular y revisó, tenía muchas llamadas perdidas y un mensaje. Lo leyó y se llevó la mano a la boca a la vez que ahogaba un grito.

—Miguel le dijo la verdad a su hija… Tomás… mierda.

—Déjame ver ese mensaje —exigió con suavidad, ella se lo entregó con un poco de recelo, no sabía cómo iba a reaccionar él ante una amenaza de venganza.

David vio el mensaje y frunció el ceño, la preocupación se apoderó de su rostro. Miró a Ainelen, ella tenía una expresión que se le grabó en su retina, sus ojos llenos de incertidumbre e incluso pudo percibir que tenía miedo.

—Llamemos a Miguel en este instante, para que esté tranquilo —resolvió él—. Después llamas al trabajo y avisa que no irás y pide las vacaciones, no quiero que vayas sola a ningún lugar. Ese infeliz conoce tus rutinas y lo creo capaz de todo —dijo en un tono autoritario que Ainelen jamás le había escuchado, sus facciones se habían tornado duras y determinadas. Ainelen no pudo refutar el sentido común de David, ella también creía que Tomás era capaz de hacer cualquier cosa, su instinto le decía que no debían subestimarlo. Lo único que no les hacía caer en la desesperación era que estaban fuera del alcance de él, por lo menos en el corto plazo.

—Iré al departamento a buscar a «La Marilyn» para ir al trabajo y ver si no se ha aparecido por ahí ese *hueón* —decidió—. Llamaré a mi mamá para que te acompañe hoy. —Ainelen iba a protestar pero David no la dejó—. Sé que no va a pasarte nada aquí, pero estaré más tranquilo si ella está contigo. Me iré a la ducha. —Se levantó y caminó hacia el baño, pero se detuvo a mitad de camino y se devolvió a la cama, y besó a Ainelen con pasión, si le pasaba algo malo, él no lo soportaría—. Te amo, mi gatita. Intentaré llegar al mediodía, ¿vale?

Ella asintió en silencio y suspiró mirando a David internándose en el baño, luego dirigió sus ojos a su celular, lo tomó y devolvió el llamado a Miguel quien contestó al instante.

—¿Ainelen?, ¿estás bien?, ¿Tomás no ha ido a tu casa? —preguntó Miguel casi desesperado.

—Sí, estoy bien… No te preocupes, recién ahora vi tus llamadas y el mensaje…

—Dios, estaba temiendo lo peor, qué alivio saber que están bien.

—Tenía el celular con vibración, no lo escuchamos, perdón por preocuparte.

—Gracias por llamarme. —Suspiró profundo—. Anoche Tomás salió hecho un demonio… Todos quedamos sorprendidos por su reacción… menos mi hija, a ella no le sorprendió para nada, ese infeliz hijo de puta la trataba pésimo… Ayelén está convencida de que él puede hacer cualquier locura en contra tuya, pues le quité el apoyo de todos los negocios en los que estaba involucrado… de hecho, antes de eso estaba muy tranquilo, pero luego… mierda, eso fue lo que más le afectó.

—Nosotros también pensamos que ese tipo está fuera de sus cabales… por esos mismo anoche nos vinimos a un hotel. Tomás sabe dónde vivo, dónde trabajo… No quisimos tentar a la suerte. ¿Cómo está tu hija?

—Ayelén está tranquila después del impacto inicial, y estará en nuestra casa hasta que todo vuelva a la normalidad… Ella está muy triste y avergonzada por no pedir ayuda… ese infeliz, me dan ganas de matarlo… Solo le hizo daño a mi niña… —A Miguel se le quebró la voz, no podía resistir la pena.

—Lo siento tanto, Miguel… Ese hombre está enfermo, es tóxico. Piensa en que ahora ella estará con ustedes recibiendo mucho cariño y fuerzas para continuar, por ella, por su hijo.

—Tienes razón, hija… No sabes cuánto me alivia saber que ustedes están seguros en el hotel. Nosotros mientras tanto permaneceremos en casa.

—Me parece muy bien, Miguel. Es lo mejor para todos y para ella, en estos momentos Ayelén necesita más que nunca a su familia… Bien, te dejo, cualquier novedad me la comentas por favor.

—Claro, por supuesto. Ustedes también, si saben de algo…

—Estaremos comunicados, no te preocupes.

—Cuídate, hija. Envíale mis saludos a David.

—En tu nombre, adiós, Miguel.

—Adiós.

Ainelen inhaló aire profundamente, estaba inquieta. Tomás era un cobarde, un miserable infeliz con un corazón de piedra. Ahora que no tenía nada que perder, era muy posible que él llegara más lejos de lo había llegado antes. Antes lo podía mantener a raya amenazándolo con delatarlo a su familia política, pero ahora…

—Tu cara no es de buenas noticias —dijo David sacando de sus cavilaciones a Ainelen. Estaba con el cuerpo húmedo y una toalla atada a la cintura.

—No son buenas. Miguel me contó que Tomás maltrataba a su hija, y que después de encararlo lo sacó de los negocios. Ese golpe fue lo que desencadenó la furia de él.

—Hicimos bien en venir acá, eso es lo único que me deja relativamente tranquilo.

David se empezó a preparar para ir al trabajo ante la atenta mirada de Ainelen, que prefería distraerse de la situación observando cómo él se quitaba la toalla. Ese hombre sin querer desprendía sensualidad, se podían ver las volutas de vapor lamiendo su piel y que iban siendo extinguidas al secarlas con movimientos largos y efectivos. Se vistió de manera casual, e iba de aquí para allá para no llegar tarde.

—¿No vas a desayunar? —preguntó ella cuando él ya estaba tomando las llaves del departamento y su morral.

—La verdad es que tengo todas las tripas apretadas, no tengo hambre. Te dejo las llaves del automóvil, por si quieren salir a pasear más rato, mi mamá sabe manejar —acotó—. Puedes practicar con ella si quieres.

—No hay problema, ahí veo como no morimos de aburrimiento.

—Al lado hay una librería, puedes comprar alguna novela, de esas que te gustan.

—¿Y cómo sabes qué novelas me gustan? —preguntó en un tono inquisitivo, ella no leía cuando estaba con él.

—Leo las sinopsis de los libros que guardas en la cartera… todas las semanas cambias de título, eres una devoradora de novelas románticas y «cochinonas». Siempre hay una nueva en tu estantería.

—A veces olvido que eres un observador compulsivo.

—Solo observo lo que me encanta, y esa eres tú —declaró sonriendo—. Te amo, nos vemos en unas horas. —Le dio un beso rápido pero intenso y luego se dirigió a la salida.

—Adiós, Gatito. Cuídate.

—Tú también. —Abrió la puerta de la habitación le regaló una última mirada enamorada y se fue.

Ainelen se quedó mirando la puerta con una sonrisa boba dibujada en la cara. Tal vez iría a la librería que le indicó David para ver si engrosaba su colección de novelas, pero antes, llamaría a su trabajo y luego se daría un liberador baño de tina. Sí, señor, eso haría.

Ainelen estaba disfrutando unas deliciosas medialunas con un café *latte* que sabía a pura gloria. Estuvo en la tina hasta que se le arrugaron los dedos y le empezó a rugir el estómago, así que decidió que era buena hora para desayunar, y ahora estaba en el comedor del hotel. El lugar era íntimo y le llegaba la luz del sol tibio del invierno a través del ventanal.

—¡Aquí estás, mi niña! —Ana saludó alegremente a Ainelen—. ¿Cómo estás, corazón?

—Bien dentro de todo, Anita —contestó con una sonrisa—. ¿Quieres desayunar conmigo?

—Se ve todo muy rico —dijo mientras se sentaba a la mesa—, por supuesto que no voy a rechazar tu invitación. No todos los días se desayuna en el Park Plaza.

—¡Excelente! —Ainelen llamó a un joven mesero con un suave gesto para que se acercara y le tomara el pedido—. Me puedes traer otra porción de medialunas y… ¿un *latte*, o *capuccino*? —preguntó mirando a Ana.

—Preferiría tomar un té, hija. El café me sienta fatal.

—Y un té, por favor —continuó Ainelen con el pedido—. Muchas gracias, eres muy amable. —El mesero sonrió y se retiró en busca de lo solicitado.

—¿Y qué vamos a hacer hoy? —preguntó la señora Ana con curiosidad—. David me llamó temprano cuando iba camino al departamento de ustedes y me pidió que te acompañara durante el día, así que aquí me tienes. Soy material dispuesto para lo que quieras.

—Pues yo creo que iremos a la librería, y después hasta donde nos lleve el destino… ¿sabes manejar, cierto?

—Soy toda una experta.

Ainelen miró la hora en su celular, eran las tres de la tarde y el día se le había pasado volando junto a la señora Ana, compraron libros, fueron a una exposición sobre egipcios en el Centro Cultural del Palacio de la Moneda, almorzaron comida peruana en el Ají Seco. Tenía sentimientos encontrados, con su madre nunca pudo salir a pasear por la ciudad. Le hubiera encantado haber visitado algún lugar con ella, pero eso nunca fue posible, pues nunca salieron del fundo y eso le dio un poco de tristeza, y a la vez estaba contenta porque Anita la trataba como una hija y eso le llenaba el corazón.

Estaban comiendo un helado, caminando hacia el hotel y admirando el frontis de la Iglesia de San Francisco. El celular de ella sonó dentro de su cartera, era David. Ainelen sonrió al ver el nombre de él en la pantalla y contestó.

—Hola, Gatito —saludó contenta.

—No soy tu gatito, Len. —A Ainelen se detuvo la sangre, se le aflojaron los dedos, y el helado cayó al suelo. Todo el cuerpo le empezó a temblar en el momento que sintió la nauseabunda voz de Tomás—. Me has arruinado todos mis planes y pagarás caro por haber abierto esa linda boquita… Escúchame con mucha atención, te lo advierto, no llames a carabineros ni a investigaciones, y tampoco a tu amigo el fiscal mariconcito. Si escucho una sola sirena o si veo algo raro le pongo un tiro en la cabeza a tu amorcito.

—¡No, por favor! —rogó. Tragó saliva y las lágrimas empezaron a desbordarse como cascadas—. Haré lo que me pidas, no llamaré a nadie, te lo prometo… No le hagas daño a David, te lo suplico, él no tiene nada que ver… ¿Qué quieres de mí? —inquirió desviando sus ojos hacia Ana que estaba totalmente aterrada y se estaba aferrando a su brazo.

—Ya que no tengo ni un céntimo gracias a ti, vamos a hacer un intercambio que asegure mi futuro, transfiéreme tus putas acciones y yo te entregaré a tu hombre vivo. No sé si entero, pero vivo.

—Pero no tengo idea de cómo hacer eso, ni siquiera sé cuánto tengo… —dijo ella desesperada y con la voz quebrada.

—No te preocupes por el papeleo —rio burlón—, solo necesito tu maldita firma y huella digital, solo será un mero trámite notarial. Estoy en tu departamento y el imbécil que tienes de pareja ha sido muy amable en buscar los documentos por mí.

—¿Y cómo sé que no me estás mintiendo?, ¿cómo sé si David está vivo, o si no está contigo? —interrogó rogando al cielo que Tomás solo estuviera fanfarroneando para lograr su objetivo.

—Te daré una prueba de vida…

—¡Ainelen, no lo hagas, no vengas, no…! —gritó David al teléfono con la voz desgarrada.

—Tienes una hora —ultimó Tomás, se escuchó un chasquido en la línea telefónica, fin del llamado.

—¡¿Una hora?!... ¡¡David!!... ¿Tomás?… ¡Me cortó!… No puede ser, ¿qué hago, qué hago, qué hago? —. Ainelen estaba paralizada y resollaba agitada—… Anita, tiene a David, ¡tiene a David! —Ainelen sollozaba amargamente, con el alma desbordada de angustia.

Ambas mujeres estaban llorando abrazadas en medio de la vereda sin tener idea de lo que debían hacer. Estaban en una pesadilla de la cual no podían despertar.

¿Qué iba a hacer? No tenía muchas alternativas, Ainelen solo tenía una hora. Debía obedecer las demandas de Tomás, y ya no le quedaba tiempo como para elaborar algún plan, estaba obligada a improvisar, lo pensaría todo en el camino. Lo único que le importaba era que no le hicieran daño a David, si algo malo le pasaba, ella moriría.

—Anita, vamos —decidió limpiándose las lágrimas, su mente empezó a trabajar frenéticamente para encontrar una solución—. Tengo que ir a buscar a David, le daremos a Tomás lo que pide, te juro por mi vida que no le pasará nada.

Capítulo 33

Ainelen estaba frente a la puerta de su departamento y tocó el timbre. Estaba nerviosa, todo su cuerpo tiritaba. Empuñaba las manos una y otra vez a la espera de que le abrieran. Anita estaba escondida tras la puerta que conducía hacia las escaleras. Las instrucciones eran claras, si Ainelen demoraba más de diez minutos, Ana debería llamar a carabineros y a después a todo el mundo.

Tomás abrió la puerta e inmediatamente le apuntó con un arma en la cabeza, Ainelen alzó las manos para mostrar que venía desarmada, y él sonrió perversamente, la tomó del cabello y la arrastró al interior del lugar. Miró de reojo si había alguien husmeando en el pasillo y cerró la puerta con fuerza.

Ainelen una vez adentro, miró exaltada en todas las direcciones buscando a David, hasta que lo vio tirado en el suelo. Estaba amordazado y prácticamente envuelto como momia con cinta americana, se encontraba totalmente imposibilitado de moverse. Tomás lo había golpeado, tenía un corte en la frente y la cara estaba bañada en sangre.

Cuando sus ojos entraron en contacto, David solo le transmitió que estaba aterrado de verla ahí, se retorcía en el suelo y resoplaba por la nariz. El primer impulso de ella fue ir a ver qué tan grave era el estado de él, pero su intento fue frustrado por Tomás pegándole el cañón del arma en la nuca.

—Si te mueves te mato —amenazó sin piedad—. Primero, los negocios, siéntate en esa silla —demandó, indicándole una que estaba frente a la mesa del comedor. Ainelen estaba entumecida, el miedo estaba en cada rincón de su cuerpo, un sudor frío recorría su espalda hasta llegar a cada una de sus extremidades—. ¡He dicho que te sientes, perra! —vociferó Tomás, Ainelen reaccionó y parpadeó, obedeció y como una autómata se sentó en la silla que le indicaban.

Tomás le acercó un bolígrafo, una almohadilla de entintar, las acciones y un documento de transferencia de las mismas y que ya había sido firmado por dos «testigos». Ainelen frunció el ceño, le dio igual lo que dijera el documento, tomó con seguridad el bolígrafo y firmó sin vacilar. Luego, entintó su pulgar derecho e imprimió su huella digital. Estaba entregada a su destino, uno que había aprendido a torcer con sus decisiones.

—Listo —aseguró ella, apartando los papeles como si le repeliera el contacto—, ahí tienes lo que querías, y lo que finalmente te mueve: la plata —dijo sin que la voz delatara sus nervios que estaban siendo anulados en un arranque de sangre fría, a pesar de que ese hombre no le dejaba de apuntar en la cabeza.

—Gracias, querida… mete los papeles en el portafolio —ordenó con cinismo, todo estaba resultando a la perfección, ya tenía una buena tajada de la empresa W&W del difunto padre de Ainelen.

—Vete de aquí, Tomás. Ya no me necesitas para nada más. Ya tienes lo que querías.

—En eso te equivocas, todavía no terminan mis demandas… Me vas a tener que hacer una última compensación frente a tu noviecito. Siempre me gustó follar contigo, todo el tiempo te comportabas como una putita caliente, y creo que me merezco de parte tuya una despedida como corresponde… —En sus labios se dibujó una sonrisa maliciosa y arrogante, sabedor de que tenía la ventaja en todo y podía hacer lo que quisiera—. ¡Ponte de rodillas! —exigió, Ainelen no sería de nadie más. Iba a quebrantar la voluntad de ella enfrente de ese infeliz y él lo vería todo, los destruiría, los mataría en vida.

Ainelen miró a los ojos a David y él los tenía muy abiertos y se reflejaba toda su impotencia y desesperación, se retorcía y gritaba, pero la cinta limitaba sus movimientos y apagaba su voz. No podía hacer nada, él lloraba a mares y su garganta se desgarraba dolorosamente. David se recriminaba en su interior con dureza, había sido una torpeza asumir que ese hombre solo perseguía a Ainelen y no consideró que a través de él mismo podrían dañarla de una manera irreparable. Su alma se estaba rompiendo a pedazos, no quería mirar pero no podía apartar los ojos de ella. Estaban a merced de ese canalla y nadie podría impedir la aberración que estaba a punto de presenciar.

Ainelen estoica se levantó de la silla, altanera y desafiante y miró la repugnante cara de Tomás y lo escupió.

—Me das asco. Podrás hacerme lo que quieras pero no significará nada para mí. Me harás caer pero me volveré a levantar, hijo de puta —declaró firme para hacer que él perdiera el control.

Un golpe certero y contundente de una violenta bofetada se descargó sobre su rostro haciéndola trastabillar, pero no cayó, Ainelen se irguió y volvió a escupir con sangre a riesgo de ser asesinada. Los ojos de Tomás pertenecían a los de un hombre totalmente desquiciado y perturbado, dispuesto a todo por lograr lo que deseaba.

—¡He dicho que te pongas de rodillas! —Apuntó hacia donde estaba David y le disparó en una pierna a la altura del muslo sin misericordia. No hubo estruendo, el arma contaba con silenciador, solo se escuchó el mudo quejido de dolor de él.

—¡David, no! —gritó Ainelen dejándose caer sobre el cuerpo de David, le abrazó angustiada y le susurró—: Tranquilo, amor. Todo acabará pronto, no mires, no mires, te lo suplico o no podré soportarlo. Todo será rápido… No mires. —David asintió dolorosamente. Transpiraba copiosamente y cada vez todo se hacía más y más intolerable. Confiaba en ella, haría todo lo que le pidiera, incluso no ver, pero lamentablemente estaba obligado a escuchar lo inenarrable.

—Una estupidez más y te juro que lo próximo que le reventaré será el cerebro —amenazó separándola a tirones del cuerpo de él.

Ainelen finalmente se arrodilló mirando de reojo la herida de David, quien estaba hiperventilando y en cualquier momento perdería la conciencia o la cordura. Cerró los ojos, esa pesadilla pronto acabaría, y con ese pensamiento los volvió a abrir. Solo un poco más, ese hombre cometería un error más, tarde o temprano le daría la oportunidad de acabar con todo.

Sin dejar de apuntar en dirección a la cabeza de David, Tomás se desabrochó los pantalones con una mano y los bajó con premura hasta las rodillas, verse con el poder de destruir esas vidas lo había excitado y su miembro estaba listo para ella lo engullera.

—Chupa —ordenó—… y si muerdes, lo mato.

Ella abrió la boca, y le llegó a sus fosas nasales el repulsivo olor almizclado de los genitales de él, a Ainelen automáticamente le dieron ganas de vomitar, las náuseas se apoderaron de ella y comenzó a tener arcadas cada vez que intentaba acercarse al pene de él.

Tomás harto por la lentitud y convencido ella estaba actuando, la tomó de la cabeza con ambas manos sin soltar la pistola pero sin apuntar, y furioso le restregó el miembro por la comisura de los labios para que ella se lo metiera a la boca.

—Chúpala, perra, cómetela… —exigió forcejeando por largos segundos, frustrado y a la vez más excitado por la resistencia que ella ofrecía. Estaba seguro, la iba a doblegar—. Abre la boca, perra, cómetela toda —obligó ya totalmente concentrado en ella, no le importaba nada más.

Error.

De pronto sintió que algo caliente le mojaba la pierna y luego un maldito ardor le atravesó el muslo izquierdo. Iracundo y confundido golpeó a Ainelen en la cabeza con el arma y ella se desplomó inconsciente en el suelo.

Miró hacia abajo y una gran poza de sangre se extendía bajo sus pies y que con cada segundo aumentaba de tamaño. Se tocó la pierna y aterrorizado sintió que había sido herido, un tajo horizontal hecho con precisión quirúrgica, cruzaba de lado a lado la cara interna del muslo que manaba sangre copiosamente.

Si Tomás hubiera sido doctor o tener algún conocimiento básico de anatomía humana, habría sabido en ese preciso momento que le habían cortado mortalmente la arteria femoral.

Un mareo lo dominó por completo y le hizo tropezar, pisó el charco rojo de hemoglobina y resbaló haciéndole caer aparatosamente. Miró hacia su derecha y solo estaba David que lo miraba de vuelta con los ojos desorbitados, luego dirigió su mirada hacia la izquierda, Ainelen yacía inconsciente. Horrorizado intentó infructuosamente de ejercer presión en la profunda llaga, pero era inútil, la sangre seguía fluyendo sin parar, la fuerza lo abandonaba y su cuerpo se drenaba profusa y rápidamente. La respiración de Tomás empezó a dificultarse, y un sopor hondo comenzó a asecharlo, envolviéndolo en las tinieblas. De pronto, todo se volvía oscuro, su pierna estaba caliente… solo quería dormir.

David observaba incrédulo lo que estaba presenciando, ese hombre se desmayó sin remedio sobre su propia sangre y un minuto después, un silencio lúgubre empezó a asediar la habitación. Tomás se había ido.

Ainelen lentamente parpadeó, volviendo de a poco a ser consciente, un dolor punzante atravesaba su cabeza. Le costó unos segundos orientarse y en su mano la sintió. Aún tenía la afilada hoja de bisturí entre sus dedos, la cual sabía usar como si se tratara de una extensión de su mano. El corte había sido ejecutado de manera impecable y prácticamente sin dolor. Todo el tiempo la hoja estuvo oculta en uno de sus zapatos, si tan solo Tomás la hubiera esculcado, la habría encontrado y todo se habría ido al demonio. Se incorporó lentamente y miró alrededor, en medio de la habitación se encontraba el cuerpo inerte de Tomás, y más allá estaba David que la miraba con una expresión indescifrable. Estaba en shock.

Se levantó rápidamente y se fue en busca de él para liberarlo y revisar sus heridas. Debía actuar velozmente o David seguiría el mortal camino de Tomás.

—David, mi amor… tranquilo, todo terminó —aseguró acariciando su rostro y mirándolo a los ojos. Le quitó la cinta de la boca con un fuerte tirón, y un maravilloso y diáfano quejido de la voz de él emergió de su garganta.

—¿Estás bien, mi vida? —preguntó desesperado y con la voz quebrada, ella asintió muda por la expresión del rostro de él, había tanto amor y alivio y escuchar de nuevo su voz era un bálsamo para su alma—. Córtame todo esto, Gatita, te lo suplico. No aguanto más estar así.

—Ya lo hago, no desesperes. —Con la misma hoja de bisturí, cortó la cinta que aprisionaba el cuerpo de él, y al verse liberado, David la abrazó al fin, ¡cómo deseaba tocarla, sentir su cuerpo tibio y suave! Por un momento creyó que no volvería a verla jamás, gracias al cielo eso no sucedió. Su valiente e inteligente mujer lo impidió. Enmarcó el rostro de Ainelen con sus manos temblorosas y la besó con ansia y ternura, amor y pasión. En sus lenguas se mezclaban el sabor de ellos mismos y el de la sangre de sus heridas, no importaba, estaban vivos y más unidos que nunca.

—Me encantaría besarte eternamente —dijo ella sonriendo cuando rompió el beso—, pero tengo que ver tu pierna, Gatito.

David aceptó de mala gana y Ainelen procedió a rajar el pantalón para revisar qué tan grave había sido el impacto de la bala en su pierna. Él estaba en silencio, observando fascinado como ella se desenvolvía tan eficiente y profesional, y solo gruñó de dolor cuando Ainelen examinó su herida.

—La bala entró y salió… al parecer no rozó ningún hueso, hemos tenido mucha suerte. —Ainelen soltó el aire de sus pulmones aliviada de que el impacto no fuera de gravedad—. Tengo que detener la hemorragia, mi amor. Presiona aquí y aquí con fuerza, te dolerá. —David asintió y siguió las instrucciones de ella, mientras observaba cómo se quitaba el sweater y la camiseta de algodón quedando solo en ropa interior. Rompió la camiseta e improvisó un eficaz vendaje en el muslo—. Hay que levantar tu pierna para ayudar a que se detenga la hemorragia —informó con la voz agitada sin dejar de presionar la venda. El corazón de Ainelen bombeaba sangre a mil por hora y estaba sudando profusamente producto de la adrenalina que recorría todo su cuerpo.

El ambiente lleno de inquieta calma fue súbitamente interrumpido cuando golpearon la puerta con fuerza e insistencia. Ainelen y David miraron de inmediato en esa dirección, estaban asustados y tensos, ¡qué más podía suceder!

—¡Carabineros! ¡Abran la puerta! —Se escuchó la demanda de la autoridad del otro lado de la puerta.

Ainelen se tranquilizó de inmediato al oír la voz del oficial, se levantó al instante y abrió la puerta. Mientras los efectivos entraban en tropel a registrar el lugar y atender a los heridos, ella al fin pudo respirar serena y todo lo empezó a ver en cámara lenta.

—¡Llamen una ambulancia, tenemos dos heridos uno de bala, el otro se está desangrando! —dijo uno, mientras otro le tomaba el pulso al cuello de Tomás.

—¡Está muerto, no hay signos vitales! —diagnosticó sin dificultad.

—Informe, un herido y un deceso…

El lugar se volvió un caos y un hervidero de gente que iba y venía, preguntas, todos corriendo, pero a Ainelen simplemente la envolvió la tranquilidad en un manto tibio y acogedor. Tenía la absoluta certeza que las cosas, sea como sea, saldrían bien.

Todo había terminado y no importaba nada más. Había protegido lo que más amaba y atesoraba en la vida, y no le importaba el costo que tendría que pagar para conservarlo. Tomó cálida mano de David cuando lo subieron a la camilla y se la besó. Sí, todo valía la pena.

Las horas transcurrieron lentas, Ainelen declaró los hechos a los carabineros, constató lesiones, y luego volvió a declarar frente al fiscal. Miguel fue su abogado, y alegaron legítima defensa dado todos los antecedentes con los que contaban. De todas maneras, los hechos se investigarían y el juez dio un plazo de tres meses para las indagaciones. Ainelen quedó en libertad por antecedentes intachables, y como medida cautelar, debía cumplir con arraigo nacional y con firma mensual en gendarmería hasta que todo el proceso terminara, lo cual fue un alivio para todos.

A veces la justicia era justa.

David prestó declaración ante el fiscal y carabineros en el hospital mientras se recuperaba del disparo. No era grave su herida y podía cumplir sin inconvenientes con su parte del proceso para ayudar con su testimonio a Ainelen en el futuro juicio por el asesinato de Tomás.

Estaba absorto, perdido en los recuerdos de lo sucedido. Había visitado el departamento a eso de las dos de la tarde para verificar si todo estaba bien, pero Tomás había estado esperándolo escondido y lo encañonó, lo obligó a buscar el papeleo de las acciones y luego lo maniató con cinta americana. Después de eso, se entretuvo unos minutos golpeándolo y torturándolo mentalmente, contándole detalladamente cómo iba a violar a Ainelen frente a él una y otra vez. Definitivamente Tomás era un hombre depravado, retorcido y estaba totalmente chiflado, David no sentía lástima por él, se merecía estar muerto. Claro que esto último se lo guardó para no levantar ninguna suspicacia por parte del fiscal y de carabineros.

Era raro estar de nuevo en una camilla de un hospital, como un *déjà vu*. Anita estuvo con él todo el rato, y estaba dormida, descansando a su lado sin soltarle la mano. Ainelen se había ido detenida por haber matado a Tomás y a pesar de que Miguel les informaba de todo lo que sucedía en el juzgado de garantía, David seguía preocupado por todo.

Revivía mentalmente esa escena una y otra vez cuando ese infeliz la obligó a arrodillarse, él cerró los ojos, no iba a ser capaz de ser testigo de cómo ese hombre violentaba a Ainelen. Pero las arcadas de ella le hicieron mirar, y de pronto, por una milésima de segundo vio el destello de la misma fiereza que percibió en sus ojos la primera vez que la vio, cuando lloraba precisamente por ese imbécil que ahora intentaba someterla a su voluntad. Ainelen sin desconcentrarse de su misión sacó de su zapato algo metálico que él no pudo distinguir y en un movimiento fluido y eficaz realizó una extensa incisión en el muslo de ese hombre, convirtiéndolo en una cascada de sangre. Admiró la valentía y frialdad de su mujer para hacer lo que hizo, para defender lo que era suyo. Ella lo amaba con toda el alma, y él adoraba a su guerrera, a su fuerte e invencible mujer.

Definitivamente, David estaba seguro de que envejecería junto a Ainelen y estaba completamente satisfecho por destino.

Ainelen entró en la habitación del hospital. Ya era muy tarde pero tenía que verlo, asegurarse de que estaba bien. Exhaló aliviada en el momento en que lo vio tranquilo y reclinado con la pierna vendada, ensimismado en sus pensamientos. Anita despertó en cuanto ella puso un pie en la habitación y se levantó en seguida para recibirla con un amoroso abrazo maternal. Estaba tan agradecida por todo, pero por sobre todo por amar a su hijo y protegerlo sin importar las consecuencias. David las observaba, eran las mujeres de su vida, se sentía completo cuando las veía juntas y tan compenetradas, sin duda era un hombre feliz. No podía pedirle más a la vida.

—¿Y a mí nadie me va a dar un apapacho? —bromeó él socarrón—. Soy el jovencito de la película que salió herido.

Ainelen y Anita lo miraron sonrientes, era como un niño mimado clamando por atención.

—Ahora estás mostrando la hilacha, Gatito. Sacaste a relucir el síndrome del hijo único con esa exigencia —replicó Ainelen en el mismo tono guasón, se separó de Anita y se fue a los brazos de su hombre que la esperaba impaciente por poder tocarla.

Se besaron conteniendo las ansias para no devorarse y no darle un espectáculo a Anita, pero ella tan intuitiva que era, decidió dejarlos un rato a solas.

—Compórtense, que esto es un hospital —advirtió con una sonrisa de que esperaba que hicieran todo lo contrario—. Me iré a buscar un jugo de tres litros. —Y salió de la habitación con una sonrisa ladina surcando su rostro.

David y Ainelen rieron de buena gana, Anita era incorregible. Iban a estar quinientos años juntos y ella siempre estaría haciendo su labor de celestina.

—¿Y ahora qué? —preguntó él ya hablando en serio. A pesar de todo, le preocupaba un poco el futuro.

—Pues, solo sé una cosa. Esperaremos tranquilos el juicio y no volveremos a nuestro departamento, me da escalofríos tan solo pensar en volver a vivir en ese lugar. Lo venderé de inmediato y buscaremos otro hogar. Todo lo que suceda después lo arreglaremos en el camino —resumió sus planes y luego sonrió mirándolo a los ojos—. He pensado muchas cosas estos días y tengo varios proyectos en mente para darle un buen uso a mi herencia, y voy a necesitar de todo tu apoyo y ayuda.

—Eso ni siquiera me lo tienes que pedir, cualquier cosa que quieras de mí, ya la tienes… Tú ya me tienes, por completo.

David la besó nuevamente con fervor, tal vez nunca iba a cansarse de anhelar sus labios, y ella respondió con el mismo ardor entregando todo su corazón. Sus besos nunca eran algo trivial, desde el más casto al más apasionado, transmitían lo mismo, la confirmación de que sus vidas y sus almas estarían por siempre unidas.

Epílogo

—¡Eugenio Raimundo Velasco Westermeier, ven para acá ahora mismo! —exclamó Ainelen desde la puerta de la consulta médica que tenía en el fundo donde vivió toda su infancia—. ¡Trae ese estetoscopio que no es un juguete!

—¡Pero, mamaaaaá! —rezongó el pequeño de cinco años—. El que me compraste no me sirve, es de juguete y no se escucha nada. Este es mejor —declaró él convencido, mirando orgulloso el instrumento médico—. Tengo que usar cosas de verdad, las de mentira no las pueden usar los doctores de animales como yo.

Con ese simple pero contundente argumento, Ainelen se desarmó y cedió. Su hijo mayor solía ser muy persuasivo y encantador. «Voy a tener que espantar son escopeta a todas las *peucas* cuando sea grande», pensaba ella cada vez que veía esos lindos ojos verdes que eran idénticos a los de su padre.

Negando con la cabeza y suspirando, Ainelen volvió a entrar en la consulta médica y ahí estaba Alberto, el esposo de Anita esperando con paciencia y divertido por la situación.

—Lo siento… voy a buscar el estetoscopio de repuesto, este chiquillo hace lo que quiere. —Buscó en sus cajones y lo encontró—. Ahora sí, hagamos tu chequeo.

Anita y Alberto vivían en una casita junto a la de Ainelen y David en el fundo, desde hacía seis años. No había nada mejor que estar en un lugar tranquilo y con aire puro en el otoño de sus vidas. A Anita le bastó solo un año vivir alejada de sus hijos, como solía tratar a David y a Ainelen, y sin dudar se cambió de residencia junto a su esposo que la adoraba y la seguía hasta el fin del mundo.

Todo partió como un pequeño proyecto de apoyo y refugio para mujeres víctimas de maltrato por parte de sus parejas o familiares, y que con el transcurrir de los años fue creciendo hasta convertirse en un ambicioso plan integral para sacar familias enteras del yugo de la violencia física, sicológica o económica.

Ainelen se ocupaba de la parte médica y dirigía el proyecto, David que ya era ingeniero en construcción y titulado con distinción máxima, se encargaba de la construcción de casas, urbanización de la zona, y reubicación de las familias y mujeres que se rehabilitaban. Marcelo vivía con Carlos en la ciudad más próxima al fundo para apoyar el proyecto de sus amigos, y como era fiscal en la región tenía una red de contactos para ubicar los casos más urgentes de agresión, y era el que enviaba al refugio a quienes aceptaban recibir la ayuda.

Contaban también con la ayuda legal del bufete de Miguel Grob, un psicólogo, un jardín infantil, una pequeña escuela. Todos formaban una comunidad en la que se trabajaba la tierra, sembraban y cosechaban su propio alimento, o fabricaban artesanías y productos que podían vender afuera, y de esa manera, las familias autosustentaban su estadía dentro del fundo el tiempo que fuera necesario para salir adelante.

Era un lugar donde no podía entrar cualquiera, porque no cualquiera sabía de la existencia de ese «paraíso», como solían decir las personas que habitaban ese emplazamiento alejado de la civilización.

Todo se financiaba con la herencia del padre de Ainelen. Don Eugenio conocía a su hija, y no se equivocó en que haría algo bueno con esa cantidad exorbitante de dinero, dinero que seguía aumentando gracias unas pequeñas inversiones que estaban a cargo de Ayelén, la hija mayor de Miguel Grob, a quien Ainelen le regaló, las acciones de W&W como compensación por todo lo sucedido con «el innombrable», cosa que no le gustó para nada a Lucía Wolf, la viuda de su padre. Lo que sí hizo Ainelen, fue venderle su parte de las propiedades que había heredado, a un precio ridículo y un tanto humillante para Lucía, pues le tuvo que rogar prácticamente de rodillas a Ainelen para que aceptara vender.

—Bien, Alberto. Estás como roble —diagnosticó ella—. Puedes seguir usando las pastillitas azules, pero sin abusar —bromeó.

—¡Chiquilla pesada! Que yo no necesito esas cosas —dijo riendo Alberto mientras se abotonaba la camisa—. Que te escuche David, va a ponerte una cara de dos metros.

Sí, David todavía no superaba el hecho de que su madre era una mujer con necesidades y no una ameba asexuada. Lo ocultaba bien la mayoría de las veces, pero había otras en que no lo hacía reír ni siquiera una manada de payasos.

—Gatita, mira lo que encontré en las caballerizas —anunció David entrando en la consulta con las botas embarradas y con una niña morena de tres años sobre los hombros—. Rayén, anda a saludar al tata Alberto y a la mamá. —Bajó suavemente a la pequeña que corrió a los brazos de su madre y luego le dio un beso a su tata—. Carlos la encontró husmeando donde no debía, casi encuentra el P-O-N-I —deletreó para que la niña no se diera cuenta, el poni era una regalo para los niños del refugio y Rayén solía arruinar todas las sorpresas.

—¿No se suponía que Rayito estaba siendo tu ayudante? —preguntó sarcástica, David había salido temprano con la pequeña para que le ayudara a supervisar una nueva construcción.

—Ehhhhhh, sí. Pero es muy dispersa y se aburrió al tiro. Prefirió visitar al veterinario «Calos», lo encuentra más lindo que su papá… Traidora —acusó mirando a la niña que se reía rebelde y sin tomarlo en cuenta.

—¿Y se fue sola a las caballerizas?

—No, estaba con Rai, iban a «chequear» —dijo haciendo el gesto de comillas con sus dedos—, a los caballos.

—Estos niños de ahora, se las saben por libro —comentó Alberto—. No me sorprendería que algún día de estos ayuden a Carlos a hacer parir a las vacas.

—Lo que sí me sorprendería es que por una vez en la vida podamos salir temprano para celebrar —dijo David mirando a Ainelen de un modo prometedor.

—No te preocupes, hijo, llevaremos a los niños a la casa para que Anita organice la noche de películas —aseguró Alberto—. Si yo fuera ustedes, ya estaría empezando a prepararme. Vayan, vayan, que yo voy con Rayén a buscar a Raimundo para llevarlos con Anita.

—Gracias, Alberto. Eres un sol.

—De nada, mi niña. Vamos, Rayito, busquemos a Rai y vayamos donde la mami Anita —invitó a la pequeñuela y se la llevó de la mano a buscar a su hermano.

—Pensaba que yo era tu sol —acotó David socarrón, acercándose felino y seductor. La tomó de las caderas y la acercó a él, para que ella notara que ya empezaba a endurecerse.

—Tú eres mi vida, Gatito —aseguró ella sonriendo provocativa atrayéndolo por la nuca para besarlo fogosamente. Un gemido brotó de la garganta de ella y David profundizó más el contacto y le apretó las nalgas posesivamente.

—¡Ya empezaron ustedes par de calientes, vayan un motel, por favor! —bromeó guasón Marcelo que siempre interrumpía los momentos interesantes. Iba a buscar a Carlos al fundo y era habitual que pasara por la consulta médica para conversar—. ¿Hasta cuándo con la cochinada, *guachita*?, no me extrañaría que vuelvas de tu «celebración» con un nuevo encargo dentro de ti. Me los imagino follando y me da cosa, ¡puaj! —continuó con la payasada fingiendo un escalofrío.

—Ya basta, Marcelo —reprendió Ainelen entornando sus ojos, harta de sus chistes pesados—. Carlos debe estar en las caballerizas o en el establo.

—¿Para qué me echan tan pronto? Si solo quería conversar con ustedes, ver que tal ha ido el día de hoy. Esas cosas… La calentura los vuelve maleducados.

—¡Vete, Marcelo! —dijeron David y su esposa al unísono. David aprendió a estar de parte de Ainelen. Hombre sabio, sabe lo que le conviene.

—Ya, me voy… Son unos pesados infumables —se despidió haciéndose el ofendido abriendo la puerta—. Usen condones por favor, no la vuelvas a preñar, David —dijo cerrando rápidamente.

—¡¡Idiota!! —exclamaron de nuevo al unísono y empezaron a reír a carcajadas.

La celebración de la que todos hablaban era la de su aniversario número ocho de feliz matrimonio. En su momento no fue una decisión difícil de tomar, sino más bien fue algo natural, como siempre había sido todo entre ellos.

Ese era un día especial, ocho años no se cumplían de la nada, y lo iban a celebrar como Antú y todos los Pillanes mandaban: una cena bailable en una tanguería en la ciudad, y una noche de sexo desenfrenado en un hotel sin la interrupción de sus adorados retoños, quienes más de una vez los pusieron en apuros.

Afortunadamente para ellos, y contra la experiencia común de las personas, con el transcurrir de los años, el deseo y el amor no amainaban, sino todo lo contrario, seguía creciendo, fraguándose al calor del fuego eterno de la pasión que sentía el uno por el otro. Siempre supieron cómo mantenerlo vivo, con paciencia, buen humor, besos, abrazos y decir «te amo» cada vez que se miraban.

—Vamos a prepararnos, ponte el vestido negro que tanto me gusta. Te ves tan rica con él, me dan ganas de quitártelo a tirones —pidió él con voz grave anticipándose a la delicia de ver a su mujer y sus bellas curvas maduras resaltadas en su vestido favorito.

—¿Te pondrás traje y corbata? Adoro cómo te ves así —preguntó esperanzada y haciéndose la idea de abrir esa camisa botón por botón.

—Sabes que lo odio, pero sé que no tendré que estar vestido mucho tiempo —respondió cautivador arqueando una ceja.

—Me gusta su actitud, señor Velasco, siempre positivo —rio haciéndose la idea de la ardiente noche que se les avecinaba—. Te amo, Gatito, nunca lo olvides.

—Yo también, Gatita. Por ningún motivo, nunca, nunca lo voy a olvidar.

Nunca, jamás, ninguno de los dos lo olvidó.

Fin

Agradecimientos

Cada vez se me vuelve más difícil agradecer, pues cada vez hay más gente que me regala su tiempo y cariño al leer mis historias, al acompañarme en los lanzamientos, en pedir más capítulos, en darme sus bellos comentarios. Se me hace imposible enumerarlos a todos, pero tú que estás leyendo esto: muchas gracias por todo, sin ti, mi oficio no existiría... o sería asquerosamente aburrido.

Quiero agradecer a Carolina Salvo y Conti Constanzo, mis compañeras de letras, y seguir nuestras aventuras con las lectoras y las tertulias en donde arreglamos el mundo. Les amo, sitas. ¡Somos las tres mosqueteras!

Tampoco puedo dejar de agradecer a las chicas, y al señor Wladimir Morgado (bendito entre todas las mujeres) del grupo «Novelas y algo más» por sus nervios de acero al esperar los capítulos, por darme sus opiniones, por sufrir y por decirme «bruja», «malvada», «eres la hija de Darth Vader» y otros alias tan halagadores.

Dentro de este grupo también les agradezco a mis pacientes lectoras beta, ellas tienen nervios de adamantium, Nicole Contreras, Yasna Letelier, Karina Barrientos, Jelly Reynoso, Margarita González.

Gracias a mi familia, por apoyarme en todo en esta vida.

A mis hijos, porque a pesar de todo, me permiten escribir.

Al señor A.C.A.A por darme todo su amor y paciencia, ser mi fuente de inspiración y por ser mi fan N°1... ¡Ah! Y les cuento como novedad que sí, ya leyó dos novelas mías al fin.

Gracias... ¡Totales!

Sobre la autora

Hilda Rojas Correa, es el seudónimo de Pamela Díaz Rivera, nació en julio de 1980, en Santiago de Chile. Es la mayor de tres hermanas, casada, madre de dos hijos, dueña de casa novata, y se autodenomina una romántica «sentimentaloide» empedernida.

La primera novela que escribió fue, «Yo, tú, ellos... Nosotros» en el año 2013. Nunca antes había hecho nada igual en su vida, y un día solo se puso a escribir a modo de exorcismo, y el resultado gustó tanto a los demás, que simplemente siguió sin mayores pretensiones.

Recién en el año 2015 se tomó en serio el hermoso oficio de escribir y desde entonces ha publicado en digital «Libertad» en abril, «Un paso a la vez» en septiembre del mismo año, «Pide un deseo» en enero del 2016, en mayo «Te encontré en el olvido» y en octubre «Ángel, camino a la redención». Todos los títulos, a excepción del último, también están disponibles en papel directamente con su autora.

Puedes seguirla en:

Página web *www.hildarojascorrea.com*
Twitter *@HildaRojasC*
Instagram *@hildarojascorrea*
Fan page de Facebook *https://www.facebook.com/hildarojascorrea*
Grupo de Facebook *«Novelas y algo más - Hilda Rojas Correa»*